传承的力量

徽州民俗体育遗存及流变

王凯珍 余 涛 金 涛◎主编

安徽师范大学出版社
ANHUI NORMAL UNIVERSITY PRESS
· 芜湖 ·

图书在版编目(CIP)数据

传承的力量:徽州民俗体育遗存及流变 / 王凯珍,余涛,金涛主编.— 芜湖:安徽师范大学出版社,2022.1

ISBN 978-7-5676-4497-7

Ⅰ.①传… Ⅱ.①王… ②余… ③金… Ⅲ.①民族形式体育-研究-安徽 Ⅳ.①G852.9

中国版本图书馆CIP数据核字(2021)第018916号

传承的力量:徽州民俗体育遗存及流变　　王凯珍　余涛　金涛◎主编

CHUANCHENG DE LILIANG:HUIZHOU MINSU TIYU YICUN JI LIUBIAN

责任编辑:辛新新　　责任校对:吴　琼

装帧设计:张　玲　　责任印制:桑国磊

出版发行:安徽师范大学出版社

芜湖市北京东路1号安徽师范大学赭山校区

网　　址:http://www.ahnupress.com/

发 行 部:0553-3883578　5910327　5910310(传真)

印　　刷:广东虎彩云印刷有限公司

版　　次:2022年1月第1版

印　　次:2022年1月第1次印刷

规　　格:700 mm × 1000 mm　1/16

印　　张:13.75

字　　数:200千字

书　　号:ISBN 978-7-5676-4497-7

定　　价:79.80元

序　言

徽州文化是极具地方特色的区域文化，其内容广博、深邃，具有系列性特点，包括了中国封建社会后期民间经济、社会、文化与生活的基本内容，被誉为中国封建社会后期的典型标本。徽州民俗体育是徽州文化的重要组成部分，在现代化进程中，众多徽州民俗体育面临严峻的处境，多项民俗体育项目已经消亡，因此急需对其进行整理与研究、继承与发扬。

2011年6月1日施行的《中华人民共和国非物质文化遗产法》明确提出："第一条　为了继承和弘扬中华民族优秀传统文化，促进社会主义精神文明建设，加强非物质文化遗产保护、保存工作，制定本法。""第十七条　对通过调查或者其他途径发现的濒临消失的非物质文化遗产项目，县级人民政府文化主管部门应当立即予以记录并收集有关实物，或者采取其他抢救性保存措施；对需要传承的，应当采取有效措施支持传承。"由此可见，国家对传统文化保护高度重视，徽州民俗体育的传承和发展也因此日益受到关注，并取得了一定的成效。但目前徽州民俗体育的继承和发展仍然面临着一些问题，如边缘化、消亡化，过于商业化、旅游化、政府行政化等。

在研究过程中，我们对散落在历史书籍中和现存民间的徽州民俗体育项目进行挖掘与整理，并着眼于当前徽州民俗体育的现状以及开发、保护、传承与发展，运用社会转型理论、文化变迁理论、阐释人类学理论，从社会学和人类学视角分析当前徽州民俗体育的历史流变与发展现状及其成因，探寻徽州民俗体育流变的一般规律和内在理路。本书对保护和传承徽州民俗体育遗存，推动徽州民俗体育旅游业的发展，让更多的人了解徽州民俗体育等均具有重大的理论意义和范本价值。

本书由首都体育学院王凯珍教授、安徽师范大学体育学院余涛教授、金涛教授担任主编，首都体育学院汪流副教授和安徽师范大学体育学院孙继龙教授、卢玉教授、胡飞讲师以及芜湖职业技术学院王炜副教授担任副主编。本书共分六章，编写情况如下：第一章，由王凯珍、汪流编写；第二章，由金涛编写；第三章，由余涛编写；第四章，汪满田鱼灯个案由余涛、李存丹（安徽师范大学）编写，右龙板凳龙个案由胡飞（安徽师范大学）编写，叶村叠罗汉个案由卢玉（安徽师范大学）编写，许村大刀舞个案由王炜（芜湖职业技术学院）编写，太平轩辕车会个案由孙继龙（安徽师范大学）编写，王村板凳花由卢玉（安徽师范大学）编写，石川跳旗由余涛、程聪（安徽师范大学）编写；第五章，由余涛、程刚（安徽师范大学）编写；第六章，由王凯珍编写。全书由首都体育学院王凯珍统稿。

本书是首都体育学院和安徽师范大学体育学院科研团队携手合作，融合国家社科基金项目（项目编号：10CTY011）、国家体育总局哲学社会科学重点研究项目（项目编号：1608SS12001XX）和安徽省社科规划项目（项目编号：AHSKQ2014D93）成果而成，是在安徽体育局、首都体育学院和安徽师范大学等单位的学者和研究生的共同参与下得以完成。本课题的研究和书稿的顺利完成，还得到了杨军、徐和平、桂文生、凤罂飞、杜灵芳、王庆胜等同志以及宣城市绩溪县和黄山市黄山区、歙县等各县区体育和文化部门的大力支持和帮助，在此一并致以衷心的感谢。由于研究水平有限，不足之处恳请各位专家和读者予以斧正。

本书编委会

2020年12月

目　录

第一章　民俗体育及其相关概念界说

一、学界关于民俗体育及其相关概念的研究

民俗体育、民间体育、传统体育和民族体育都是中国体育文化的重要组成部分，但是这些概念所指涉的研究对象存在一定程度的重叠，致使部分研究中上述对象存在不同程度的混淆，甚至在一定程度上“模糊”了概念的内涵。近年来，对这几个概念的界定及其相互关系又引起了一些学者的争论，但仍然没有被普遍认可的说法。因此，本书对上述概念进行了系统性的梳理，希望通过对概念的梳理，清晰地呈现出本研究的研究对象，明确本研究的目的和意义。

（一）对民俗体育概念的研究

《体育科学词典》将民俗体育界定为：在民间民俗文化以及民间生活方式中流传的体育形式，是顺应和满足人们多种需要而产生和发展起来的文化形态①。谌祖霞等认为，民俗体育是在民俗活动中产生，依赖民俗节日发展，并在一定时空范围内流传的与健身、娱乐、竞技、表演有关的活动形式②。

针对以上概念界定，涂传飞等认为，《体育科学词典》对民俗体育的定

① 中国体育科学学会.体育科学词典[M].北京：高等教育出版社，2000：180.

② 谌祖霞，余万予.国内民俗体育变迁研究的回眸[J].当代体育科技，2013(3)：104-105.

义似乎难以把民俗体育与民间体育区分开来；谌祖霞等对民俗体育的界定窄化了民俗体育的内涵，因为尽管有相当一部分民俗体育是依赖于民俗节日而产生与发展，但并不都是如此，也有很多民俗体育项目是产生于民俗活动之外。涂传飞等进而提出自己的认识：民俗体育是由一定民众所创造，为一定民众所传承和享用，并融入和依附于民众日常生活风俗习惯（如节日、礼仪等）之中的一种集体性、模式化、传统性、生活化的体育活动，它既是一种体育文化，也是一种生活文化①。

涂传飞等关于民俗体育的概念界定引起了学界几位学者的讨论。陈红新等认为，民俗体育区别于其他体育的地方在于，其产生时主要依附于民众日常生活的民俗习惯，从而表现出它的集体性、传承性等特点，但在其产生之后，在进行这些民俗体育项目时，并非一定要依附于这种民俗习惯。如同不能说在端午节举行的舞龙属于民俗体育，而在平时举行的舞龙则不属于民俗体育。因而，民俗体育是一个国家或民族的广大民众在其日常生活和文化空间中所创造并为广大民众所传承的一种集体的、模式化的传统体育活动②。随后，王俊奇提出，民俗体育是民间体育和民族体育的重要组成部分，它与民间的风俗习惯关系密切，主要存在于节庆、岁时、宗教信仰、祭祀等形式中，是民众世代传承和延续的体育文化形态，具有集体性、传承性和模式性的特点③。

针对陈红新、王俊奇等学者的界定，涂传飞再次撰文指出，对于民俗体育可以从以下五个方面来理解：第一，民俗体育本质上是一种生活文化；第二，民俗体育是一种具有模式性（类型性）的体育文化；第三，民俗体育是一种仪式化的传统体育；第四，民俗体育是一种传统体育文化，它在时间上可以世代延续，在空间上可以传播和广泛分布；第五，民俗体

---

① 涂传飞，陈志丹，严伟．民间体育、传统体育、民俗体育、民族体育的概念及其关系辨析[J]．武汉体育学院学报，2007，41(8)：24-31，51.

② 陈红新，刘小平．也谈民间体育、传统体育、民俗体育、民族体育的概念及其关系——兼与涂传飞等同志商榷[J]．体育学刊，2008，15(4)：8-11.

③ 王俊奇．也论民间体育、民俗体育、民族体育、传统体育概念及其关系——兼与涂传飞、陈红新等商榷[J]．体育学刊，2008，15(9)：101-104.

育是集体性的体育活动，它存在于一定的民众之中，民众既是民俗体育的享用者和传承者，又是民俗体育的载体。他再次提出，民俗体育是为一定民众所传承和享用的一种具有普遍模式的生活化、仪式化的传统体育文化体，它既是一种体育文化，也是一种生活文化。①

（二）对民间体育概念的研究

国内学术界对民间体育的研究较多，但是这些研究大多数都忽略了一个重要前提，那就是对民间体育概念的界定问题。总体而言，研究者对民间体育概念的界定是比较模糊的，甚至有的研究把民间体育与民族传统体育混淆起来。经检索，在大量民间体育的研究成果中，只有为数不多的研究对民间体育的概念与内涵进行了界定。

《体育科学词典》认为，民间体育是流传于民间的，具有浓郁的民族特色和地方色彩，是传统的体育形式，这些特征使其与近代西方体育形式相区别，因而将民间体育界定为在民间广泛流传的，具有鲜明的民族特色和地方色彩的传统体育形式②。与《体育科学词典》界定类似，陈安槐、陈荫生认为，民间体育是指在人民群众中广泛流传，有鲜明民族风格和地方特色的传统性的身体锻炼活动。内容丰富，形式多样，自娱自乐，多数项目不受时间、地点、器材的限制，具有娱乐性、趣味性、民俗性、游戏性、表演性、节庆性的特点。③从这个定义看，它包括四个方面的内容："民间"的含义——在人民群众中广泛流传；"体育"的所指——身体锻炼活动；"民间体育"的根本特征——具有鲜明的民族风格和地方特色，具有传统性；还有民间体育的一般特点——内容丰富，形式多样，自娱自乐，多数项目不受时间、地点、器材的限制，具有娱乐性、趣味性、民俗性、游戏性、表演性、节庆性。张基振指出，民间体育是指在我国各民族人民

① 涂传飞.民间体育、传统体育、民俗体育、民族体育概念再探讨[J].武汉体育学院学报，2009，43(11)：27-33.

② 中国体育科学学会.体育科学词典[M].北京：高等教育出版社，2000：179.

③ 陈安槐，陈荫生.体育大辞典[M].上海：上海辞书出版社，2000：36.

群众当中广泛流传的传统性的以身体运动为主要形式的竞技游戏和民俗娱乐活动。它具有娱乐性、趣味性、民俗性、游戏性、表演性、节庆性等特点。不管是民间体育，还是民族体育、民族传统体育、民俗体育等，都包含有传统性即延传性的含义，也就是说都是指历史遗传下来的而不是新生的，并且在运动表现形式上与现代西方体育有所不同，具有明显的民族特色和风格。①

对于以上界定，涂传飞等持有不同见解。涂传飞等撰文指出，“民间体育是在民间广泛流传的体育形式”的观点是非常可取的，然而，具有浓郁的民族特色和地方色彩的体育形式固然是民间体育，但不具有民族特色和地方色彩的体育形式在一定条件下也应该是民间体育，而且近代西方体育已经存在于包括我国民间在内的世界各地的民众中间（即民间），所以它也可以是民间体育。他们认为，所谓民间体育是指存在于广大民众的日常生活中，没有高度组织化、制度化的体育活动。按照民间体育是否具有传统性的特点，可以将民间体育分为传统民间体育和非传统民间体育两大类②。

针对涂传飞等对民间体育的概念和内涵的界定，陈红新等人也提出异议。他们赞同民间体育与其他体育形态的主要区别在于是否“高度组织化、制度化”，但对“热爱足球运动的几个年轻人很偶然地相约在某个足球场进行一次足球比赛，那么这些年轻人的体育行为就是民间体育”的说法持有不同观点。他们认为，民间体育应该有固有的生活方式和文化内涵，是不同于其他体育形式的一种特殊体育形态。如果把偶尔的一次普通的群众体育活动也认为是民间体育，那就忽视了民间体育固有的生活方式和文化内涵，而是将民间体育等同于没有组织化和制度化的一切体育活动了。民间体育是一个内涵与外延宽广的概念，是广大民众在日常生活和活

① 张基振．文化视野中民间体育的保护、传承与发展——以潍坊风筝为表述对象的实证研究[D]．上海：上海体育学院，2007.

② 涂传飞，陈志丹．民间体育、传统体育、民俗体育、民族体育的概念及其关系辨析[J]．武汉体育学院学报，2007，41(8)：24-31，51.

动空间中直接创造的，有固有的生活方式和文化内涵的体育形式①。

对此，涂传飞坚持自己的观点，他认为既然民间是指广大的民众中间的意思，民众外延的宽广性决定了民间体育也是一个外延极其宽广的概念。民众偶尔进行的一次体育行为应属于民间体育的范畴。民间体育主要是相对于高度组织化、制度化、专业化的体育活动而言的。但是，同样是这些运动项目，如果只是发生在广大民众的日常生活当中，没有高度的组织化、制度化、专业化，那么这些体育活动就属于民间体育的范畴。民间体育是指存在于一定民众的日常生活当中的，尚未高度组织化、制度化、专业化开展的体育活动。②

（三）对传统体育概念的研究

自20世纪90年代开始，台湾地区学者就进行了关于传统体育概念的探讨。王金宝认为，传统体育是指各民族在生产劳动和日常生活中创造的丰富多彩、富有浓郁的民族特色和独具地方特色的体育活动与健身方法③。陈耀宏认为，传统体育是指该地区或种族中由先人所遗传下来的体育活动④。还有一些台湾学者对台湾地区高山族传统体育进行界定，认为当地民众传统体育是台湾地区人民在过去生活环境、劳动生产、祭典习俗及文化活动中所创造发展的具有族群特色的体育活动与健身方法。⑤

关于传统体育概念的界定在中国大陆学界一直有争论，近几年又有升温的趋势，但这些学者对传统体育概念的界定还是以同意“传统性”是传统体育的一个基本特征为基本前提的。

涂传飞等认为，传统体育是指人类已创造的和将要创造的能够经由历

① 陈红新，刘小平．也谈民间体育、传统体育、民俗体育、民族体育的概念及其关系——兼与涂传飞等同志商榷[J].体育学刊，2008，15(4)：8-11.

② 涂传飞．民间体育、传统体育、民俗体育、民族体育概念再探讨[J].武汉体育学院学报，2009，43(11)：27-33.

③ 龚坚．土家族传统体育校本课程开发研究[D].重庆：西南大学，2009：7-8.

④ 陈耀宏．中国少数民族的传统体育[J].国民体育季刊，1997(2)：19-23.

⑤ 吴腾达．台湾原住民传统体育活动[J].原住民教育季刊，2000(18)：16-36.

史凝聚而传承、流变的一种特殊的体育文化形态[①]。陈红新等认为，传统体育是指人类已创造的和将要创造的世代相传并延续至今的具有民族或地方特色的体育文化形态。就一个国家或民族而言，传统体育是民族传统体育，它是民族体育的重要组成部分。原因在于，我国对“民族传统体育”进行研究始于鸦片战争之后，随着近代以来西方体育文化的强势入侵，民族传统体育才引起人们的重视，也正是随着这种“土洋体育”的论争而萌芽[②]。

针对以上诸位学者的界定，王俊奇提出了自己的看法。对于涂传飞等的界定，王俊奇认为，这个定义基本没有错，只是在提法上不够全面。其实传统体育并非特殊，它是形形色色、各种各样历史传沿下来的体育的统称，它涉及军事、政治、经济、意识等相当广阔的领域。

对于陈红新等的界定，王俊奇认为，这一定义的基本观点是正确的，但后一句有些自相矛盾，如果说人类已创造的东西并延续至今是没有错的，但说“将要创造的……并延续至今”这句话就有矛盾了，“将要”至少是个进行时，人类还没有创造出来，如何“延续至今”呢？显然这是病句。王俊奇进而提出自己的观点：传统体育是由历史沿袭而来，是特定民族在漫长的历史实践活动中积累而成的稳定的体育文化，体现在健身、养生、娱乐等体育文化活动的一切方面，并通过社会心理结构及其他物化媒介（如棋盘、武术器械、文献典籍等）得以世代相传，至今仍然对社会产生影响[③]。

而针对陈红新、王俊奇等的观点，涂传飞又撰文指出，在界定传统体育时不应该将传统体育的主体局限于某一特定的民族，或认为传统体育具有民族特色，这实际上混淆了传统体育与民族体育的概念和关系，也窄化

---

① 涂传飞，陈志丹，严伟．民间体育、传统体育、民俗体育、民族体育的概念及其关系辨析[J]．武汉体育学院学报，2007，41(8)：24-31，51.

② 陈红新，刘小平．也谈民间体育、传统体育、民俗体育、民族体育的概念及其关系——兼与涂传飞等同志商榷[J]．体育学刊，2008，15(4)：8-11.

③ 王俊奇．也论民间体育、民俗体育、民族体育、传统体育概念及其关系——兼与涂传飞、陈红新等商榷[J]．体育学刊，2008，15(9)：101-104.

了传统体育的内涵和外延。在此基础上，涂传飞提出了自己的观点：传统体育是指人类已创造的能够经由历史凝聚而传承、流变的一种体育文化形式[①]。

可以看出，与涂传飞等对传统体育的前一次界定相比较，该界定少了两个关键词：一是“将要创造”，二是“特殊”。可能受到王俊奇及陈红新等对他提出异议的影响。此外，涂传飞在撰文对陈红新关于“民间体育”概念的界定提出异议时也指出：在界定民间体育的概念时没有必要刻意强调它是一种“特殊的体育形态”。过于强调这一点反而会给界定民间体育的概念增加不必要的麻烦，因为如果我们不能够充分说明民间体育的特殊性表现在哪些方面，则很容易窄化民间体育的外延，从而与学界普遍认可的民间体育是一个外延极其宽广的概念的观点相矛盾。[②]

（四）对民族体育概念的研究

从对民族体育概念的界定看，目前有两方面的认识：一是按纵向的时间顺序进行界定，二是从横向的空间层面进行界定。

如邓廷良认为，民族体育是作为近代体育前身的一些民族民间体育及娱乐活动[③]。而胡小明认为，民族体育的概念通常用来表述与世界范围内广泛传播的现代体育竞技活动相对的民间传统体育活动[④]；也有学者把“民族体育”与“现代体育”相对应，从概念的隶属关系看，民族体育作为上位概念，它应该包括民族的传统体育和民族的现代体育[⑤]。以上研究都是以时间顺序为线索来对民族体育进行定义的。

也有从横向的空间层面对民族体育的概念进行界定的，如《体育科学

① 涂传飞.民间体育、传统体育、民俗体育、民族体育概念再探讨[J].武汉体育学院学报，2009，43(11)：27-33，51.

② 涂传飞.民间体育、传统体育、民俗体育、民族体育概念再探讨[J].武汉体育学院学报，2009，43(11)：27-33.

③ 邓廷良.民族体育之职能[J].成都体育学院学报，1992，18(1)：23-26，32.

④ 胡小明.民族体育[M].桂林：广西师范大学出版社，2000：3.

⑤ 倪依克.论中华民族传统体育的发展[D].广州：华南师范大学，2004：16

词典》中指出，民族体育就世界而言，是指世界各个民族保留的各自的传统体育项目和活动方式，如中国的武术、气功等。①《体育科学词典》还认为：就一个国家而言，指本国少数民族的体育活动和活动方式。

针对《体育科学词典》提出的民族（传统）体育就是少数民族（传统）体育，涂传飞等并不同意这个观点，他们认为，少数民族体育也就是指少数民族传统体育，它是民族体育的一种具体表现形式，我国的少数民族传统体育是中华民族传统体育的重要组成部分，它和汉民族传统体育一起组成了中华民族体育。民族体育，即民族传统体育，它是反映并承载着一个民族共同心理素质的，为该民族所传承和享用的一种特殊的传统体育文化。②

在“民族体育包含着少数民族体育”这一观点上，陈红新等人是赞同的，但对于民族体育是否就是一种“传统体育文化”提出异议。陈红新等认为，“传统”不是指过去发生过、曾经有过的活动，更不包括已经死亡、消失了的，世代相传并延续至今应该是“传统”的重要特点。因此他们认为，民族体育是一个民族或国家独有的，表现于共同文化上的共同心理素质的共同体所创造和享用的特殊的体育文化。③

王俊奇认为，民族体育有广义与狭义之分，广义的民族体育应界定为，在历史上反映并承载着一个民族共同心理素质、共同文化的为该民族享用的一种特殊的体育文化，中华民族体育、古希腊体育、古埃及体育、印度体育都是民族体育的具体表现形式。而狭义的民族体育应界定为，新中国成立后一个民族所独有的，反映并承载该民族共同心理素质、共同文化并为该民族所创造和享用的一种特殊体育文化。④

---

① 中国体育科学学会.体育科学词典[M].北京:高等教育出版社,2000:181.

② 涂传飞,陈志丹,严伟.民间体育、传统体育、民俗体育、民族体育的概念及其关系辨析[J].武汉体育学院学报,2007,41(8):24-31,51.

③ 陈红新,刘小平.也谈民间体育、传统体育、民俗体育、民族体育的概念及其关系——兼与涂传飞等同志商榷[J].体育学刊,2008,15(4):8-11.

④ 王俊奇.也论民间体育、民俗体育、民族体育、传统体育概念及其关系——兼与涂传飞、陈红新等商榷[J].体育学刊,2008,15(9):101-104.

针对陈红新、王俊奇等在民族体育概念界定中所提出的“独有”一词，涂传飞又重新对民族体育进行了概念的界定：民族体育是为一个或几个民族的所有民众，或某一个民族中部分的民众群体所共同拥有和享用并对其产生民族认同意识的一种特殊的传统体育文化。这一界定仍然坚持民族体育是一种“传统体育文化”，但与其上一概念界定相比较，不是强调“一个民族”，而是改为“一个或几个民族”。原因在于：民族体育主体具有多样性。民族体育不一定是为一个国家或民族所独有，决定了民族体育的主体是多样化的。其他的诸如“民族体育为一个民族或国家独有”“民族体育是该民族所创造的”等应该不是界定民族体育概念时特别需要强调的[①]。

值得注意的是，由于对民族体育是否就是民族传统体育还没有形成统一的意见，国内许多学者分别就民族体育和民族传统体育的概念进行了研究。与对民族体育概念的界定方式类似，对于民族传统体育的界定也从时间和空间两个方面进行。

熊晓正认为，对于我国而言，民族传统体育是指近代体育传入前我国存在的体育模式，即1840年前，我国各族人民已经采用并流传至今的体育活动内容、社会表现方式与价值观念的总和[②]。也有人将民族传统体育定义为：在中华大地上历代产生并大多流传至今和在古代历史长河中由外族传入并在我国生根发展的且有中华民族传统特色的体育活动[③]。也有人将民族传统体育看作是民族体育的主要组成部分，是历史时期的产物，是各民族体育活动方式的延续和保存，是各民族体育运动生命力的再现，它是构成现代体育的“体育文化密码”，是历史给予我们的重要体育文化遗产[④]。

以上对民族传统体育概念的界定是从历史的纵向视角进行的，也有一

① 涂传飞. 民间体育、传统体育、民俗体育、民族体育概念再探讨[J]. 武汉体育学院学报，2009，43(11)：27-33.

② 熊晓正. 机遇与挑战——对我国民族传统体育发展之浅见[J]. 成都体育学院学报，1988(4)：21-28.

③ 熊志冲. 民族体育的特征、功能和传播方式[J]. 上海体育学院学报，1992，16(1)：17-21.

④ 赵静冬. 中国少数民族传统体育研究[M]. 昆明：云南民族出版社，2001：9.

些研究不是以时间为界限而是从横向的空间层面意义上对民族传统体育进行界定。如胡小明认为，民族传统体育是指某一个或几个特定的民族在一定范围内开展的，还没有被现代化，至今还有影响的体育竞技娱乐活动[①]。有学者认为，民族传统体育是指生活在一定地域的一个或多个民族所独有的，在人民大众中广泛传承的，具有修身养性、健身技击、休闲养生、竞技表演、观赏游艺、趣味惊险、民俗音乐歌舞交融特色的体育活动形式[②]。也有学者认为，民族传统体育可概指某一个或几个特定的民族在一定范围内开展的，具有浓厚民族文化色彩和特征的传统体育活动[③]。

从以上界定的表述来看，民族体育与民族传统体育的区别并不明显，在很多情况下都是交互使用，最大的区别反而在于民族传统体育由于是体育学二级学科名称，出现频率比民族体育要高出许多，尽管实际区分意义不大。

二、学界关于民俗体育、民间体育、传统体育、民族体育关系之辩

针对民俗体育、民间体育、传统体育、民族体育之间的关系，很长时间都存在着争论，相关研究显示：四者相互替用的现象十分普遍。综观这些研究，主要有以下观点。

（一）含义相同，各有侧重

如张基振研究指出，（除了民间体育）目前在我国学术界广泛使用的还有“民族体育”“民族传统体育”“民俗体育”等概念。其实，这几个概念与民间体育并不存在本质的区别，几乎是同义语，并且民间体育往往还会

① 童国军.刍论我国民族传统体育的概念与文化学基础[J].搏击·武术科学，2013(2)：77.

② 张建雄，江月兰.民族传统体育相关概念问题辨析与界定[J].广州体育学院学报，2004，24(5)：126-128.

③ 倪依克.论中华民族传统体育的发展[D].广州：华南师范大学，2004：18.

作为这些概念定义中的属概念出现。[①]他进一步指出，如果说这一组概念各有所侧重的话，那么在体育前加“民族”二字，则是更侧重于体育活动在“一个有共同语言、共同地域、共同经济生活以及表现于共同文化上的共同心理素质稳定的共同体”中的存在，甚至有时在某种程度上它还会带有某种政治含义。民俗体育侧重传统体育的民俗文化特性，而民间体育所侧重的是体育活动参与主体的大众性和参与程度的广泛性。

（二）用民俗体育取代民间体育

有学者认为，所有的民间体育都是民族体育，但民族体育却不一定都是民间的；民间体育大多为传统性的；农村体育可能是民间体育的主体，但相对应的城市体育中相当比例的体育项目也是民间体育。民间体育的本质属性是由特定的经济模式、民俗精神决定的，因而提出用民俗体育来称呼民间体育。[②]

2007年，王俊奇也撰文指出，“民俗体育”与“民间体育”基本是指同一个含义。“民俗学”就是“民间学”，“民俗文化”也称“民间文化”。因此，“民间体育”自然也称“民俗体育”。由于历史原因和习惯，我国体育界一开始就称“民间体育”，并一直沿用至今。从新中国成立后，特别是目前对“民间文化”概念的使用来看，更倾向于运用“民俗”一词。所以为了与国际接轨和顺应现代潮流，把“民间体育”统一称为“民俗体育”为好，这是历史发展的必然趋势，是我国民俗体育主动地对外适应，积极参与文化全球化的行动[③]。

（三）四者从属关系不同

对于“所有的民间体育都是民族体育”“用民俗体育来称呼民间体育”

① 张基振.文化视野中民间体育的保护、传承与发展——以潍坊风筝为表述对象的实证研究[D].上海:上海体育学院,2007:10.

② 邵荣,柯玲.中国民间体育的文化思索[J].北京体育大学学报,2004,27(6):744-746.

③ 王俊奇.关于民俗体育的概念与研究存在的问题——兼论建立民俗体育学科的必要性[J].西安体育学院学报,2007,24(2):16-20.

等观点，涂传飞等并不赞同。他们认为，并不是所有的民间体育都是民族体育，民间体育的本质属性是由对民间的质的规定性所决定的，所以，民俗体育并不等于民间体育，用民俗体育来称呼民间体育的提法是不太恰当的。①

2008年，王俊奇再次撰文，完全改变了把“民间体育”统一称为“民俗体育”的说法，认为民间体育不等于民俗体育，更不能用“民俗体育”替代“民间体育”，民间体育与民俗体育是上下属的关系，并非并列关系②。

对于四者之间的关系，涂传飞等于2007年最早进行了梳理，认为民间体育、传统体育、民俗体育和民族体育之间的关系是：民间体育由传统体育和非传统体育组成，传统体育又可分为民俗体育和民族体育，民俗体育和民族体育互有交叉，但两者并不等同，而是并列的关系③。

此后，有两位学者对此进行了讨论，一致认同“民间体育涵盖最广”的观点，而对于后面的涵盖关系提出异议。

如陈红新等认为，民间体育涵盖最广，内涵最大，但他不认同涂传飞等关于四者关系的划分，认为传统体育包含民族体育，将民族体育作为传统体育的下属概念，这是不正确的。传统体育包含不了民族体育，根据前面我们对“传统”概念的理解，像民族体育中的投壶、蹴鞠、马球、樗蒲等消失的内容不应该包含在传统体育之中。④他们将其相互关系表述为民间体育涵盖民族体育，民族体育分为传统体育与非传统体育，民俗体育是传统体育的分支，是传统体育的重要组成部分。

而王俊奇研究指出，传统体育和民族体育可以跨民间存在，并非能完

---

① 涂传飞，陈志丹，严伟.民间体育、传统体育、民俗体育、民族体育的概念及其关系辨析[J].武汉体育学院学报，2007，41(8)：24-31，51.

② 王俊奇.也论民间体育、民俗体育、民族体育、传统体育概念及其关系——兼与涂传飞、陈红新等商榷[J].体育学刊，2008，15(9)：101-104.

③ 涂传飞，陈志丹，严伟.民间体育、传统体育、民俗体育、民族体育的概念及其关系辨析[J].武汉体育学院学报，2007，41(8)：24-31，51.

④ 陈红新，刘小平.也谈民间体育、传统体育、民俗体育、民族体育的概念及其关系——兼与涂传飞等同志商榷[J].体育学刊，2008，15(4)：8-11.

全包括传统体育和民族体育……传统体育也包括不了民族体育，所以，我们认为涂传飞等对民间体育、传统体育、民俗体育、民族体育的关系划分是不正确的[①]。王俊奇进一步指出，从文化空间上说，民间体育的空间范围最广，它是指除官方和政府机构之外的一个外延广阔的在民众中开展的形形色色的体育活动。如果按照“民间”是指民众中间、非官方，存在于广大中、下层民众中的几个定义来理解，那么“民间体育”就包括了民族体育、传统体育、民俗体育，甚至包括外来的西方体育。

三、本研究所采用的民俗体育概念

社会科学研究的第一步就是清晰地界定所要研究的事物。诚如迪尔凯姆所言，社会科学家的第一步工作应该是界说他所研究的事物，以使自己和他人知道他们在研究什么。这是一切论证和检验所最不可缺少的首要条件。[②]从前文可以看出，到目前为止，关于民俗体育、民间体育、民族体育、传统体育概念及其相互关系的争论并没有一个统一、权威的说法。本研究也无意对所有概念及其关系提出一个标新立异和非此即彼的界定，因为民俗体育、民间体育、民族体育和传统体育之间存在相互交叉与重叠，要绝对划清它们的界线，目前还很难做到。鉴于此，这里仅对本研究的核心概念——“民俗体育”的界定做出尝试性的努力，以便在本研究进行过程中能尽最大可能地挖掘和使用接近其本义的“民俗体育”。而要较准确地把握民俗体育的概念，关键就在于认识民俗体育的本体属性，要认识它的本体属性就必须从认识它的上位概念——民俗的概念入手，这也是我们把握民俗体育本体属性的钥匙。

---

① 王俊奇．也论民间体育、民俗体育、民族体育、传统体育概念及其关系——兼与涂传飞、陈红新等商榷[J]．体育学刊，2008，15(9)：101-104．

② E．迪尔凯姆．社会学方法的准则[M]．狄玉明，译．北京：商务印书馆，2017：54．

（一）学界关于民俗的界定

什么是民俗？民俗是创造于民间又传承于民间的具有世代相习的传统的文化现象[①]。民俗学奠基人之一钟敬文先生认为，作为民俗学研究对象的民俗是一个国家或民族中广大民众所创造、享用和传承的生活文化[②]。此后，钟敬文先生又指出，民俗是民间文化的重要组成部分，要把握它的范围，应该对“民间”和“风俗”二词的含义加以认真的考察[③]。

钟敬文先生认为：民间，顾名思义，是指民众中间，它对应官方而言。它的主要组成部分是直接创造物质财富和精神财富的广大中、下层群众。同样，《现代汉语词典》中对“民间”的解释是指人民中间，主要指与官方相对而言。这样看来，“民间”的概念基本清楚，即指非官方的外延广阔的空间，具体说是广大群众日常生活和活动的空间。依钟敬文先生的意思，“风俗”一词指人民群众在社会生活中世代传承、相沿成习的生活模式，它是一个社会群体在语言、行为和心理上的集体习惯[④]。可以看出，我们所说的“民俗”是指民间文化中的“风俗”部分。

（二）学界关于民俗本质的研究

关于民俗的本质，陈勤建认为，从人类文化意识结构看，民俗是它基础层中未经分化的原生态文化意识团，是文化与生活的双重复合体[⑤]。钟敬文先生认为，民俗是民间文化中带有集体性、传承性、模式性的现象，它主要以口耳相传、行为示范和心理影响的方式扩布和传承，只有那些在内涵上具有“集体性、类型性、继承的和传布的”等性质的现象才是“俗”。[⑥]民俗的“集体性”在于民俗是一种集体行为而非个人的，即便是

① 张紫晨. 中外民俗学词典[M]. 杭州：浙江人民出版社，1991：174.
② 钟敬文. 新的驿程[M]. 北京：中国民间文艺出版社，1987：3.
③ 钟敬文. 民俗学概论[M]. 上海：上海文艺出版社，1998：13.
④ 钟敬文. 民俗学概论[M]. 上海：上海文艺出版社，1998：14.
⑤ 陈勤建. 中国民俗[M]. 北京：中国民间文艺出版社，1989：34.
⑥ 钟敬文. 民俗学概论[M]. 上海：上海文艺出版社，1998：19.

个人的创造，也必须得到集体的响应和施行，否则是形不成社会民俗的；民俗的“类型性”指表现出一种固有的模式，这种模式是社会成员所共同遵守的标准；而“继承的”与“传布的”则表现了民俗在时空上的延续性与蔓延性。所以，民俗的本体属性在于它是一种模式化的生活文化，从这个角度看，民俗也是一种“具有普遍模式的生活文化”[①]。除了民俗的本体属性以外，我们还不能忽略的是，民俗还具有仪式化的外在表现。某一活动模式的不断反复形成了民俗，而且民俗的反复中还往往遵循着严格的程序，这样，民俗中就往往伴随着一定的仪式。

（三）本研究所采用的民俗体育概念

要比较准确地把握民俗体育的概念，关键是要把握民俗体育的本体属性。民俗体育的本体属性在于民俗的本体属性[②]。民俗文化是一个具有丰富内涵的文化体，民俗体育依附于一定的民俗文化母体中。作为民俗文化的重要组成部分，民俗体育的本体属性也在于它是一种模式化的生活文化，而且民俗体育还是一种传统性和集体性的文化。对于民俗体育的界定，我们需要注意以下四个方面：民俗体育不是某个单纯的体育项目，也不是借助于某一项目所进行的单纯体育活动，民俗体育的存在范式应该是一个文化统一体，在这个文化体中包括形式、内容和它所承载的功能（意义）三个部分；在本质上，民俗体育是普及和深入整个社会生活的深处，依托民众生活中的风俗习惯所传承的一种特殊的生活文化，是民众日常生活的有机组成部分；民俗体育是一种具有模式性的体育文化，与民间的风俗习惯关系密切，往往存在于节庆、岁时、宗教信仰等活动中，并带有仪式化的外在表现；民俗体育是一种传统体育文化，它在时间上是可以世代延续的，在空间上也是可以传播和扩布的。

参照涂传飞等学者关于民俗体育概念的研究，根据逻辑学上种概念＝

---

① 高丙中.民俗文化与民俗生活[M].北京：中国社会科学出版社，1994：51.

② 涂传飞，陈志丹，严伟.民间体育、传统体育、民俗体育、民族体育的概念及其关系辨析[J].武汉体育学院学报，2007，41(8)：24-31，51.

属概念+种差（种概念就是被定义项，属概念是定义项，种差是种概念所反映的事物与同属其他种概念所反映的事物相区别的规定性）这一概念界定方式，我们可以将民俗体育界定为：民俗体育是依托风俗习惯，为一定民众所传承和享用的具有集体性、模式性特点的体育文化体。作为生活文化，它与民间的风俗习惯关系密切；作为体育文化，它是民间体育的重要组成部分。

第二章　徽州民俗体育文化的形成与发展

民俗体育文化不仅是我国文化“软实力”的重要组成部分，更是建设和谐社会和推动社会经济发展的重要杠杆，同时也代表着国家和民族的文明程度、发展水平。在全球化快速发展的今天，民俗体育文化的发展不仅有着强大的国际影响力，而且体现着国际体育文化的竞争力，对国民经济和社会发展产生着巨大影响。正是因为民俗体育文化在国际和国内具有巨大影响力的现实，使得它在学术研究中成为热点话题。

徽州民俗体育文化研究已经积累了相当丰富的成果，但资料表明，大多将焦点集中在现状与未来展望上，研究还处在初级阶段。然而，对一种文化事项的发展必须历史地看待，才能揭示出它的发展轨迹与规律，才能发现它的文化本真，才能为当下所用。徽州民俗体育文化是一种地域文化，它的缘起与徽州社会的地域文化有着千丝万缕的联系。它在数百年的历史传承中又有着怎样的演变轨迹？其形成与演变对今天民俗体育的发展有着哪些启示？这些问题有进一步研究和正确认识的必要，以帮助我们充分展示、显现、放大徽州民俗体育文化这一民族瑰宝。为此，从历史、实践、理论三个层面归纳演绎出徽州民俗体育文化的形成轨迹，并借用社会学的理论加以考证、剖析和总结，以期为未来民俗体育的传承和可持续性发展提供有益支持。

一、徽州民俗体育文化的形成与徽州社会

（一）徽州自然环境对徽州民俗体育文化形成的影响

自然环境为人类生存和发展提供了基本条件，对文化的形成与发展起着基础作用。徽州地域包括今天的屯溪区、徽州区、歙县、黟县、休宁县、祁门县、婺源县、绩溪县等，地处皖南山区，属亚热带季风气候，地少山多，自古是逃避战乱的理想处所。生活在这片土地上的徽州先民，与土地山林相伴而生，以与自然界的交换和交流为职业，自然环境对民俗文化的形成起着重要作用。一方面，独特的自然环境为徽州民俗体育文化的形成造就了物质前提，如徽州“采茶舞”起源于徽州农耕文化。徽州地区属于山地环境，自古盛产茶叶。徽州“采茶舞”的动作形式大量吸收了徽州地方的采茶劳动方式，内容融合了山地特点。另一方面，徽州自然环境派生出传统乡村文化的保守性和封闭性，促进了徽民“鸡犬之声相闻，老死不相往来”的封闭性格的形成，这一性格对徽州民俗体育文化影响深远。总之，自然环境对徽州民俗体育文化有着极其深刻的影响，它不仅是其形成的摇篮，也是铸造其某些特征的模板。

（二）徽州社会结构对徽州民俗体育文化形成的影响

徽州不仅是一个地理区域，也是一个历史单元。徽州自宋代建制到新中国成立后一段时间里一直沿用这一名称。在历史的发展中，社会的经济结构、政治结构和文化结构对徽州民俗体育文化的形成影响深远。经济生产方式孕育着徽州民俗体育的性格，社会的政治结构造就着它的精神面貌，文化结构影响着徽州民俗体育的伦理道德和精神内涵。特别值得一提的是，在明清时期，徽州的商业经济达到鼎盛，大多娱乐性质的民俗体育活动在这一时期形成并得到发展，徽州商业与体育之间形成了互为推动的良性机制。

生产力决定生产关系，经济基础决定上层建筑。唯物主义理论说明了任何文化的形成与发育都离不开社会的生产方式和经济结构。徽州是一个农耕区域社会，自给自足的自然经济占据主要地位。古代徽州自然经济条件下的社会生产力水平较为低下，人们过着日出而作、日落而息的自然经济生活。因而，徽州虽然历经历史的荡涤，但在历史的发展中依然留存着浓重的乡土性和家族性。生产力的低下，山多地少的特点，导致徽州各乡村对土地神的信仰十分盛行。徽州乡民无法解释变化多端的自然和社会现象，往往产生一种恐惧、崇拜和屈从心理，对土地神的信仰由此而生，各种宗教也广为流行，并成为一种广泛性的乡民心理活动。于是各种祭神活动由此产生，这些祭神活动中亦包括各种民俗体育活动，如徽州乡民非常重视祖先崇拜，傩舞活动就是在这种信仰的基础上产生的。由此看出，在以土地为立命的经济社会基础上形成的徽州民俗体育文化带有十分典型的农耕个性。

徽州文化的产生、发展，除了受自然环境、经济结构等因素影响外，还受当时徽州宗法制度的重大影响。徽州是以家族制为主体的社会，一家一族、一族一村构成徽州社会的主要秩序，权力的行使是自上而下的。徽州乡村社会的政治结构的宗法制特征，导致了民俗体育文化的道德性人格。一方面，它使徽州民俗体育产生了集体性，即民俗体育活动皆是家族式的传承，这一方式增强了家族的凝聚力，使民俗体育活动得以传承；另一方面，家族式的传承轻视个人的价值，致使活动缺乏竞争精神和开放意识，但民俗体育活动的集体方式却有效地维护了家族的稳定，也使民众形成了屈服权威、轻视个人权利的性格和精神风貌。

徽州是理学的故里。自宋代至明清，理学对徽州文化的影响无处不在。同样，徽州的理学等文化思想对徽州民俗体育内核的形成起着塑造作用。自宋代至明清，以理学为代表的儒家思想成为历代统治集权的工具，儒学的伦理思想更是徽州地方的正统道德思想。儒家伦理思想的核心是“三纲五常”学说。纲常学说对徽州民俗体育文化的形成产生了深远影响，无论是民俗体育的活动仪式，还是其活动内容，均表达着这些伦理，成为维系宗法血缘关系的纽带之一。

（三）徽州商业对徽州民俗体育文化形成的影响

据史料记载，徽州大多民俗体育形成于明清时期。历史的造就并非偶然，徽州民俗体育的形成除了与徽州社会、文化等因素极为相关以外，也与徽州商业的兴盛有着内在的必然联系。

现有资料表明，徽州商业的历史十分久远，但真正形成徽商集团是在明清时期，其经营的范围包括盐、茶、典、木等行业。徽商集团的形成成就了“无徽不成镇”的商业佳话。徽州商业的繁荣和兴盛对徽州区域文化的影响深远。一方面，徽商的经营需要强有力的安全保障，徽州武术在这一时期得到形成和发展，其目的是为家族商业保驾护航；另一方面，徽州经济的繁荣，其娱乐性需求增加，很多娱乐性民俗体育活动得以形成。更有一些民俗体育活动是将两者结合起来，以满足娱乐和商业需求。

卢玉等在《明清时期徽州武术发展特点辨析》[①]一文中就徽州商业与徽州民俗体育之间的渊源做过深入剖析，他们认为徽剧是民俗体育与戏剧的完美结合体。徽剧形成于明末清初以后，具有鲜明的表演特色，其最显著的当为对武功的重视，平台与高台武功在徽剧中极为突出。平台武功如“独脚单提”“刀门”“飞叉”等非常惊险精彩，以“金鸡独立”“翻桌子”等高台武功尤为刺激。徽剧戏子常以这些精湛的武技使观者叹服。武功戏虽只是徽剧的一部分，但已表现出徽人惊人的武术功底和对武术的热爱。徽州发达的武术，为徽剧提供了武戏素材，扩大了戏曲的社会影响力，提高了徽剧在众多戏曲中的竞争力，一定程度上促进了徽剧艺术的发展。可见，发达的武术促进了徽州文化的繁荣，而文化的繁荣对推动徽州商业经济的发展具有不可估量的作用。徽州发达的武术在促进文化繁荣的同时，实际上间接地在为徽州商业服务。

① 卢玉，王国凡．明清时期徽州武术发展特点辨析[J]．体育与科学，2010(3)：73-75.

（四）社会流动对徽州民俗体育文化形成的影响

学界普遍认为，文化是活态并流动的。民俗体育文化同样如此。集体性是民俗体育的重要特征，民俗体育的传播靠群体得以实现。在徽州有较多民俗体育项目是从其他区域传播而来，后结合本地民俗文化形成自己的地域特色。

徽州是个移民社会，是由中原世家和当地土著民族交融的社会。自唐代至明清时期，大批中原世家因战乱逃亡到徽州，尤其在唐代“黄巢起义”期间最为鼎盛。人群的迁徙带动了文化的传播，这些中原世家将家族的包括民俗体育在内的文化输入徽州，致使徽州民俗体育文化空前繁荣。如徽州的傩舞、舞龙活动的出现就是与社会人群流动有关，据史料《周礼·夏司马》载：“方相氏掌蒙熊皮，黄金四目，玄衣朱裳，执戈扬盾，帅百隶而时傩。”西周傩舞起源于河南，如何又传入徽州？今虽不见史料记载，但从文化传播理论推测，应该与社会流动有着重要关联。

二、徽州民俗体育文化的历史演进与发展

历史是文化的摇篮。虽然民俗体育文化的形成受到各种不同因素的制约，但它在很大程度上隐含着历史的足迹，它是在历史的横向和纵向坐标中融合并形成民俗文化特色，其演变发展彰显和昭明着社会变迁的印记。随着历史的印记寻绎民俗体育的演进轨迹，有助于我们更为清晰地把握它的发展方向。

（一）徽州民俗体育文化形成与发展的历史寻绎

唐代以前徽州是以土族越人居民为主体的社会，越人的社会生活是以刀耕火种为主要表征。山林涉猎和生产劳动需要强壮的体质和身体活动能力，徽州民间流行的“打射”“举石担”“舞抽担”等民俗体育活动就是在这样的社会背景下形成和发展起来的。这些为提高体力的民俗体育活动具

有很强的针对性、娱乐性和教育性，即通过娱乐活动满足社会生活需求。

唐代是中国历史上相对强盛的时代，宫廷和民间的各种文化活动较为繁荣，宫廷体育和娱乐风气十分盛行，统治阶层的提倡和社会风气的引导为徽州民俗体育的形成与发展开辟了道路。譬如，拔河、荡秋千、射箭等民俗体育活动在徽州一度盛行，甚至出现“千人同竞”的盛况。

宋代至明清徽州商业经济的繁荣和以理学为主导文化的发展使得民俗体育文化再度发生转变，许多娱乐和祭祀类的民俗体育活动纷纷涌现，并与岁时节日等民俗紧密结合。如徽州端午节“游龙舟”活动是从南方传播而来，吸收了徽州当地祭祀敬祖的习俗并加以变异，形成了奇特的在河岸边抬着龙舟游走的独特活动。

近代以来，随着西方文明的传入，西方竞技体育开始在民间传播，并与民间传统民俗体育相互交织在一起，开启了民间民俗体育现代化的征程，徽州民俗体育正是在这样的社会背景下开始了百年跨越。尤其至新中国建立，徽州社会及其文化发生了根本性嬗变，民俗体育的现状也在发生着转变。如“游太阳”等一些在宗教祭祀中开展的民俗体育活动因赖以寄托的社会基础丧失而逐渐消亡，而叠罗汉、舞钟馗等民俗体育活动因参与到旅游开发中而得以生存下来。

（二）徽州民俗体育形成文化与发展的地域限定

民俗体育是在一定的自然环境和社会环境中因人们的社会生活需要而创造出来的一项文化事项，带有特定的地域特征。因此，民俗体育的历史演进既是地域限定的过程，又是地域限定的结果，是人们顺应历史的发展与地域限定创造出来的文化成果。

徽州的文化心理和社会价值观与其他地域不尽相同，这些不同又往往通过民俗体育活动得到体现，成为审视徽州文化的一个重要视角。被列为省级非物质文化遗产的叠罗汉活动是徽州的标志性民俗，在时代的变迁中保存着自身的地域特征，起着对内认同和对外宣传的作用。再如，徽州的打秋千、舞狮等民俗体育活动，传入徽州后因徽州各地自然环境和民俗的不同，其活动样式也有所变化。可见，地域的不同往往与民俗体育文化的演进和发展紧密相连，成为民俗体育演进的重要影响因素。“十里不同风，百里不同俗”的谚语道出了人类不同地域环境对文化发展的影响及其在发展中所呈现出的地域特征。不同地域环境成为民俗体育文化发展的基础和条件，在很大程度上限定了民俗体育的具体形式、样式和活动心理。当徽州民俗体育在受到西方体育文化冲击之时，它即失去了自身环境下独立发展的外部条件和基础，徽州民俗体育文化逐步突破了地域限制，迈入现代文化的潮流之中。

（三）徽州民俗体育的文化隔离与传播

在人类文化发展的历史长河中，文化隔离是文化形成的重要机制，文化传播是文化发展的重要方式。徽州民俗体育发展同样不能游离于人类文化发展的普遍模式之外。由于徽州独特的自然环境和人文环境，所以徽州民俗体育文化常常表现出对家族的认同，这种特性成为一种文化隔离机制。

文化隔离机制是使文化在变动环境中得以凝聚而不至消灭的前提条件[①]。文化隔离取决于地理条件形成的自然隔离，以及不同生产方式产生的社会隔离与不同价值观念导致的心理隔离。正是由于这些隔离形成并延续了不同民族的传统文化。一个多世纪以来，尽管一次次社会变革使徽州社会产生了根本的变革，导致社会面貌发生了深刻变化，特别是新中国成立后，徽州农村社会生活发生了巨大变化。但是，一段时间里，农村的基本生产方式与生产观念，依旧沿袭“日出而作，日落而息”的耕作传统与自给自足的小农经济观念。因此，徽州民俗体育赖以存在的社会、心理基础一定程度上依然如故。这就是民俗体育虽经冲击而经久不灭的根本原因。当前我国正处在现代化和城镇化的建设时期，徽州的社会生活方式和价值观念正在发生着日新月异的变化，文化隔离机制正在消除，徽州民俗

---

① 熊晓正.机遇与挑战——对我国民族传统体育发展之浅见[J].成都体育学院学报，1988(4)：21-28.

体育的生存受到前所未有的挑战。

需要指出的是，徽州民俗体育文化的隔离与传播是相对而言的，几乎不存在绝对的隔离或不与外界交往的民俗体育，也很难看到不受外界影响的民俗体育活动。更为普遍的现实是，徽州大多民俗体育是由外地传播而来，然后结合本地的民俗民风和人们的喜好改造而成。随着社会互动的加深，传播逐渐成为民俗体育演进的主要方式。正是由于徽州民俗体育的个性又为其生存发展带来了机遇。徽州自然环境隔离的消除为民俗体育的传播提供了条件，徽州民俗体育独具个性成为民俗体育在新形势下的增长点，成为徽州文化的窗口。

第三章　徽州民俗体育的民间遗存与流变状态

徽州历史悠久，旧石器时代就有先民在这片土地上繁衍生息。在数千年的历史进程中，山川秀丽的徽州吸引了中原士族联袂南来，落户衍脉，聚族布局，徽州文化不断吸纳以宗法、耕读持家的中原文化。明、清两代徽商兴起，足迹遍布天下，带来了苏、浙、沪等地区的文化元素，使得徽州地区逐渐成为中原文化、东南部地区文化与当地文化的融合之地，经不断地融合消化便形成了独树一帜的徽州文化，最终，徽州文化成为中国三大地域文化之一。浓厚的徽州文化氛围，形成了丰富的非物质文化遗产，其中就包括徽州民俗体育文化遗产。徽州民俗体育分散于民间，并代代相承，相沿成俗。目前，徽州民俗体育还大量表现在一些神会、庙会中，如叠罗汉、舞大刀、跳钟馗、傩舞、麒麟舞、舞龙、舞狮、划龙舟、扑蝶舞、蚌壳舞、嬉鱼灯等。然而，这些民俗体育活动的形式主要掌握在民间少数人手中，有的民俗体育项目已经消亡，急需对其进行整理研究、继承发扬。为了展现徽州民俗体育遗存情况以及流变状态，在一年的时间里，我们广泛搜集相关地方志、谱牒、文书、笔记、文集、传说等文献资料，并访谈当地的村民、专家和主管部门人员，全面收集和整理徽州民俗体育遗存情况以及流变状态。本章将以县（区）为单位，逐乡逐镇对所调查到的部分徽州民俗体育项目进行介绍。

一、歙县

（一）郑村镇

跳钟馗

图 3-1　跳钟馗

简介：郑村镇的堨田村位于歙县西乡，距县城约十公里，南临芜屯公路和皖赣铁路，西与岩寺古镇毗邻，北靠三台山，是一个历史悠久、文风昌盛、名贤辈出、名胜荟萃的古村落。堨田村跳钟馗，每到端午节都要举行，寓意消除五毒，祈求赐福镇宅，保佑村民平安，是南派跳钟馗的典型代表。它源于宋元时期，盛于明清之际。堨田村跳钟馗包括《巡街》《嫁妹》《驱五毒》等表演内容。其中，《巡街》参与表演的人员最多，扮演蓝袍钟馗、护法、酒夫、蝙蝠王、蛇、蝎、蛤蟆、蜈蚣、蜘蛛等，内容最为丰富，以拜老郎、登高、斩五毒、谢老郎等四个仪式为代表。每当巡街到十字街口、村民家门口、桥头时，村民们都会烧纸焚香，燃放爆竹，以助钟馗除五毒。《嫁妹》具有喜庆色彩，参与表演的人员包括红袍钟馗、钟馗妹妹、媒婆、轿夫、丫鬟等。《驱五毒》最为惊心，将整个跳钟馗活动推向了高潮——钟馗在普济桥上，手持朝笏变宝剑，“砍去”五鬼头颅。然后烧冥纸卸妆，焚香祭拜，送钟馗神回天。

图 3-2　郑村镇一角

起源：宋元时期。

开展时间：端午节。

类别：舞蹈类、民间信仰类。

现状：活态①。近些年，随着旅游业的蓬勃兴起，歙县全力挖掘古老的徽州民间艺术，并取得显著成效。古老而又精彩的徽州民俗“跳钟馗”已成为该县主要的旅游项目之一，各地游客藉此对古老的徽州文化有了更深的了解。

曾经和仍在流传的地区：歙县徽城镇（活态）、雄村镇（活态）等。

（二）徽城镇

1. 高跷

简介：渔梁村位于歙县县城东南1.5公里处，关于村名的由来有多种说法。高跷在清代中叶始流行于歙县。民国以后，高跷唯渔梁延续，是保安会的配套艺术活动。踩高跷的角色，化妆成各式人物，男女老少或三教九流，也有化妆成戏文人物的，如三星、魁星、八仙等。踩高跷的特色是，

① “活态”民俗体育项目：近几年每1—2年开展一次或定期开展，该项目传承能力强，深受当地人们喜爱，人们都主动地、长期地、持续地开展该民俗体育项目。“边缘态”民俗体育项目：近10年偶尔开展，开展次数越来越少，该项目传承能力较弱，当地人们被动地、间歇地开展该民俗体育项目。“消亡态”民俗体育：曾经出现过，但近十年人们没有再开展该民俗体育项目。

无固定表演程式，表演者可以自由发挥，各尽所能。有甩开大袖，辅以各种滑稽身段边走边舞蹈的，观众往往被逗得哈哈大笑。有腰系彩带，边走边扭秧歌的，因为脚下触地点小，更显得婀娜多姿，十分娱目。也有表演武术的，刀来枪往，旋身腾挪，令人叫绝。至于带跷空翻、劈叉，那是顶高级的表演，既惊险又刺激。在坦场上集体表演，表演者高低错落，服饰形形色色，表演各臻其妙，诙谐戏谑，异彩纷呈，蔚为壮观①。跷为竹木制，一段竹或木棍楔入一踩脚板即可，一脚用一根跷。踩脚板高度以尺②计，低的二尺、三尺、四尺不等，高的达六尺以上。低的踩板以上留一截木棍，捆扎于小腿上，高的踩板以上要放出与上身等高的长度，便于双手扶持。

图3-3 渔梁村一角

起源：清代中叶。

开展时间：不固定。

类别：游艺类。

现状：消亡。渔梁高跷，20世纪50年代初曾为歙县城乡商品交易会献演，不久后停止活动。

① 柯灵权.歙县民间艺术[M].合肥：安徽人民出版社，2006：18.

② 尺，长度单位，此处指老尺，1尺等于10寸，现1市尺等于老尺九寸五分，现1市尺约等于0.33米。后文不再重复注释。

2. 舞布龙

图3-4　舞布龙

简介：徽城镇位于安徽省歙县中部。舞布龙由形、舞、曲三部分组成。形，即布龙以彩色布为主要原料，配以竹、木等辅助材料。舞，即舞龙队员的活动技术，它包括滚、翻、伸、跳等全身动作。在多名舞龙队员共同表演下，舞龙表现出腾云驾雾、翻江倒海、静如处子、动如脱兔的形态。曲，即伴奏音乐。音乐节奏或缓慢、或快速，控制着舞龙由静到动，由开幕、高潮到结尾的全过程。

起源：不详。

开展时间：春节期间。

类别：民间信仰类。

现状：活态。

3. 南源口游龙舟

简介：南源口村位于新安江畔，新安江山水画廊入口处，距歙县县城8公里。境内有杭徽高速、南大公路、老杭徽公路穿村而过，交通便利。南源口龙舟，实为南源口、车轮湾、丰村、浦口四地共有，每年农历二月廿七至三月初四定期分别举行。龙舟为木制，无棚。前有龙头，后有龙尾，皆为木雕、彩绘，形神毕肖。船舷两侧雕有龙鳞、龙爪，全舟以朱色打底，依雕纹漆成庄青色，以银灰色勾勒龙甲，显得龙鳞斑斑，十分逼真。龙舟两旁，各设十二把桨。龙舟由车轮湾保管。到游龙舟日，车轮湾人会置八老爷塑像于舟上，将龙舟送到各村。一村游毕，将龙舟交车轮湾，车轮湾人再将龙舟转送下一村。龙舟进各村，都有自己的规定：南源口只接不送，浦口只送不接，丰村不接不送①。在举行游龙舟时会准备许多贡品放在汪家祠堂供桌上，经过献酒、献馃、献饯、还枷锁之后，青少年男丁们即可到埠口游龙舟。游龙舟的路线是顺流而下，直至王家淇河段返回。

起源：起源不详。

开展时间：农历二月廿七至三月初四。

类别：竞技类，民间信仰类。

现状：活态。

曾经流传和仍在流传的地区：祁门芦溪乡至今一直在流传，黄山区太平湖镇游龙舟处于边缘状态。

（三）北岸镇

1. 蛤蜊舞

图3-5　蛤蜊舞

简介：北岸镇地处歙县中部，距歙县县城14公里。徽杭高速公路、黄千高速公路穿镇而过，交通极为便利。蛤蜊舞，歙县四乡均流行，昔日为民间庙会、灯会活动组成部分之一，亦称“蚌壳舞”。蛤蜊舞体现的是

① 柯灵权.歙县民间艺术[M].合肥:安徽人民出版社,2006:48.

“生殖崇拜”理念，故大多数地方禁止未婚男女扮演。表演角色一般为蛤蜊仙子两人，老渔翁一人。蛤蜊仙子系在腰上的蛤蜊壳，以竹片扎络成蚌壳形，绵纸层层糊褙，以青黑色染料遍涂并勾画出一圈圈壳纹。两瓣壳口舷各镶一道粉红色绸缎边，象征外露之蛤蜊肉。壳里面糊银灰色锡箔纸，使之发光。做得考究的，内衬白缎，上缀粒粒珍珠。每瓣壳内皆有竹拉手，便于表演者启闭蛤蜊。蛤蜊仙子俊扮、化妆，头插珠簪，身穿红色绣花衣，膊围珠络，系墨绿色腰带，下穿淡绿色绣花裙，着绣花鞋。两瓣壳背部相连，系在仙子腰上。壳闭时上半身皆隐于壳内，唯见表演者双脚。老渔翁，白眉毛白胡子，上身穿庄青色茶衣，下穿黑裤，头戴斗笠，身背渔网。蛤蜊仙子翩翩起舞时，舞步曼妙。合时只见两个竖着的蛤蜊在盈盈挪动，既曼妙风趣，又透着几分神秘感；开时凸显出仙子婀娜身姿，珠光熠熠，裙裾飘飘，含羞浅笑，风情万种。二仙子时而对舞，时而追逐，纵情于水滨，忘忧于天地①。

起源：不详。

开展时间：庙会，灯会。

类别：舞蹈类。

现状：活态。

2. 瞻淇鱼灯

图3-6　瞻淇鱼灯

① 柯灵权．歙县民间艺术[M]．合肥：安徽人民出版社，2006：48.

简介：瞻淇村隶属于安徽省黄山市歙县北岸镇，距北岸镇镇政府4公里，距歙县县城10公里。瞻淇鱼灯是北岸镇瞻淇村的一项活动，为纪念汪氏始祖汪华公。鱼灯纸糊篾骨，彩色绘鳞，下装木柄，供握持负行或舞蹈，舞蹈所表演的是模仿鱼类个体和群体的各种戏水动作，一快一慢，一起一伏，场面非常壮观。每年从农历正月初三开始进行鱼灯表演，鱼灯舞走阵各式各样，寓意不同，目的都是把幸福吉祥送入每家。元宵节，嬉鱼灯，为当地新居落成、庆寿、结婚之农户欢庆，给他们送祝福、贺吉祥。正月十五一过，大红鲤鱼换上青衣，变成大青鱼，预示春季的劳作开始。

起源：相传瞻淇鱼灯始于宋朝。汪氏先人认为瞻淇水往西流，“汪”字带三点水，“水”在西边，有鱼则水肥，嬉鱼利于子孙旺，所以在村里兴起元宵灯，扎大鱼灯延续至今。

开展时间：春节和元宵节期间。

类别：游艺类，民间信仰类。

现状：活态。

（四）许村镇

双忠会打标

简介：许村镇是中国历史文化名镇，距歙县县城21公里。许村古名富资里，源于东汉。打标是许村每年农历六月初一双忠会活动中的一个项目。双忠会上要扎大小花船和雷、蓝二将神像，脸谱一红一白，骑丈高大马。初一上午游菩萨，以天平铳放炮开路，旗幡、伞盖、仪仗、程序一如他村。初四送圣，抬花船去送圣时，送圣者一路高喊。打标是在初三上午，石德桥边坦场上，五大派分段集中。或在青柴树上，或在石牌坊上，或竖木杆悬挂鞭炮，然后由族人纷纷将小爆竹点燃投向悬挂之鞭炮，哪一派的鞭炮先响，哪一派即先得福祉；哪一个人的爆竹先引燃鞭炮，哪一个人即被视作将有好运气。放炮的同时各户将许愿还愿猪（亦称“会猪”），赶到场中，一声号令，一齐开刀，猪血洒地酬神。接下来，五派派出壮汉，各自扛着本派的青、红、黄、白、黑大旗，绕场奔跑，并跑遍全村，最后到村头水口庵集中，谁先到谁得胜。五派到齐后，焚香化纸祭旗散去。

起源：起始于明万历丙子年（1576年）。这一年，族人许文昌独资建造协忠庙，雕檀香木张、许二公像和雷、蓝二将牌位，并置百亩良田作赛会会费。后康熙壬子年（1672年）农历六月初一夜降大雨，冲走戏台戏箱，卖了百亩良田，赔偿戏班损失，此后赛会经费由丁口分担。其中冠丁（十六岁以上男丁）每人出四十个铜板，幼丁（十六岁以下男丁）减半，头鬟（已婚妇）又减半，未婚女免出。村族派五派轮流执事、组织赛会，当年负责者称“主事”“当头”。

开展时间：农历六月初一至初四。

类别：游艺类，民间信仰类。

现状：活态。

（五）杞梓里镇

1. 麻痘灯

简介：杞梓里镇位于歙县东北部，东连清凉峰，北接大障山，徽杭高速公路横贯其间，交通便捷。杞梓里镇麻痘灯，是把所有地戏人物的战马、兵器、旗幡杆顶等都扎成纸灯，有些依灯的特点在形体上做了夸张的设计，如以四个圆篾箍四方竖连如花瓣，上面再垫一个尖形篾圈，糊上纸，稍做勾画，里面点上蜡烛，就成了五瓣梅花枪[①]。

起源：依托儿童地戏开展的灯会活动，参与活动的主体是儿童。传说凡参加这一活动者，可保一年不出麻生痘，故家家儿童乐于参与，“麻痘灯”因此得名。

开展时间：东南隅正月十二日开始，正月十九日收灯；西北隅正月十三日开始，正月十八日收灯。

① 柯灵权．歙县民间艺术［M］．合肥：安徽人民出版社，2006：30．

类别：游艺类，民间信仰类。

现状：活态。麻痘灯现已被收入歙县第一批县级非物质文化遗产名录。一直以来，麻痘灯都是当地儿童喜爱的活动，深受百姓的欢迎。

2. 腰鼓舞

简介：歙县杞梓里镇杞梓里村腰鼓舞属集体舞蹈，用于欢庆、热烈的场面，表达人们欢欣鼓舞的心情和劳动人民的英雄气概。腰鼓舞舞姿有“踢腿”“转身”“骑马式”“飞脚”等。集体表演的腰鼓舞队形富于变化。其最大特点是鼓点与舞蹈动作的和谐配合和紧密结合，舞者踩着清脆的鼓点，动作豪放潇洒。

起源：关于腰鼓舞起源于何时没有明确的文字记载，现有两种流行的起源传说。一说腰鼓舞起源于春秋以前，原有迎神驱邪之意，后来发展为民间舞蹈。由于冬日地冻天寒，打腰鼓本身就可以抗寒，因此，冬闲的农民便以打腰鼓为乐，打腰鼓逐渐成为习俗，继而发展成文艺表演。另一种传说为秦汉时期，戍边的士兵装备了一种鼓，操练军卒，以鼓为号；遭敌袭击，打鼓报警；两军对垒，擂鼓助阵；战斗胜利，击鼓欢庆。腰鼓舞何时传入歙县杞梓里镇情况不详。

开展时间：不固定。

类别：舞蹈类，游艺类。

现状：活态。

曾经流传和仍在流传的地区：歙县溪头镇蓝田村、霞坑镇里方村（活态）和屯溪区昱中街道（活态）等。

（六）岔口镇

1.甩流星

图3-7　甩流星

简介：岔口镇是革命老区，地处歙县皖浙边陲大洲源。黄山—千岛湖公路穿境而过，距县城44公里。西南与新溪口乡、武阳乡接壤，北与杞梓里镇相邻，东与浙江省淳安县毗邻，是歙县的东南门户。歙县岔口镇周家村甩流星，为周家村庙会活动杂耍节目之一，历来与耍叉配套表演。流星，用一根纤绳两端拴铜钱制成。甩流星，手抓住绳的中部，上下甩动。力重时，两端铜钱起伏腾降、嚓嚓作响；力柔时，绳子拉直，如一根棍子在水面上上下浮动[①]。绳的长度一般与表演者身高相等，每端拴铜钱二十五个至五十个不等，一般用秤称，保证两边重量相等，甩起来才能平衡应手。甩流星主要程式套路有“双打鼓”、“原地扭丝”、“顺扭丝”（顺转身三百六十度）、“反扭丝”（反转身三百六十度）、“单手顺扭丝旋”、“单手反扭丝旋”、“雪花盖顶”、“双手梆棍”、“单手梆棍”、“过五关”、“收四门”、“开四门”、“五龙盘胫”、“大闹天宫”、“黄蛇出洞”、“朝天举香”、“打功结束”、“放流星”等[②]。

① 柯灵权.歙县民间艺术[M].合肥:安徽人民出版社,2006:12.

② 柯灵权.歙县民间艺术[M].合肥:安徽人民出版社,2006:13.

起源：不详。

开展时间：周家村庙会。

类别：民间杂技类。

现状：活态。要流星现已被收入歙县第一批县级非物质文化遗产名录。要流星是该地庙会活动不可缺少的节目之一，是当地百姓喜爱观看的节目。

2.耍叉

简介：耍叉是岔口镇的一项民间活动。耍叉由两个圆环和一个叉构成：圆环由竹子制成，直径46厘米、重4两[①]；叉由杉木制成，长53厘米、重5两。平时要不断地练习而且要以武术为基础。耍叉程式有“拨叉”和“筛叉”两大类，每类各有套数。拨叉是基本功，即双手各执一根拨棍，拨叉翻滚、飞旋、抛接，不使叉落地，又配以扭腰、独立、腾挪等种种身法、步法，使叉的跳跃、飞旋显得变化多端，令人目不暇接。筛叉表演者双手各捏一圆箍，不停地旋转，如转筛筛米，将叉垂直投入箍中，以箍旋动的惯性带动叉在箍中飞旋而不落地。表演难度较大，需拨叉基本功扎实才可练成此技，艺人传有俗语：“拨叉没功夫，筛叉上不得手。”过去表演在大的河滩上举行，现在在广场上或大街上举行。

起源：不详。

开展时间：每年正月初一举行，或者正月十五闹元宵举行。

类别：游艺类。

现状：边缘态。

---

① 两，质量单位，现1两等于50克。后文不再重复注释。

3.竹马灯

图3-8　竹马灯

简介：岔口镇的竹马灯是根据《三国演义》中的几个章节编成的故事表演的。演出人员脸上都化妆，身穿戏剧服装，头戴头盔，手执马鞭，脚穿朝靴，围绕故事中的情节经过民间艺术加工，配以锣鼓、唢呐等民间乐器，形成集布阵、穿花、跑马等于一体的民间艺术表演。灯会开始前，各家各户的马灯需到祠堂集合，插上蜡烛并点燃。然后列队出游，头马在前，锣鼓队跟随。接下来就是浩浩荡荡的马灯队了。马灯队后面是一个戴面具化装成的老妖婆，当地人称其为“大头鬼”。跟在“大头鬼”后面的是一个带着两片蚌壳的蛤蜊姑，还有一个挑着一担纸扎的水桶灯的挑桶姑。最后是尾灯。锣鼓声中，一通爆竹，灯队出行，在行进途中不再放爆竹。灯队在村中游走一圈后，再是一通爆竹，随即马队解散，“一鬼二姑”还留在广场上表演。如此过程持续到正月十八晚收灯。正月十八晚收灯表演时，马灯队后面多了一个红脸的关公。关公骑着红马，手执大刀，威风凛凛地在最后压阵。关公每到一户门口，即入门打个转再出门，随行的人为各户插上棒香，当地人称之为“关公镇妖，家家都到”。待关公从最后一家出来后，前行的马队已经在广场集合，人人都解下纸扎马灯，放火焚烧，关公赶到时也是如此，然后众人从火堆上跳过，即卸妆，村民散去，活动结束[①]。

起源：不详。

①柯灵权.歙县民间艺术[M].合肥:安徽人民出版社,2006:31.

开展时间：每逢闰年正月十五出灯，正月十八收灯。

类别：舞蹈类，游艺类，民间信仰类。

现状：活态。竹马灯会是该地区及周边地区影响最为广泛的民间自发形成的春节灯会组织，每逢闰年春节到周边村庄表演。

4. 麒麟舞

图3-9　麒麟舞

简介：麒麟舞是流行在徽州歙县岔口镇、富堨镇一带的土风舞。麒麟造型独特，音乐、舞蹈古朴，气氛欢快，是一朵富有泥土味的杂耍之花。麒麟是中国传说中的一种独特的动物，它是吉祥和幸福的象征。麒麟是用竹子手工编制骨架，再用各种不同颜色的纸或丝绸蒙在骨架上而制成。麒麟头的样式多种多样。扎制完成后，选择黄道吉日，在山中开光点睛，使其富有灵气。

起源：据说，麒麟舞在此地流传有800多年的历史。

开展时间：重大节日或其他需要时。

类别：舞蹈类，民间信仰类。

现状：活态。

（七）王村镇

抬阁

简介：王村镇位于歙县南部，与“花山谜窟”隔江相望。徽杭高速公路横贯境内，是歙县南部重要的交通枢纽。抬阁是旧时民间迎神赛会中的一种游艺项目。在木制的四方形小阁里有两三个人扮饰戏曲故事中的人物，由别人抬着游行。王村抬阁，队伍前有大红三角火龙旗各四面，红、黄、蓝、白、黑色蜈蚣幡各一面。幡后是抬阁、锣鼓队伍，再后是圆盖凉伞队伍和各村“助村”之旗幡、本村锅头幡，最后面是游菩萨、行香队伍。抬阁上阶、下坡，都要用月牙叉护住饰演儿童的后背、前胸，防跌到。锣鼓只一套人马，以防音杂。鼓点依剧情打，打完一阁戏文，再换打下一阁戏文。王村一带各村皆有地戏，但不与抬阁同时演出，当地老辈人介绍他们行的是素会。

起源：歙县王村抬阁，是民国初由屯溪隆阜引入，上店聚泰肉店老板舒德全发起组织的，并捐助了四个抬阁架栅①。

开展时间：迎神赛会。

类别：杂技类，游艺类，民间信仰类。

现状：活态。

曾经流传和仍在流传的地区：歙县王村，屯溪区黎阳镇（活态）。

（八）昌溪乡

舞草龙

图3-10 舞草龙

① 柯灵权.歙县民间艺术[M].合肥：安徽人民出版社，2006：15.

简介：昌溪乡位于歙县东部，距县城30公里。“舞草龙”是昌溪乡的一项习俗，相传唐代便有迎草龙送龙神活动，一直延续至今。每年的八月十五中秋节之时，天气干燥，容易导致火灾。为了提高村民的防火意识，就在中秋团圆日举行“舞草龙”活动。此举一来可以增加节日气氛，二来可以广泛提醒村民防止火情，保一方平安，祈求风调雨顺。扎制草龙的材料形式不一，主要有竹篾、稻草、麦秆三种。在音乐的伴随下，草龙穿大街、过小巷，最终投入昌源河中，寓意龙归大海，求得举村平安。

图3-11　昌溪乡

起源：不详。

开展时间：每年的八月十五中秋节。

类别：游艺类，民间信仰类。

现状：活态。

曾经流传和仍在流传的地区：歙县昌溪乡、桂林镇（活态）、霞坑镇（活态）、上丰乡（活态），祁门历口镇（活态）、渚口乡（边缘态）、芦溪乡（边缘态），绩溪长安镇（状态不详）、扬溪镇（活态）、板桥头乡（状态不详）、家朋乡坎头村（活态），婺源大鄣山乡古坦村（活态）、江湾镇江湾村（活态）、黄山区太平湖镇（活态）、龙门乡（活态）、新华乡（活态），徽州区呈坎镇（活态）、潜口镇（状态不详）等。

（九）三阳乡

1. 舞狮灯

图 3-12　舞狮灯

简介：三阳乡三阳村又名三阳坑，位于歙南清凉峰脚下昌源河畔北侧梅溪河沿岸。老徽杭公路穿村而过，交通便利。元宵节这天，村中一年一度的民俗节目“狮灯”如期上演。舞狮灯由110多位村民搽脂抹粉，画上脸谱，身穿戏服，带上道具装扮成古典神话中的人物，手执花灯，敲锣打鼓，在鞭炮声中游街串巷舞狮灯、演地戏，其场面热闹非凡，气势恢宏，让人如痴如醉。

起源：不详。

开展时间：元宵节期间。

类别：游艺类，民间信仰类。

现状：活态。歙县三阳村舞狮灯在失传11年之久后，于2009年又重登三阳舞台，至今仍在如期举行。

2.打秋千（花车转阁）

图3-13　打秋千

简介：打秋千是三阳村迎神赛会和节庆盛会的传统游艺项目。秋千有特制的秋千架，停止转动时成方形，旋转时成圆形，意为天方地圆。秋千以接观音菩萨为主题，“秋千姑”由十三四岁的体重相同的美貌女孩扮演，秋千架高丈[①]余，成十字状，可自由旋转，地盘有四个大木轮。参加“打秋千”民俗展演活动的演员有100多人。队伍长约200米，前为鸣锣开道的队伍，紧接乐队、秋千架、小锣鼓队、地戏队、舞龙队、腰鼓队、彩旗队等。打秋千寄托着老百姓驱邪纳福的美好愿望，或以庆贺丰收为目的。

起源：歙县三阳乡三阳村民俗表演“打秋千”起源于明末，盛于清。

开展时间：每年正月十五元宵节、八月十五中秋节。

形式内容：“打秋千”是我国古代的民间娱乐活动，而三阳村的“打秋千”更是别具一格。

类别：杂技类，游艺类，民间信仰类。

现状：活态。将近半个世纪，传统民俗表演三阳打秋千迷失在经济热潮中，但洪孝廉一直保存着部分打秋千的曲谱，后凭着少量资料、旧时记忆及个人创作恢复了三阳打秋千，并致力于作曲写谱、指导后人制作秋千架、学习唱演。

曾经和仍在流传的地区：歙县三阳村、许村、深渡镇，绩溪县伏岭镇

① 丈，长度单位，1丈约等于3.33米。

湖村、长安镇庄团村、上庄镇瑞川村。

（十）深渡镇

放飏灯

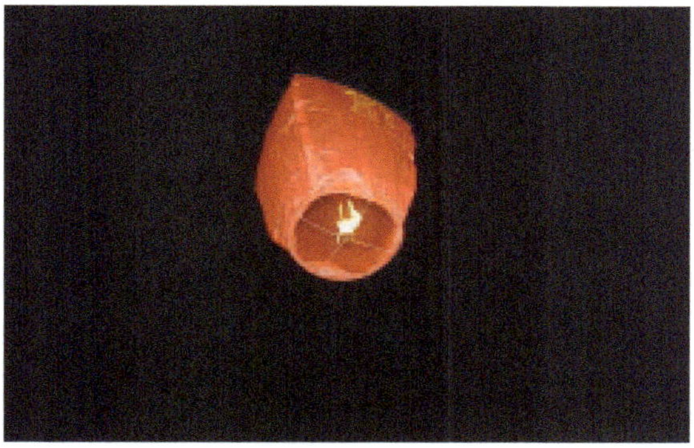

图3-14　放飏灯

简介：深渡位于歙县东部，是黄山—千岛湖黄金旅游线上安徽境内重要的中转站，形成于唐、兴建于宋，历史悠久，钟灵毓秀，为历朝郡县之重镇。飏灯，以竹篾扎架，白细布蒙之，高4米，直径6米。灯下端敞口，底部有铁丝油络架，及扎绑爆竹的竹架。白布灯皮上书有“江南徽州府歙县三十一都洪济村灯会”字样。放飏灯定在正月十五元宵夜，先派八名力壮男丁扯住灯下端，一声令下点火，灯球迅速充满热气，浮力逐渐加大，八名男丁都感到扯不住时，一声号令放手，灯即冉冉升起，宛如一个巨大的火球，在夜空里耀眼。待灯升上半空，爆竹引燃，四处开花，满天流星，观者又蹦又跳，齐声欢呼，其情其景，十分扣人心弦。爆竹燃放完后，灯架卸了负担，逐渐升高，慢慢远去，灯影越来越小，直到看不见了，人们仍不愿离去。老艺人说。飏灯飞得高、飞得远才好，意味着子孙前程远大，一代比一代强[①]。

起源：起始于清中叶。歙南深渡洪济村汪姓，明成化年间，九代单传，为了旺族，效法孔明求寿放七星灯故事，兴飏灯求丁活动。“灯”“丁”，

① 柯灵权.歙县民间艺术[M].合肥:安徽人民出版社,2006:40.

歙南方言同音。

开展时间：正月十五元宵夜。

类别：游艺类。

现状：边缘态。1952年，洪济村飏灯会组织了最后一次放飏灯。此后，村民自发制纸飏灯放，升高和放远都不如布飏灯，而且停停放放，不经常。

（十一）桂林镇

讨饭灯

简介：桂林镇位于歙县县城北郊，距县城9公里。芜屯公路与徽杭公路交汇于该镇，交通便利。讨饭灯是一种由饰扮的三十六行人物手提彩灯、口唱莲花落的灯彩曲艺形式。老艺人方灶荣介绍，三十六行人物主要有农、商、诸色匠人、教书先生、师爷、讼棍、占卜、星相、算命、卖解、乞丐、媒婆、巫婆、牙婆、鸨儿等，多数为社会下层人物。他们手中的灯都贴近各自的人物身份，或扎制成象形灯，或画上特征物。如手提的有铁匠的铁砧灯、教书先生的书箱灯、牙婆的花鼓灯、农人的五谷灯等，托在手上的有师爷的鸟笼灯、讼棍的老鹰灯、卖解的酒坛灯、鸨儿的元宝灯等。角色杂，灯也就五花八门①。讨饭灯最大的特色是，提着五花八门的灯，演唱舞蹈，表现形式新颖。出灯时，没有旗幡，只有锣鼓，全队只四十多人。唱词贴近生活，容易引起观众共鸣，莲花落小调也悦耳动听。表演不拘形式，可以自由发挥，诙谐幽默。每一曲有各自的伴奏锣鼓点子，唱完一曲，进行下一曲。十二套曲唱完，活动也就结束了。群众都说：好看、好听。所以，旧时每年有许多村坊前来邀请，徽城的店铺也多发请柬，请灯队到店铺前演出，庆祝新年开张。今年请了，明年还请，表演完了即送上谢仪。灯队从每年正月十三开始，到二月半几乎都在演出。贫困之家还可以借此赚几文钱糊口。②

起源：古代一班绿林好汉被困京城，后在军师授计下，改扮三十六行

① 柯灵权.歙县民间艺术[M].合肥：安徽人民出版社，2006：37.

② 柯灵权.歙县民间艺术[M].合肥：安徽人民出版社，2006：38.

人物闯出了京城，其中一些人辗转来到徽州，定居于车田、五郎阁一带。后人为纪念先祖这段历史，于元宵节期间行灯彩曲艺，初名“闯霸王”。但人们见有乞丐人物，又是唱的莲花落，就称为“讨饭灯”。又因为车田在徽城近郊，种菜卖菜的多，有“车田五郎阁，卖菜种羊角”之俗言，别称为“卖菜灯”，车田人自己则往往雅称为“富贵灯”。据《黄山市曲艺志》推考，车田讨饭灯约始于宋元之间①。

开展时间：每年正月十三开始，到二月中旬结束。

类型：游艺类。

现状：消亡态。20世纪50年代已经停止活动。

（十二）街口镇

奇巧板

简介：街口镇位于新安江畔，是古城歙县的南大门。与浙江省交界，作为街源之口，是对外交流的宝地。街口镇滩头村奇巧板，每年正月初二到正月十八举行，既可配合舞狮、竹马灯活动，又可登台单独表演。奇巧板有十多块，形状各异。表面蒙以白布，画上云雾和八仙兵器，板块各横截面亦有花边图案，聚集时可以拼成边长为两米的正方形。②表演者或儿童装束，或武士短打装束，或仙姑装束，各执板一块，在锣鼓声中边舞蹈边拼板组字或组兵器、建筑物。如拼“天下太平”“五子三元”等寓彩的字，以及刀、枪、剑、戟等兵器，元宝、金银等珠宝，桥梁、城门等建筑物，还可拼成马、牛、鱼等动物形象。奇巧板也应邀到各户表演，进门时拼成一个元宝，再依次往下表演，东家招待果子，家境好的也给谢仪。出门时由少数人拼一个城门洞，多数人自此出门，寓彩东家有人官至封疆大吏，守城扼关。③

起源：据村里人说，奇巧板活动始于清末，但从滩头村奇巧板舞蹈拼

① 柯灵权.歙县民间艺术[M].合肥:安徽人民出版社,2006:37.

② 柯灵权.歙县民间艺术[M].合肥:安徽人民出版社,2006:53.

③ 柯灵权.歙县民间艺术[M].合肥:安徽人民出版社,2006:53.

字的实况看，极可能承袭、衍化于唐代的“字舞”。南宋时任过浙江义乌县令的周密在《齐东野语》里载曰：“州郡遇圣节赐宴，率命猥伎数十，群舞于庭，作‘天下太平’字，殊为不经。”

开展时间：正月初二到正月十八。

类型：游艺类。

现状：边缘态。20世纪50年代，滩头村奇巧板尚有活动，今仅有两名遗存艺人。

（十三）上丰乡

舞狮

图3-15　舞狮

简介：上丰乡地处歙县北端，丰源河穿村而过，景色优美。自古以来就是农资集散地，是集政治、经济、文化于一体的重镇。舞狮，又称“狮子舞”“狮灯”“舞狮子”，多在年节和喜庆活动中表演。狮子在中国人心目中为瑞兽，象征着吉祥如意，从而在舞狮活动中寄托着民众消灾除害、求吉纳福的美好意愿。上丰乡的舞狮属于北狮的一种。狮的外形与真狮相像，全身狮皮覆盖，下身需着和狮皮同样的金黄色裤子和花靴，舞时全身披狮皮遮盖，只露出双脚，不见其人。舞狮的种类多样，各不相同。动作一般有跌扑、翻滚、跳跃、搔痒等，也有滚绣球、过跳板、上楼台等技巧动作。在乐器的伴奏下呈现出各种姿态，时而温婉，时而凶险，舞狮者必须配合默契，从头到尾一气呵成，融为一体。可以说，北狮是一种重“技”的舞法。

起源：不详。

开展时间：多在春节等节庆时举行。

类型：杂技类，民间信仰类。

现状：活态。

曾经流传和仍在流传的地区：歙县昌溪乡（活态）、森村乡（消亡态）、溪头镇（活态）、长陔乡（活态），屯溪区屯光镇（活态）等。

（十四）武阳乡

1.耍钹

图3-16　耍钹

简介：武阳乡地处歙县东南部，距县城约39公里，大洲源口，新安江畔，是集库区山区为一体的乡镇。该乡水陆交通较为便利。武阳乡的耍钹项目请五猖和做道场，是民间保安会及许愿、还愿必行的法事活动。道士将五猖神像置于坦场中，分东南西北中五方排列，分别代表东方青帝（风猖）、南方赤帝（狂猖）、西方白帝（毛猖）、北方黑帝（野猖）、中央黄帝（伤猖）。经过一番法事仪式，即打锣鼓，伴奏唱经，然后开始赞好话：“保佑弟子，四季平安，万事亨通，春多吉庆，夏保康宁，秋有丰收，冬无患难，多福多寿，添财添喜。”焚香化纸后，锣鼓声中，道士登坛，开始耍钹，耍盘耍碗，舞枪弄刀等。耍钹献艺道士身穿黑短打衣，头扎红布头巾，脚穿黑白相间鞋面的布鞋[①]。

起源：据歙县武阳方九五介绍，这是昔时道士请五猖做道场中的技艺，相传由江西龙虎山道士传入徽州，迄今近600年历史。虽是道士技艺，但昔时请五猖做道场频繁，故在民间影响很大。

开展时间：不固定。

类型：民间杂技类，民间信仰类。

现状：边缘态。到20世纪80年代，徽州能耍钹的唯歙县武阳方德发（1920—1991年）一人，他的祖父、父亲都曾在歙城河西玄妙观（今废）当道士，他青少年时曾随父亲从事过道士职业，学成打击各种道教法器、耍钹等多项技艺，谙熟许多曲牌。《歙县志》称方德发的耍钹为“皖南一绝”，曾参加歙县民间艺术节调演获奖。安徽省民间舞蹈协会办公室曾两次为他的表演录像存史[②]。

2. 舞抽担

简介：舞抽担是徽州传统格斗武术之一，民国前歙县四乡皆有能者。抽担，杂木所制，约六尺长，二寸宽，一寸厚，无棱，两头稍狭细。一些山农把扁担放长，也当抽担用。[③]艺人说，练抽担先练蹲桩，只有蹲桩步稳，才不会被对手的抽担格退，更不会被对手抓住抽担头，推拉倒地。据学过抽担的武阳方九五介绍，舞抽担程式有“一棒飞雪”“风来扫地”“海底捞月”“擂鼓撑门”“左击右退”“前进后撞”“快步前击”“斜退撂后”“蹲步盘舞”“错步斜挑”“指东打西”“纵步击顶”“旋身扫腰”“九龙入海”“饿虎下山”等，在实战中要灵活运用程式，见招拆招，方能制胜[④]。

起源：不详。

开展时间：开展时间不固定。

---

① 柯灵权.歙县民间艺术[M].合肥:安徽人民出版社,2006:40.

② 柯灵权.歙县民间艺术[M].合肥:安徽人民出版社,2006:41.

③ 柯灵权.歙县民间艺术[M].合肥:安徽人民出版社,2006:21.

④ 柯灵权.歙县民间艺术[M].合肥:安徽人民出版社,2006:21.

类型：民间武术类。

现状：活态。

二、休宁县

（一）榆村乡

得胜鼓

图3-17　得胜鼓

简介：榆村乡地处休宁县东南部，距市区屯溪仅7公里。离徽杭高速路口3.5公里，交通便利。得胜鼓由数十个武士形象的人参与表演，短打紧身，颈挎仗鼓，右手紧握鼓槌，左手持健铃，一边向前走，一边用鼓槌击打鼓面或敲边。同时其间还有一些手持檀木夹板的人，一边向前走，一边拍击。得胜鼓队前列有一对大红灯，并一人持纛，上书“得胜鼓”三字；队伍后列蜈蚣旗幡，整个队伍场面威武雄壮。

起源：纪念唐代大将张巡、许远抗击安禄山叛军得胜。

开展时间：不固定。

现状：活态。得胜鼓代代相传不衰，是对历史的纪念，是一种精神的追求。近年来，在各大重要舞台大展风采，例如中国农民歌会、安徽省旅游节、黄山国际旅游节等。

类型：游艺类，舞蹈类。

曾经流传和仍在流传的地区：休宁县榆村乡；休宁县五城镇也流传这个项目，并且发展状况良好，深受广大村民喜爱。

（二）五城镇

玩堕镖

简介：五城镇位于黄山市休宁县，是黄山市通往江西省婺源的要塞之地之一。玩堕镖活动在休宁县五城镇盛行。每到端午节时，五城临河的横街挤满人群，龙排队办事员这时拿着堕镖叫卖。堕镖是由红绳、竹筷和方孔钱组成。红绳一端系着竹筷方端，另一端系着方孔钱。购买堕镖的人不需立刻付钱，记账即可。一般购买一扎或几扎，一扎20支。随后，购买者将堕镖投入水中，年轻人快速跃入河中，争抢寻捞堕镖，抢到堕镖者向买堕镖人要银两。整个活动充斥着锣鼓声和喧闹声，气氛热烈。

起源：不详。

开展时间：端午节。

类型：民间游艺类，民间竞技类。

现状：活态。

（三）鹤城乡

板凳龙

（具体内容详见第四章）

曾经流传和仍在流传的地区：歙县许村镇（活态）、王村镇（活态）、上丰乡（消亡态）、坑口乡（活态）、长陔乡（活态），绩溪县伏岭镇（活态），祁门祁山镇（活态）、金字牌镇（活态）、闪里镇（活态），黄山区龙门乡（活态），屯溪区新潭镇（活态），徽州区潜口镇唐模村（活态）等。

三、祁门县

（一）金字牌镇

游太阳

图3-18　游太阳

简介：金字牌镇是祁门县城东重镇，距县城9.1公里，素称祁门“东大门”。游太阳是祁门县旧时流行的一种祭神活动，属于一种傩舞，为每年农历六月十二日起祭祀汪公及其子的活动。农历六月十二日，执事者把太阳神庙里的太阳菩萨请出巡游。在巡游前会举行公祭仪式。而后，沿途四跳童狂舞，世巫念咒行术降神，以罡斧刺额流血至胸，俗称“开天门”；并置煎油大锅，将油熬沸，放入豆腐，世巫赤手入锅，将豆腐捞出，众人则抢食之。巡游时，进行傩舞表演。[①]游太阳的演出由多人组成，包括舞童4人、师傅1人、乐队8人。舞童的装扮：不戴面具，上身赤裸，下着黑色短裤，赤脚，着草履，双手持短柄（长约8寸）半月斧。乐队中除了唢呐吹奏人员是临时聘定的，其余都是固定人员。乐队演奏的音乐都是不固

① 金涛.黄山市非物质文化遗产田野调查(二)[R].黄山:黄山市非物质文化遗产保护中心,2009:384.

定的，任乐队发挥。非常特别的是，演奏的旋律节奏与表演毫无联系。[①]

起源：相传汪华生有9男2女，父子保境安民，于国有功，却受到奸佞陷害，8个儿子被杀。第9子虽获救，后来亦战死边陲，为国捐躯。徽州视汪华及诸九子为“大王”“太阳神”“太阳菩萨”，每年受到乡人的祭祀，祭祀活动被称为太阳会。[②]

开展时间：农历六月十二日到六月十四日。

类型：舞蹈类，民间信仰类。

现状：活态。近年来，祁门文艺工作者对傩舞——游太阳不断进行加工，取其精华，弃其糟粕，使其更加适合于表演，更多地出现在人们的面前。

（二）历口镇

1. 打莲湘（花棍舞）

图3-19　打莲湘

简介：历口镇位于黄山市祁门县，距县城39公里。大青线穿境而过，交通便利。全镇乡村众多，素有“小小祁门县，大大历口镇”之誉。打莲湘又称“花棍舞”，这种舞蹈曾在徽州广泛流传，在祁门县流行于历口镇。花棍一般由竹木制成，花棍两端系有铜钱。舞者们按照一定节奏，统一动

① 陈浩河，韩丽，陈琪．祁门县社景村傩舞《游太阳》与汪华祭祀[J]．黄山学院学报，2015(4)：18-22.

② 陈浩河，韩丽，陈琪．祁门县社景村傩舞《游太阳》与汪华祭祀[J]．黄山学院学报，2015(4)：18-22.

作，进行舞蹈，同时忽上忽下、时左时右地舞动着手中花棍，敲击手、脚、肩、背等部位，发出铿锵有力的响声。这种舞蹈的节奏感极强，简单易学，参与者以集体方式表演为主，少则几人，多则几十人，能营造一种欢快明朗热闹的气氛。①

起源：脱胎于凤阳民间说唱舞蹈莲花落，清末民国时由逃荒要饭的凤阳民间艺人传入。最先有两种活动方式：一是由一人打凤阳花鼓或竹板在前表演说唱，后面由二至四人表演花棍说唱伴舞，时不时也与说唱的对答或为之帮腔；二是没有说唱者，直接由舞花棍者舞一段花棍。据说，实际传入徽州的时间要追溯到清代以前，只是崇尚儒家礼教的徽州人，一直视它为“下九流”。徽州民谣有云：“跟着好人学好人，跟着叫花唱道情。”②

开展时间：时间不固定。

类型：舞蹈类。

现状：活态。旧时打莲湘参加年节庙会，主要是以舞娱神，为菩萨助兴。后来成为单一的娱乐性舞蹈，且娱乐性很强，既能在广场上演出，也能在舞台上演出。“文化大革命”以后，打莲湘恢复了活动，在民间流传甚广。

曾经流传和仍在流传的地区：歙县桂林镇（消亡态）、武阳乡（消亡态），祁门新安乡（活态）、渚口乡（活态）等。

① 金涛.黄山市非物质文化遗产田野调查(二)[R].黄山:黄山市非物质文化遗产保护中心,2009:385.

② 柯灵权.歙县民间艺术[M].合肥:安徽人民出版社,2006:166.

2. 采茶扑蝶舞

图 3-20　采茶扑蝶舞

简介：采茶扑蝶舞，原名扑蝶灯，是流传在祁门历口镇彭龙村的一种民间舞蹈。扑蝶舞演出于元宵节期间，展现的是一群采茶女在采茶时，丢下茶篮去扑捉彩蝶的情节。表演时，采茶女一边唱，一边舞。唱的是花名和农事，祝福风调雨顺、五谷丰登；祝福新春佳节，喜气洋洋，表现了当地人热爱生活和劳动的喜悦心情①。

起源：流传在祁门历口镇彭龙村的一种民间舞蹈，1954 年由倪世德挖掘整理。

开展时间：元宵节。

类型：舞蹈类。

现状：活态。1949 年到现在多次参加文艺汇演，获得很高的名次，并且在经县文化部门整理编排后，1955 年 5 月参加安徽省工农青年业余文艺会演，获得节目奖和演出奖。1956 年 1 月，安徽省《会演通讯》第 5 期予以介绍和推荐。1956 年 12 月，安徽省人民出版社出版《扑蝶舞》单行本。

① 金涛. 黄山市非物质文化遗产田野调查(二)[R]. 黄山:黄山市非物质文化遗产保护中心,2009:

（三）芦溪乡

祁门傩舞

图 3-21　祁门傩舞

简介：芦溪乡地处祁门南大门，与江西省浮梁县唇齿相依，是安徽省最南端的乡镇。祁门傩舞是一种祭仪的舞蹈，在明清时期尤为盛行。傩舞大多在正月演出。每年正月初二，先行请神仪式，然后表演傩舞。舞蹈用哑剧动作呈现。表演者戴着面具边走边舞，沿村行傩。表演内容包括“先锋开路”“土地杀将军”“刘海戏金蟾”等。有独舞、双人舞、群舞，具有夸张、粗犷、朴实、简练的风格。傩舞面具种类繁多，各具情态。演出前要进行祭祀活动，地点以祠堂为主，有时也会在户外场地或人家厅堂进行。整个演出锣鼓声声，节奏鲜明，非常热闹。正月初三到初六，许平安愿的村人会迎接傩神老爷，并通过跳傩舞以祈祷辟邪消灾。[①]

起源：傩舞源于原始社会图腾崇拜的傩祭，是古代驱鬼逐疫的仪式，以傩礼、傩仪为中心，以傩戏、傩舞、傩俗、傩艺为主要标志。在经历了三千多年的历史发展后，已成为融合多元素宗教文化、民俗文化和艺术文化的复合体。在汉代，徽州就有“方相舞”和“十二神舞”等傩舞。这些傩舞随着时代的变迁，逐渐向娱人悦众方面演变，内容表现劳动生活与民

① 金涛.黄山市非物质文化遗产田野调查(二)[R].黄山:黄山市非物质文化遗产保护中心,2009:381.

间传说故事等。在明清时期，芦溪傩舞形成并盛行，又称“平安舞”“地戏”。①

开展时间：春节期间。

类型：舞蹈类，民间信仰类。

现状：活态。

四、黟县

宏村镇

雉山凤舞

简介：卢村位于黄山市黟县北部，距宏村仅2公里，是以卢姓为主的古村落。卢村以精美的木雕楼而著名。雉山凤舞是黟县卢村龙灯会中的一个重要组成部分，它既是传统的民间舞蹈，又是民俗体育活动。整个表演只有女性参加，表达了人们对美好生活的向往与追求。表演中，参与者腰际扎着凤灯，手握拉杆，时拉时推，迈着“进三退一”的步伐，彩凤频频起舞。

起源：凤舞发源于宏村以北的雉山村。相传一天，卢氏祖先发现一只罕见的五彩雉鸡落在了雉山的一个山坡上，便认定那儿一定是块风水宝地，于是，举卢氏一族迁居到雉山，开始一代一代繁衍生息。为了纪念这只五彩雉鸡，卢氏族人便逢年过节玩起雉鸡灯。然而，雉鸡又称作野鸡，实在不登大雅之堂，因此，卢氏祖先便把它改称为凤灯。凤灯后来逐渐演变成了凤舞。

开展时间：时间不固定。

类型：舞蹈类。

现状：活态。“雉山凤舞”是卢村龙灯会里的一项重要内容，寓意送吉

① 金涛.黄山市非物质文化遗产田野调查(二)[R].黄山：黄山市非物质文化遗产保护中心，2009：381.

祥庆丰收。为营造节日气氛、丰富旅游内涵，宏村景区组织和开展了“凤舞”巡演活动。

五、绩溪县

（一）长安镇

手龙舞

图3-22　手龙舞

简介：长安镇位于安徽省宣城市绩溪县，境内多山，物产丰富，环境优美。省道217线贯穿全镇，交通便利。手龙舞是一群活泼可爱的孩童手擎篾扎、布蒙、彩绘的小龙头，进行舞龙表演。“龙”和“珠”是手龙舞的道具，均用竹篾扎制。一般有二十条小龙，十个小龙珠。“龙”身长1.5米左右，外用白布裱糊，用蓝、绿色彩绘，贴金色鳞纹。“珠”直径1尺余，分内外两层，外层架上系有数朵“套钱”花，内层用黄、红、绿绸裱糊，珠中装有灯烛，能自如旋转。孩童穿戴短袄、裤、肚兜、银箍在鼓乐声中表演，表演的内容包括“龙聚”“龙吟”“翻龙”“腾龙”“盘龙”“飞龙”“戏珠”“争珠”等一整套舞蹈动作。

起源：起源于南宋初期。手龙舞是当地农民用来纪念晋朝小太子因战乱隐于当地，后来登基成功的事件。每年农历二月初二“龙抬头”这一天，家家包粽子祭祀，村里的小孩一起扎制小龙嬉戏。

开展时间：农历二月初二。

类型：游艺类，民间信仰类。

现状：活态。手龙舞先流行于绩溪县的长安镇中屯村，后流传至上庄镇上源村、瑞川村一带。绩溪县手龙舞入选第四批国家级非物质文化遗产项目名录。

曾经流传和仍在流传的地区：绩溪县上庄镇上源村、瑞川村（活态）。

（二）扬溪镇

破寒酸

简介：扬溪镇隶属安徽省宣城市绩溪县，距县城约13公里，境内有铁路和多条重要公路通过，交通便捷。以山为主，河流贯穿，风景优美。破寒酸是流行于绩溪县的一种民间舞蹈。舞蹈表演仅需五个演员，其中三个装扮成古代武士：走在前面的手执花棍，走在中间的肩驮太子神像，尾随的撑着龙凤伞。剩下两个演员化妆成"和合二仙"，"太子"两旁各站一位。他们头上均戴着富有特色的假面具。每年的农历七月二十四至二十六这三天，左邻八乡的人们都要簇拥着这五名舞蹈者，敲锣打鼓，走街串户，周游临近各村。每到一户人家门前，演员们便依次围成圈圈，点燃一个双响爆竹后，再踩着简单的锣鼓点翩翩起舞。执棍的舞棍，撑伞的旋伞，"和合二仙"则摆头舞袖，自由嬉戏。节奏由慢渐快，动作整齐诙谐，情绪热烈欢乐。每跳至第四拍，演员和观众都会齐声大喊"呵"以助兴。如此周而复始。东家则在演员舞的同时放鞭炮，舞止时还要抛撒一种用各色彩纸剪成的（两寸见方）象征着吉祥如意的"福禄寿喜钱"。跳舞的时间视各家燃放鞭炮的时间而定。谁家放的鞭炮越多，时间越长，舞跳的时间也就越长。谁家门口的舞跳得最长，便被认为这家必定五谷丰登、吉祥如意。如此游舞三天三夜后，才把太子神像送归庙堂，盛会方告结束。

起源：据了解，这种舞蹈已在当地流传了四百多年。相传在明朝末年，绩溪县城内有一戴姓豪门，官至礼部侍郎，戴家仗势强占了县城西至扬溪一带的大片农田作为他家的“祠堂田”。扬溪九村的农民失去了土地，受尽了剥削，过着穷困寒碜的日子。在一个忍无可忍的黑夜里，他们联合起来将戴家所立的田碑尽数砸除，并在夺回来的田头道口建起了“太子堂”。农历七月二十五那天，戴家伙同官府前来追查。为了对抗他们，扬溪九村的农民就聚集在“太子堂”前，举行盛大庙会，用四人大轿抬着太子神像游乡祭田。戴家慑于“太子”的神威，且众怒难犯，不得不悻悻而归。从此，每到农历七月二十五这一天，扬溪九村一带的农民都要联合起来举行庙会，化妆神游，以示庆祝。庆祝活动越办越大，代代相传，到后来发展成每年的七月二十四至二十六三天。直到20世纪“破四旧，立四新”时才停止[①]。

开展时间：农历七月二十四至二十六。

类型：舞蹈类。

现状：活态。1982年参加 “安徽省农村业余文艺汇演”，并获得了创作奖和优秀演出奖。20世纪90年代，绩溪县文化部门将这种舞蹈改编成现在的民间舞蹈《戏丑图》搬上了舞台。

（三）伏岭镇

1.秋千、抬阁

图3-23　秋千、抬阁

① 张学文，陈长文，戴光照.绩溪县扬溪镇傩舞《破寒酸》[J].徽州社会科学，2000(1)：46-53.

简介：湖村，又叫太极村，隶属于安徽省宣城市绩溪县，距绩溪县城17公里，安徽省历史文化重点保护区。湖村的观音胜会每年会期为7天。会前要派人到歙县的小南海或潜口佛寺迎接观音牌位。胜会举行时，会开展抬阁和转秋千活动，迎神于五里长亭，非常热闹。观音胜会就由此拉开帷幕。秋千为风车形，置于花船上。花船由人抬行，并且秋千的转轮在上面慢慢地转动，转轮旋转带动转椅，由少女彩旦，着古服，伴着乐器，唱着徽调。抬阁是用四周雕花的木制方箱，架幼童二三名，扮戏文，把幼童按人物依次固定在阁上。

起源：湖村的抬阁、转秋千民间活动是自1796年始举办观音盛会演变而来的。胡、章两姓大户齐心协力、以和为贵，共同努力使抬阁、转秋千至今仍在湖村流行。

开展时间：在观音胜会时开展。

类别：杂技类，游艺类，民间信仰类。

现状：活态。抬阁、转秋千被列入观音会游艺项目，流传至今。

2. 舞狟

图3-24　舞狟

简介：伏岭镇位于安徽省宣城市绩溪县东南部，距县城14公里。“狟”是不存在于现实当中的，这是当地人创造的特有名词，是伏岭人为了消灾除邪所臆想出来的猛兽。每年冬至后，祠堂的管事人员要书写一些“小心火烛”的标语，张贴于大街小巷，引起村民的重视，提高村民的防火意识，并用布做成一只狟。狟身涂成五颜六色的，显示勇猛。旧时，正月十五村民们准备松明火把，齐集村头，同时敲锣打鼓，放三门铳、爆竹，并由两个年轻人套上㹧身，表演跳跃、猛扑等动作，群众齐声呐喊，向石狮火虎示威斗猛，并绕村游行一圈驱赶一切邪气，传说在这种大张旗鼓的形势下，各种灾害减少了。村民们为了欢庆镇狮压虎、消灾降福的胜利，决定每年元宵节都要进行这项活动，遂定名为“舞㹧”，形成了伏岭村的一项庙会活动。

起源：北宋、南宋之际，金兵南侵，邵氏先人百二公，为避战乱迁来伏岭村定居。因爱其山水秀美、河床绮纹交错，故以纹川为里名。岂知定居后人丁不旺，第三世孙世泽公只生一子。先来伏岭村居住的成、唐、许、丁、周等姓，或日益败落，或迁居他乡，导致伏岭村人烟稀少，四周山中野兽成群，经常出没，损害庄稼，吞食畜禽，伤害村民，尤其在冬季更甚。那时人们都很相信风水，认为一个村庄水口、朝山等，都与村庄的兴衰息息相关。面对如此险恶的自然环境，世泽公求曾当过大宋评事的兄弟世师公，请来著名的风水先生赖文俊，勘查伏岭村的地理环境是否适宜人类居住。经过实地考察，风水先生赖文俊认为伏岭村确属风水宝地，定当人杰地灵。可惜的是，对面的朝山石性太重，鸡鸣尖上有石狮火虎作祟，影响到伏岭村的人丁繁衍和生活安全，必须设法克制石狮火虎，伏岭村才能兴旺繁荣。根据赖风水先生的指点，古时有“㹧”之异兽，能降福人间，它的勇猛远胜狮虎，只要㹧一出现，狮虎就会闻风而遁。赖文俊画了一个㹧的图形，并造了一个“㹧”字，要世泽公贴到家中供奉，以驱石狮火虎。出于挚友情谊，还告之世师公，村北西坑坞有一处山湾，形同“美人坐金盆”，作为墓地穴居，后代要出贵人，于是世师公于宋孝宗年间由歙县井潭迁来伏岭村。

开展时间：元宵节。

类型：舞蹈类，民间信仰类。

现状：活态。2008年12月，入选安徽省第二批省级非物质文化遗产名录。

六、婺源县

（一）秋口镇

婺源傩舞

图 3-25　婺源傩舞

简介：秋口镇位于江西省婺源县中部，距县城12公里，毗邻江湾，南面搭界浙江省开化。溪婺公路从秋口镇中部穿过。傩舞是傩仪式中的舞蹈部分，是各地为了驱鬼逐疫、祭祀而跳的一种民间舞蹈。一般在大年初一到正月十六期间表演。婺源秋口镇长径村现存“驱傩神班”演员19人，面具三十余个，其中有4个原始木雕面具，可演节目24个，如表现原始迎神驱鬼的《塔架》《追王》，也有反映神话传说内容的《开天辟地》《太阳和月亮》《魁星点斗》，还有叙述历史故事的《丞相操兵》《关公磨刀》、民间故事的《孟姜女送寒衣》《刘海戏金蟾》，以及一些模拟动物习性的《舞仙鹤》《猴子捉虱》等。从其表演形式看，有独舞、双人舞、三人舞、群舞等。跳舞时一般有乐器伴奏，多以鼓、锣等打击乐为主。“驱傩”是整个舞蹈的重点部分，傩人带着各种表情狰狞的面具，拿着武器，在火光的照耀下驱除鬼神与瘟疫[①]。

① 余悦，吴丽跃．江西民俗文化叙论[M]．北京：光明日报出版社，1995：281.

起源：傩的起源与原始狩猎、巫术意识有关。婺源原始的傩舞远可追溯至春秋战国以前，是人们为了求得风调雨顺、五谷丰登、国富民生而举办的仪式。婺源（原隶属徽州）傩舞系由古山越人代代相传下来。

开展时间：一般从农历正月初一开始，至正月十六结束。

类型：舞蹈类，民间信仰类。

现状：活态。婺源傩舞曾于1953年赴北京参加全国首届民间音乐舞蹈会演，《丞相操兵》等四个节目入选《中国民族民间舞蹈集成》。2005年6月参加“中国江西国际傩文化艺术周中外傩艺术展演”，荣获金奖和优秀表演奖。婺源傩舞以古朴的舞蹈风格和众多的表演节目承载着丰富的传统文化内容，值得人们加以珍视。

（二）赋春镇

甲路抬阁

图3-26　甲路抬阁

简介：赋春镇位于婺源县，赋春水上游。省级干线“景白”公路穿境而过，交通便利。赋村镇甲路村的抬阁是以古典戏剧为原本，表演的孩子站在阁的四角，由4人或8人抬阁走的一种表演。表演的孩子装扮成不同的角色被固定在抬阁上，悬在空中，飘飘欲仙，仿佛从天而至。每座阁前都有乐队在前带路。当他们经过各家门口或店铺时，户主和店主都要燃放鞭炮，以求来年平安吉祥。

起源：源于明末，盛于清。

开展时间：迎神赛会时。

类型：杂技类，游艺类，民间信仰类。

现状：活态。近年来，甲路抬阁在婺源县民间灯彩展示会和首届国际旅游文化节等大型活动中都进行了表演。

（三）江湾镇

豆腐架

图3-27　豆腐架

简介：江湾镇位于婺源县东部，江湾水中游，距风景名胜区黄山96公里，离瓷都景德镇110公里。溪婺公路穿境而过，景婺黄（常）高速公路在此有立交道口，交通十分便利。由4位成年男性扛着似豆腐架形状的加长板，豆腐架上固定位置站或坐着几个身穿戏装扮演各种戏剧人物的儿童，是当地百姓用来驱魔逐疫、降吉纳福和祈求风调雨顺的一种民俗体育活动。

起源：江湾镇豆腐架源于北宋宣和年间，为了营造一种喜庆的氛围，三到五个豆腐架形成一队，在吹拉弹唱中上街游行。

开展时间：节庆之日，丰收之时。

类型：杂技类，游艺类，民间信仰类。

现状：活态。豆腐架是江湾镇特有的活动，延续着古镇的传统文化，以及江湾人心中对自然和谐共生的美好愿望。

七、黄山区

（一）永丰乡

五福会

图3-28　五福会

简介：永丰乡位于黄山市黄山区，南倚太平湖，距城区52公里，地处“黄山—太平湖—九华山”黄金旅游线腹地，与青阳、泾县相邻。“五福会”集民间舞蹈、戏曲、美术、民俗于一体。“五福神”其实共有六位，分别为：平浪王（是五位菩萨的娘舅，又称宴公）和五位菩萨（和合五郎、了角四郎、草野三郎、灌口二郎、得胜一郎）。五福会的正神由青壮年头戴面具扮演，活动包括“出橱降神”“出巡”和“退神跑橱”。兴五福会，为了是祈盼风调雨顺，五谷丰登。

起源：五福会起源于元末明初，是永丰苏姓一族为祭祀五福神而举办的活动。

开展时间：旧时农历八月十三、十四、十五日是五福会的会期。现在于农历八月十五左右进行。

类型：舞蹈类，民间信仰类。

现状：活态。

（二）甘棠镇

婺溪河灯

图3-29　婺溪河灯

简介：甘棠镇位于安徽省黄山市黄山区，多条公路穿境而过，交通便利。婺溪河灯，是安徽省黄山市黄山区甘棠镇的一种民俗体育活动。河灯由竹篾和五彩油纸扎成，呈荷花形状，除头灯直径约1米外，其他荷花灯皆如饭碗大小，头灯以红色为主，共四盏。放灯这一天，人们在河滩上搭戏台，设祭桌，祭桌上摆放着三牲和时令果品，桌前置一香炉。夜幕降临后，人们纷纷带着各自扎制的河灯从四面八方赶来，头灯由牵头人（崔氏族人）扎制。活动开始时，先由牵头人宣读祭文，宣读完毕后，鞭炮鼓乐齐鸣，沿河两岸的舞龙、舞狮队随着鞭炮鼓乐声翻腾起舞。同时，牵头人带领大家上香和焚烧锡箔纸钱，紧接着戏台上的节目陆续上演。节目结束后，牵头人便为头灯注满香油并点燃，紧接着其他人也为各自的河灯里注满香油并点燃，待所有河灯都点亮后，便从婺溪河大桥上游100米处开始施放，如果河灯经过大桥时全部顺利地从桥洞里穿过，即预示着来年风调雨顺，四季平安。沿河两岸挤满了赶来观看河灯的乡民，他们随着河灯的漂流而移动脚步，待河灯漂至下游水流湍急处，许多结婚后尚没孩子的男人都要跳到河里争抢头灯，因为据说谁抢得头灯，来年定会生个大胖小子，此民俗体育活动一直延续下来。

起源：传说，古时婆溪河水深流急，每年都会夺走很多崔氏族人的性命。有一天，鲁班师傅途经甘棠，并在婆溪河上帮助崔氏族人建了两座桥，从此再无崔氏族人淹死于婆溪河中。“婆溪河灯”活动是为祭祀曾经帮助过崔氏族人的鲁班师傅，以及表达对已故亲人的思念和对美好生活的向往。由于崔氏家族家业发达，人丁兴旺，且分布范围较广，这项活动后来衍变成以崔氏族人为主，婆溪河两岸居民均可参与的民俗体育活动。

开展时间：农历七月十五。

类型：舞蹈类，游艺类，民间信仰类。

现状：活态。因种种原因接近失传。甘棠镇政府高度重视发掘、整理这一充满独特历史文化底蕴的民俗表演。2008年，这一古老的民俗活动终于得到恢复，并且每年都有乡镇政府主导开展，成为一项旅游与民俗相结合的活动项目。

（三）耿城镇

跳竹马

简介：耿城镇地处安徽省黄山市黄山区，位于黄山北麓，水系发达。跳竹马源于徽剧，流传于徽州一带。徽州民间老艺人用竹马形式编成龙门阵、文武梅花阵、铁壁合围阵、五子登科阵等九种阵法来表演。跳竹马表演一般由14人组成，1名演员扛旗引路，8名演员扮演刘备、关羽、张飞等三国人物，5名锣鼓手用锣鼓点指挥表演。该舞蹈以锣鼓伴奏，场面壮观，舞者造型生动，动作利落，变化多端，令观众眼花缭乱，目不暇接。

起源：跳竹马讲述的是三国时期刘备送谋士徐庶去曹营的故事，主要描述徐庶向刘备、关羽、张飞等人传授各种作战阵法，距今已有四五百年的历史。

开展时间：时间不固定。

类型：舞蹈类，民间信仰类。

现状：活态。曾多次参加市、区民俗文化节表演，受到百姓喜爱和好评。

八、屯溪区

（一）昱东街道

跳魁星

图3-30　跳魁星

简介：昱东街道，地处黄山市中心城区的东部，辖区面积达4平方公里。街道办事处驻地荷花池，是屯溪区政府的派出机构。屯溪俗称“昱”，因该街道处屯溪区东部而得名。“跳魁星”，是傩舞“跳钟馗”的一部分内容，又称“跳馗星”。“跳魁星”表演的内容是馗星为人间点状元。这个表演由三个演员组成，分别扮演“魁星”“白脸”“财神”。表演中，“魁星”面带金色面具，身穿兵衣，头戴兵帽，左手拿着一只墨斗，右手握一朱笔；“白脸”面带白色天官面具，头戴九龙相雕，身穿白蟒袍，手持阴阳板；“财神”面带金色财神面具，头戴王爷帽，身穿短红蟒袍，手持金元宝。“跳魁星”三个主角表演的出场顺序是“魁星”“白脸”“财神”，目的是为人间送财、送福、送人才。

起源：经西安钟馗文化研究所组织专家考证，跳魁星是唐宋以来流传于“唐·赐福镇宅圣君”钟馗故里、刘海故里（财神故里）——陕西西安终南山下户县石井镇阿姑泉欢乐谷周边的一种祈盼子孙高中榜首、加官晋爵、精忠报国的古老民俗文化活动。何时传入徽州不详。

开展时间：端午节。

类型：舞蹈类，民间信仰类。

现状：活态。

（二）黎阳镇

黎阳仗鼓

图3-31　黎阳仗鼓

简介：黎阳镇位于安徽省黄山市中心城区的西部，因为在市区，所以交通便利，经济发展良好。黎阳仗鼓在古徽州久负盛名。为了祭祀汪华，黎阳人每年在靖阳节庙会上，举行黎阳仗鼓活动。在庙会期间，“打仗鼓”“跑马”“磨豆腐”等传统民俗活动轮番上场，出游于黎阳镇的大街小巷。庙会的前一夜，汪公庙和九相公庙的11尊菩萨神像被依次请出出游，其中“老爷出游”是黎阳仗鼓的重头戏。24个男性青年人头戴红顶帽，内穿白衬衣，外添黄马褂，下着黑彩裤，脚踏薄底鞋。仗鼓以杂木做围，用牛皮蒙面，上下鼓边镶嵌着两圈密集的铜钉包（便于击打）。鼓呈扁圆形，直径约40厘米，高约20厘米，样式极为古朴。击打时，一人把一鼓用红缎带斜背于身前，左手持鼓环，右手执鼓槌，一般庆典不得少于一班（四鼓、两笛、一云锣为一班）。场面越大，庆典越隆重，启用的仗鼓班数就越多。仗鼓在演奏时可以无限反复，仗鼓的击法有单击、双击、前后左右绕边击等多种，配以曲笛、云锣等民族乐器伴奏，所产生的艺术效果极其强烈。

起源：黎阳仗鼓历史悠久，独具地方特色。传说公元7世纪初（隋末）保境安民的英雄汪华血战沙场时，就用仗鼓以壮军威，得胜之日也用仗鼓欢庆胜利。因此，仗鼓又叫战鼓，也称得胜鼓。在民间，黎阳仗鼓一直被视为“神祉”一般，平时不得轻易擂响，只有在祭神、祀祖、庙会等隆重庄严的场合才能组织队伍演奏。明清时期的官衙，在重大节庆典礼或迎接重要官员时可借用仗鼓以作仪仗。

开展时间：从庙会的正日（农历的八月十三日）开始直到庙会结束。

形式：舞蹈类。

现状：活态。入选安徽省第一批省级非物质文化遗产名录。

（三）阳湖镇

旱船蚌壳舞

图3-32　旱船蚌壳舞

简介：阳湖镇地处安徽省黄山市中心城区的南面，与中心城区仅一水之隔，东接歙县，南连休宁，西临率水，北倚新安江。新安、率水、广宇、黄口四座大桥纵连南北，徽杭高速公路横贯西东，且屯溪区域内仅有的两个高速出入口都在阳湖境内，交通便捷。旱船蚌壳舞俗称蚌舞、戏蚌壳。蚌壳用竹篾扎制，彩纸糊于竹篾外，有时也用彩布蒙于竹篾外。表演时，“蚌壳精”由一少女表演，她置身于蚌壳中，并用手抓住蚌壳，做一张一合动作。渔翁由一成年男性担任，表演的内容包括观蚌、理网、撒网、涉水、摸捞等动作，并擒捉蚌壳，非常风趣。

起源：不详。

开展时间：时间不固定。

类型：舞蹈类。

现状：活态。

曾经流传和仍在流传的地区：屯溪阳湖镇。

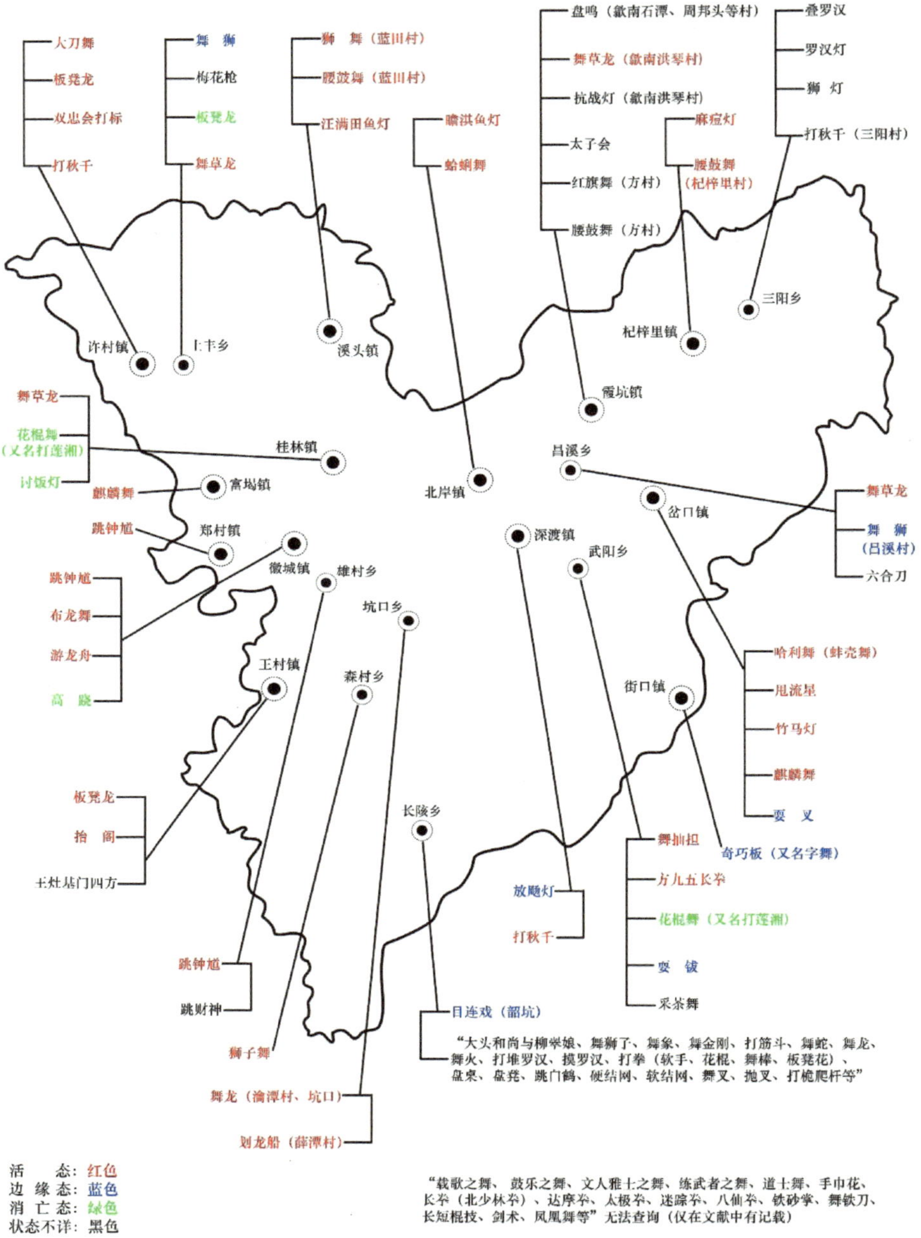

图3-33 歙县主要民俗体育分布及流变图

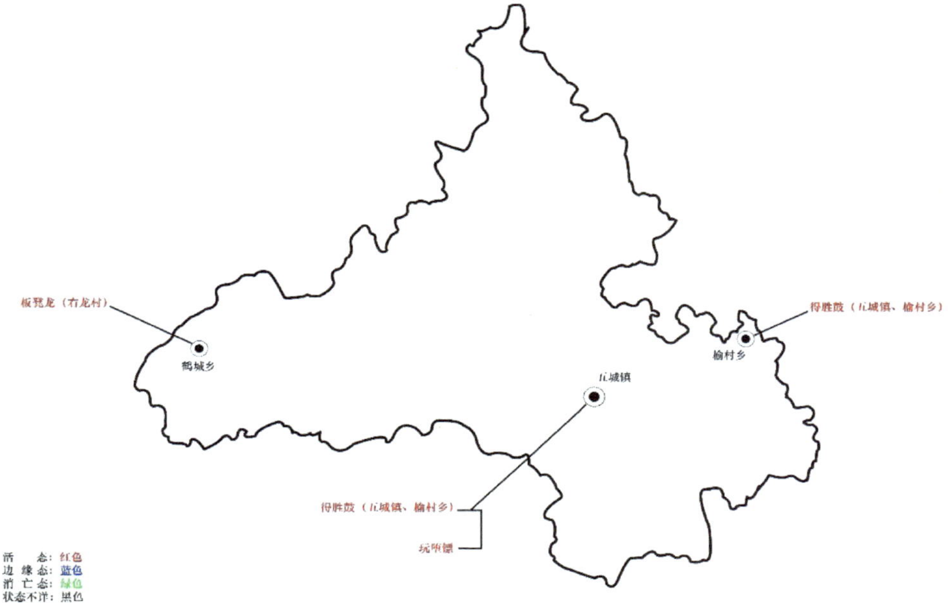

图 3-34　休宁县主要民俗体育分布及流变图

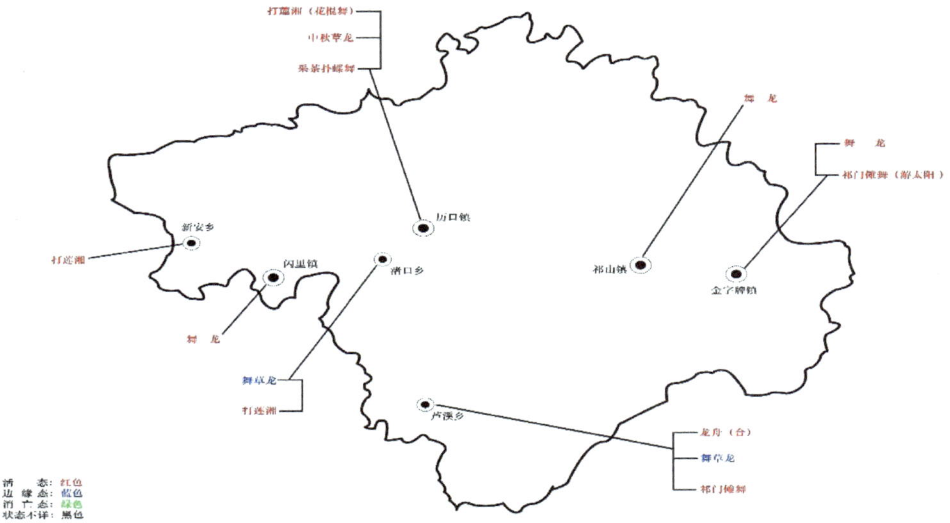

图 3-35　祁门县主要民俗体育分布及流变图

图 3-36　黟县主要民俗体育分布及流变图

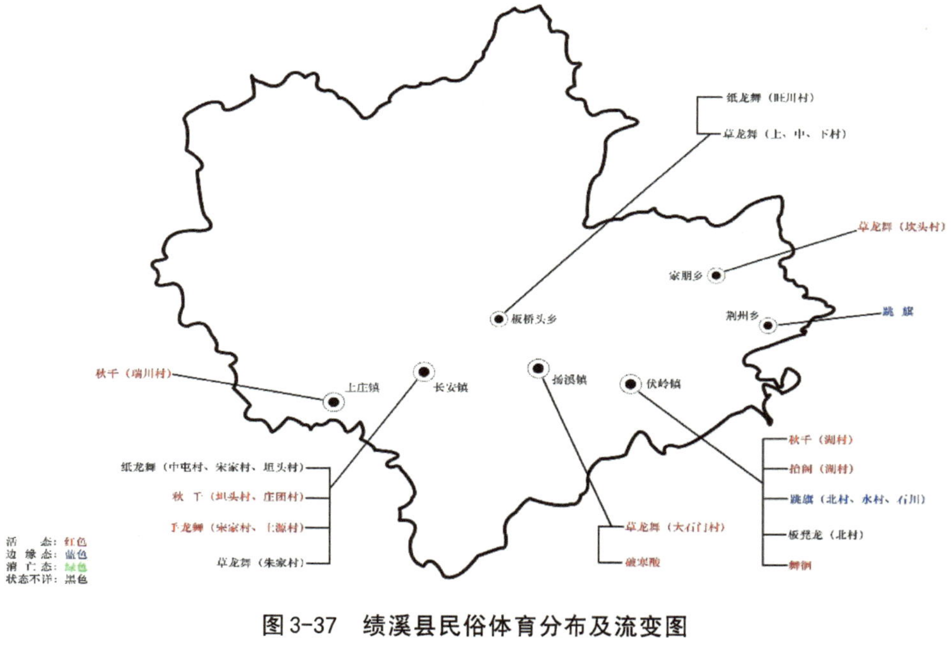

图 3-37　绩溪县民俗体育分布及流变图

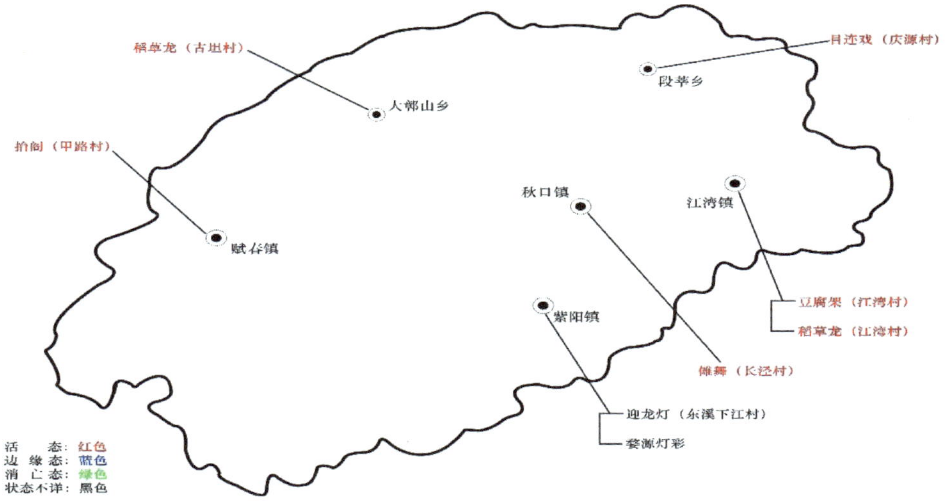

图 3-38　婺源县民俗体育分布及流变图

图 3-39　黄山区民俗体育分布及流变图

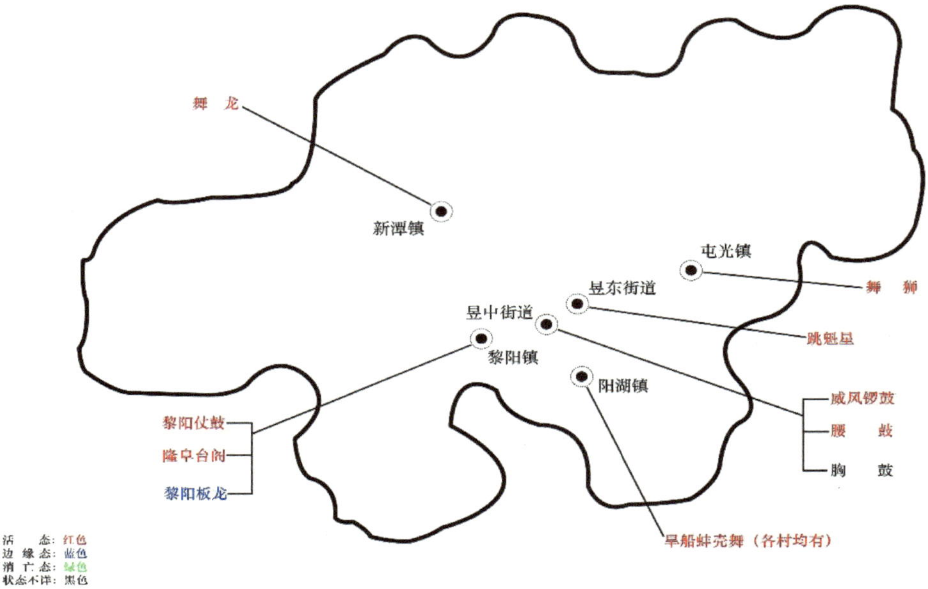

图 3-40　屯溪区民俗体育分布及流变图

图 3-41　徽州区民俗体育分布及流变图

表 3-1　徽州各县区主要民俗体育项目分布及流变状态一览①

县区名	乡镇名	项目名称
歙县	郑村镇	跳钟馗
	徽城镇	跳钟馗、高跷(消亡态)、布龙舞、游龙舟
	北岸镇	蛤蜊舞、瞻淇鱼灯
	许村镇	大刀舞、板凳龙、双忠会打标、打秋千
	杞梓里镇	麻痘灯、腰鼓舞
	岔口镇	蚌壳舞、甩流星、耍叉(边缘态)、竹马灯、麒麟舞
	王村镇	板凳花、抬阁
	雄村乡	跳钟馗、跳财神(状态不详)
	昌溪乡	舞草龙、舞狮(昌溪村,边缘态)、六合刀(状态不详)
	三阳乡	叠罗汉、罗汉灯、舞狮灯、打秋千
	森村乡	狮子舞
	深渡镇	放飏灯(边缘态)、打秋千
	富堨镇	麒麟舞
	桂林镇	打莲湘(又名花棍舞,消亡态)、讨饭灯(消亡态)、舞草龙
	溪头镇	汪满田鱼灯、腰鼓舞、狮舞
	霞坑镇	太子会(状态不详)、盘鸣(状态不详)、抗战灯(状态不详)、腰鼓舞(状态不详)、红旗舞(状态不详)、舞草龙
	街口镇	奇巧板(字舞,边缘态)
	坑口乡	舞龙、划龙船
	上丰乡	舞狮(边缘态)、梅花枪(状态不详)、板凳龙(消亡态)、舞草龙
	武阳乡	耍钹(边缘态)、舞抽担、打莲湘(又名花棍舞,消亡态)、采茶舞(状态不详)

① 注:民俗体育项目没有注明状态的均为活态,有注明状态的以标注为准。

续 表

县区名	乡镇名	项目名称
歙县	长陔乡	目连戏(边缘态)、大头和尚戏柳翠、舞狮子、舞象、舞金刚、打筋斗、舞蛇、舞龙、舞火、打堆罗汉、摸罗汉、打拳(软手、花棍、舞棒、板凳花)、盘桌、盘凳、跳白鹤、硬结网、软结网、舞叉、抛叉、打桅爬杆等(状态均不详)
	(无法查询所在镇,仅在文献中有记载)	载歌之舞、鼓乐之舞、文人雅士之舞、练武者之舞、道士舞、手巾花、长拳(北少林拳)、达摩拳、太极拳、迷踪拳、八仙拳、铁砂掌、舞铁刀、长短棍技、剑术、凤凰舞等(状态均不详)
休宁县	五城镇	得胜鼓、玩随镖
	鹤城乡	板凳龙
	榆村乡	得胜鼓
祁门县	祁山镇	舞龙
	金字牌镇	舞龙、祁门傩舞(游太阳)
	历口镇	打莲湘(花棍舞)、中秋草龙、采茶扑蝶舞
	渚口乡	舞草龙(边缘态)、打莲湘
	新安乡	打莲湘
	闪里镇	舞龙
	芦溪乡	龙舟、舞草龙(边缘态)、祁门傩舞
黟县	宏村镇	雉山凤舞
绩溪县	长安镇	秋千、手龙舞、纸龙舞(状态不详)、草龙舞(状态不详)
	扬溪镇	草龙舞、破寒酸
	板桥头乡	纸龙舞(状态不详)、草龙舞(状态不详)
	荆州乡	跳旗(边缘态)
	上庄镇	秋千
	伏岭镇	秋千、抬阁、跳旗(边缘态)、板凳龙(状态不详)、舞狮
	家朋乡	舞草龙

续　表

县区名	乡镇名	项目名称
婺源县	紫阳镇	迎龙灯（状态不详）、婺源灯彩（状态不详）
	秋口镇	傩舞
	赋春镇	甲路抬阁
	大鄣山乡	稻草龙
	江湾镇	豆腐架、稻草龙
	段莘乡	目连戏
黄山区	太平湖镇	龙狮表演（广阳周边村庄从未间断舞龙灯这一习俗，状态不详）、龙舟赛（边缘态）、草龙
	龙门乡	舞草龙、舞板龙（边缘态）
	新华乡	舞草龙
	永丰乡	五福会
	甘棠镇	轩辕车会、婆溪河灯
	仙源镇	轩辕车会
	耿城镇	跳竹马
屯溪区	昱东街道	跳魁星
	屯光镇	舞狮
	黎阳镇	黎阳仗鼓、隆阜抬阁、黎阳板龙（边缘态）
	昱中街道	威风锣鼓、腰鼓、胸鼓（状态不详）
	阳湖镇	旱船蚌壳舞
	新潭镇	舞龙
徽州区	呈坎镇	舞草龙
	潜口镇	板凳龙、渔翁戏蚌、草龙（状态不详）
	岩寺镇	跳钟馗、白菜灯（状态不详）

九、徽州民俗体育特征和存在形式分析

（一）民俗体育项目特征分析

徽州民俗体育流传至今，反映了徽州人们劳动与生活的文化轨迹。本书对徽州民俗体育特征的分析从以下几个方面展开：

1.项目类型特征

国家级非物质文化遗产名录中对非物质文化遗产的分类如下：民间文学、民间音乐、民间舞蹈、传统戏剧、曲艺、杂技与竞技、民间美术、传统手工技艺、传统医药和民俗等10类，可见国家级非物质文化遗产名录中对非物质文化遗产的分类更多地考虑民俗体育的外在形式。虽然民俗体育是非物质文化遗产的一部分，但从通过外在形式分类的角度来看，不可能将民俗体育视为10类中的某一类，因其外在形式的多元性，民俗体育是一种具有多元类型的非物质文化遗产。诸如歙县叶村的叠罗汉是一项独具特色的民俗体育项目，是集古代杂技、体育于一身，源于宗教文化的非物质文化遗产。我们认为对于民俗体育的分类应考虑三个方面的因素：民俗体育的外在形式。民俗体育的社会功能。民俗体育的体育因素归属。基于这三个方面因素的考虑，我们将徽州民俗体育分为以下6类：舞蹈类、游艺类、民间信仰类、竞技类、民间杂技类、民间武术类。

我们通过访谈、调查、网络搜索和查阅文献，发现徽州各县区民俗体育项目105项，其中有详细记载的52项（见表3-2），记载不详的民俗体育项目53项目。我们对有详细记载的52项民俗体育项目进行了分类（由于记载不详的民俗体育项目信息丢失太多，无法准确判断其类型属性，因此不能纳入其中），其中舞蹈类21项，占总体的40.3%；游艺类25项，占总体的48.1%；民间信仰类33项，占总体的63.5%；竞技类3项，占总体的5.8%；民间杂技类11项，占总体的21.2%；民间武术类2项，占总体的3.8%（分类有交叉，一项民俗体育项目可能同时属于好几类）。可见，徽

州民俗体育项目民间信仰类、游艺类和舞蹈类位列前三名，特别是民间信仰类占到总数的63.5%，这充分说明古徽州民俗体育的信仰特征十分显著。

表3-2　徽州主要民俗体育项目特征一览表

项目名称	开展时间	类型	流变状态	项目开展地点
跳钟馗	端午节	舞蹈类、民间信仰类	活态	歙县郑村镇的堨田村、歙县徽城镇、雄村镇，屯溪岩寺镇上朱村，徽州区区岩寺镇等
高跷	开展时间不固定	游艺类	消亡	歙县渔梁村等
舞布龙	春节期间	民间信仰类	活态	歙县徽城镇等
南源口游龙舟	农历二月廿七至三月初四	竞技类、民间信仰类	活态	歙县徽城镇南源口村，祁门芦溪乡，黄山区太平湖镇(边缘态)等
蛤蜊舞	庙会、灯会	舞蹈类	活态	歙县北岸镇等
瞻淇鱼灯	春节和元宵节期间	游艺类、民间信仰类	活态	歙县北岸镇瞻淇村
大刀舞	春节和元宵节期间	游艺类、民间信仰类	活态	歙县许村
双忠会打标	六月初一至初四	游艺类、民间信仰类	活态	歙县许村
麻痘灯	东南隅正月十二日开始，正月十九日收灯；西北隅正月十三日开始，正月八日收灯	游艺类、民间信仰类	活态	歙县杞梓里镇

续　表

项目名称	开展时间	类型	流变状态	项目开展地点
腰鼓舞	开展时间不固定	舞蹈类、游艺类	活态	歙县杞梓里镇杞梓里村、溪头镇蓝田村、霞坑镇里方村,屯溪区昱中街道等
甩流星	周家村庙会	民间杂技类	活态	歙县岔口镇周家村
耍叉	每年正月初一举行,或者正月十五闹元宵举行	民间杂技类	边缘态	歙县岔口镇周家村
竹马灯	每逢闰年正月十五出灯,正月十八收灯结束	舞蹈类、游艺类、民间信仰类	活态	歙县岔口镇周家村
麒麟舞	有重大节日或其他需要时	舞蹈类、民间信仰类	活态	歙县岔口镇周家村、富堨镇承狮村等
抬阁	迎神赛会时开展	杂技类、游艺类、民间信仰类	活态	歙县王村,屯溪区黎阳镇
舞草龙	中秋节	游艺类、民间信仰类	活态	歙县昌溪、桂林镇、霞坑镇、上丰乡,祁门历口镇、渚口乡(边缘态)、芦溪乡(边缘态),绩溪长安镇(状态不详)、扬溪镇、板桥头乡(状态不详)、家朋乡磡头村,婺源大鄣山乡古坦村、江湾镇江湾村,黄山区龙门乡、新华乡,徽州区呈坎镇、潜口镇(状态不详)、太平湖镇等
叠罗汉	元宵节	杂技类、民间信仰类	活态	歙县叶村

续　表

项目名称	开展时间	类型	流变状态	项目开展地点
舞狮灯	元宵节	游艺类、民间信仰类	活态	歙县三阳乡中村
打秋千(秋千、花车转阁)	元宵节、中秋节	杂技类、游艺类、民间信仰类	活态	歙县三阳乡三阳村、许村、深渡镇,绩溪伏岭镇湖村、长安镇庄团村、上庄镇瑞川村
放飏灯	元宵节	游艺类	边缘态	歙县深渡
讨饭灯	每年正月十三开始,到二月中旬结束	游艺类	消亡	歙县桂林镇
奇巧板	正月初二到正月十八	游艺类	边缘态	歙县街口镇滩头村
舞狮	多在春节和节庆时	杂技类、民间信仰类	活态	歙县昌溪、森村乡(消亡态)、溪头镇、长陔乡,屯溪区屯光镇
耍钹	开展时间不固定	民间杂技类、民间信仰类	边缘态	歙县武阳乡
舞抽担	开展时间不固定	民间武术类	活态	歙县武阳乡
汪满田鱼灯	元宵节	游艺类、民间信仰类	活态	歙县汪满田村
板凳花	开展时间不固定	民间武术类	消亡	歙县王村
得胜鼓	开展时间不固定	游艺类、舞蹈类	活态	休宁县榆村乡、五城镇
玩堕镖	端午节	民间游艺类、民间竞技类	活态	休宁县五城镇

续 表

项目名称	开展时间	类型	流变状态	项目开展地点
板凳龙	多在春节和节庆时	游艺类、民间信仰类	活态	休宁县鹤城乡右龙村,歙县许村镇、王村镇、上丰乡、坑口乡、长陔乡,绩溪县伏岭镇,祁门县祁山镇、金字牌镇、闪里镇,黄山区龙门乡,屯溪新潭镇,徽州区潜口镇唐模村等。
游太阳	农历六月十二日到六月十四日	舞蹈类、民间信仰类	活态	祁门金字牌镇
打莲湘(花棍舞)	开展时间不固定	舞蹈类	活态	祁门新安乡、渚口乡;歙县武阳乡(消亡态)、桂林镇(消亡态)等
采茶扑蝶舞	元宵节	舞蹈类	活态	祁门历口镇
祁门傩舞	春节期间	舞蹈类、民间信仰类	活态	祁门芦溪
雉山凤舞	开展时间不固定	舞蹈类	活态	黟县卢村
手龙舞	农历二月初二	游艺类、民间信仰类	活态	绩溪长安镇中屯村、绩溪长庄镇上源村、上庄镇瑞川村等
破寒酸	农历七月二十四至二十六	舞蹈类	活态	绩溪县扬溪镇
跳旗	农历六月	竞技类、民间信仰类	边缘态	绩溪县伏岭镇北村、水村、石川
秋千抬阁	在观音胜会时开展	杂技类、游艺类、民间信仰类	活态	绩溪县伏岭镇湖村
舞狮	元宵节	舞蹈类、民间信仰类	活态	绩溪县伏岭镇

续　表

项目名称	开展时间	类型	流变状态	项目开展地点
婺源傩舞	正月初一开始，至元宵后几天结束	舞蹈类、民间信仰类	活态	婺源县秋口镇
甲路抬阁	迎神赛会时	杂技类、游艺类、民间信仰类	活态	婺源县赋春镇
豆腐架	节庆之日、丰收之时	杂技类、游艺类、民间信仰类	活态	婺源县江湾镇
五福会	中秋节左右	舞蹈类、民间信仰类	活态	黄山区永丰乡
轩辕车会	每年农历七月十八日到二十四日	游艺类、民间信仰类	活态	黄山区甘棠镇
婆溪河灯	开展时间不固定	舞蹈类、游艺类、民间信仰类	活态	黄山区甘棠镇
跳竹马	开展时间不固定	舞蹈类、民间信仰类	活态	黄山区耿城镇
跳魁星	端午节	舞蹈类、民间信仰类	活态	屯溪昱东街道
黎阳抬阁	迎神赛会时开展	民间杂技类、游艺类、民间信仰类	活态	屯溪区黎阳镇

续 表

项目名称	开展时间	类型	流变状态	项目开展地点
黎阳仗鼓	从庙会的正日（农历的八月十三日）开始直到庙会结束	舞蹈类	活态	屯溪区黎阳镇
旱船蚌壳舞	开展时间不固定	舞蹈类	活态	屯溪区阳湖镇
渔翁戏蚌	开展时间不固定	舞蹈类	活态	徽州区潜口镇

2. 流变类型特征

我们对民俗体育的流变状态进行了划分，分为三类：第一类，“活态”民俗体育项目，指近几年每1—2年开展一次或定期开展，传承能力强，深受当地人们喜爱，人们主动地、长期地、持续地开展的民俗体育项目；第二类，“边缘态”民俗体育项目，指近十年偶尔开展或开展次数越来越少，传承能力较弱，当地人们被动地、间歇地开展的民俗体育项目；第三类，“消亡态”民俗体育项目，指曾经出现过，但近十年人们没有再开展的民俗体育项目。

我们将对有详细记载的52项徽州民俗体育项目进行流变状态研究。从整个徽州民俗体育项目流变情况来看，活态类44项，占到总体的84.6%；边缘态5项，占到总体的9.6%；消亡态3项，占到总体的5.8%。从这些数字来看，徽州民俗体育项目传承情况良好，这与当地居民以及政府的关心和支持等原因相关，但这里有三点需要说明。第一点，虽然有些项目表明“活态”，但是在某些县区的乡镇可能是“边缘态”或“消亡态”，如打莲湘在祁门县历口镇的流变状态是活态，但在歙县武阳乡和桂林镇却是消亡态，我们将它视为“活态”是因为从整个徽州地区来看它还是活态的。第二点，暂时性。有些项目虽然这几年开展还不错，主要是因为传承人还在，积极推动这些项目的开展，不过我们发现这些项目的传承人年龄都很大了，而且无传承人，也许再过些时间，传承人后继无人，这些项目就会消亡。第三点，上面数据不包括“记载不详的民俗体育项目”的信息，我们为了研究的严谨性，特为部分“记载不详的民俗体育项目”到当地进行实地调查，如跳财神、梅花枪、白菜灯等，通过对当地村民访谈及各方面考察了解到，有些民俗体育项目因传承人过世或迁徙外地已无法问询，有些项目因长期无人组织等原因荒废多年，有些仅仅在文献、网络等上面才能搜索到它们的行踪，最多只留下了一个“名字”，所以，依据“消亡态”的定义，我们敢于推断它们中绝大多数都已消亡了，因此，从这个角度来看，若将这53个“记载不详的民俗体育项目”算在“消亡态”这一类，消亡态徽州民俗体育项目数量为56项，占到总数的53.3%，因此徽州民俗体育项目消亡率还是非常高的。

表3-3　徽州民俗体育项目流变状态统计

流变状态	数量/项	所占比
活态	44	41.9%
边缘态	5	4.8%
消亡态	56	53.3%
总计	105	100%

注：将“记载不详的民俗体育项目”视为“消亡态”。

3.开展时间特征

我们对52项记载详细的徽州民俗体育项目的开展时间进行了分析，在春节和元宵节期间开展的项目共有19项（活态15项、边缘态3项、消亡态1项），占到总体的36.5%；在端午节开展的项目共有3项，都为活态，占到总体的5.8%；在中秋节开展的项目共有2项，为活态，占到总体的3.8%；在庙会、迎神会和其他时间开展的项目共有14项（活态13项、边缘态1项），占到总体的26.9%；开展时间不固定共有12项目（活态9项、边缘态1项、消亡态2项），占到总体的23.1%。可见，徽州民俗体育项目大都是在节庆时开展，充分凸显了徽州民俗体育的节庆特色，其中在春节和元宵节期间开展的民俗体育项目最多。

（二）徽州民俗体育项目存在状况

当前，全球化的进程加快，技术和经济发展一体化，计算机和信息技术及知识经济使人类进入一个知识信息资源与文化产品越来越被共享的时代，人类社会的空间障碍和文化距离逐步缩小并趋于消失。在全球化背景下，古徽州地区正经历由传统农业社会向现代工业化、信息化社会的过渡阶段，这深深地影响着当地民众的实践活动和精神追求，新颖和新潮的现代文化不断冲击着徽州人的思维方式和价值观，使得徽州人的生活方式发生了显著变化，也不断地激发着他们的主动性与创造性，这为徽州民俗体育的不断创新和发展提供了广阔的路径。

1.以祭祀与信仰为寄托的民间自发形式存在

旧时，徽州社会是一个以宗族组织为核心的宗族社会。宗族祭祀活动繁多，内容丰富，以达到祭祀神灵、祭祀祖先以及和睦族人的目的。如歙县叶村叠罗汉就是一种融祭祀、祈福、节庆、体育等功能于一体，把祭祀与信仰作为寄托的以民间自发形式存在的民俗体育活动。它最早出现于明代，原为了祭奠本村解元寺惠安法师及众僧亡灵，后来村里人将它与另一种流传于本村的“戏五禽”活动融为一体，在每个闰年的元宵节期间开展，其表演形式古朴、粗犷，至今流传已经500多年了。

图3-42　歙县叶村叠罗汉

在这500多年的岁月中，叶村人对叠罗汉活动的功能的不断改造，从最初的祭祀功能，逐渐将祈福、节庆、体育等功能融入其中，最终形成现今每逢闰年的元宵节都必须举行的规模盛大的民俗体育活动，并成为徽州地区的一大景观。在徽州，如叠罗汉这样存在形式的民俗体育活动还有很多，它们是徽州民众崇拜自然、祖先及万物有灵观念的具体体现。这类民俗体育活动具有以下特点：一是民间自发性。这是因为村里人认为能够被选为表演者是无上荣光，并且村里人都是自愿来观看表演。如正月十五叠罗汉活动开展时，全村人整天的生活基本上就是围绕和配合着叠罗汉活动的开展，这充分体现了活动开展的民间自发性特征。二是节庆依附性。徽州很多民俗传统活动与各种节庆密切相关，诸如舞草龙在中秋节举行、汪满田鱼灯在元宵节期间举行、跳钟馗在端午节举行，这些类型的民俗体育活动在节庆期间开展不仅可以将整个村里的村民聚集起来，增进村民之间的感情，而且还是一种“节日狂欢”，增添了村里的节日气氛。特别是大型节庆诸如春节、元宵节、端午节和中秋节等期间，这些民俗体育活动依附于节庆而存在，可以将村落里的村民联系在一起，不仅沟通了人与人之间的感情，强化了集体意识，而且还增添了节日气氛。有些民俗体育活动为了本村的旅游开发，已经演变成表演节目，它们有的甚至走进了城市，成为节日期间城市里一道亮丽的风景线。三是集体协作性。这类民俗体育项目基本上都是群众性活动，少则几人参与，多则数十人参与，在活动中参与者相互配合，齐心协力，保证了活动的顺利开展。即使是作为活动的旁观者，他们也会情不自禁地融入表演中，掌声和欢呼声不绝于耳，更加展现了活动的精彩和节日气氛的热烈。

2.以景区表演的形式存在

近些年，徽州地区各县区不断掀起文化旅游的热潮，游客量和旅游收入几乎每年都创新高。除了传统的“黄山游”外，黄山市还积极打造“旅居游”、“双百”专项游、美好乡村特色游等独具特色的旅游项目。特别是围绕美好乡村建设，很多村落利用本村的民俗传统体育活动，为打造“一村一品”“一户一特”等主题鲜明的乡村旅游产品做出了重要贡献。

徽州地区很多村落利用处于黄山风景区周边的优势，积极实施本村的“旅游兴村”战略，其中民俗体育资源已经成为吸引游客的重要资源（表3-4）。如歙县雄村景区开发的“跳钟馗”和渔梁景区的“钟馗舞”最具代表性。这些项目在景区开发之前已处在消亡的边缘，由于景点开发的需要，景区管理者组织人员对民俗项目进行挖掘、整理、编排，并为游客演出。在渔梁，百姓们会定时为游客表演；雄村景区的跳钟馗队伍由本村人负责组织，视观光旅游人数的多少决定是否演出。总的来看，徽州地区以景区表演、观赏的形式生存的民俗体育活动具有以下两个特点：第一，均为附属的旅游产品。表演项目是旅游公司开发的附属产品，参加演出的队员是景区的居民，其中大部分在景区开发之前在外务工，景区管理者按照出场数或天数支付演出者报酬，形成了公司运作、群众参与的模式。表演不但使中外游客领略了徽州民俗体育的风采和高超的技艺，而且使人们了解了徽州民俗体育文化的博大精深，同时更好地将自己村落的景点推广出去，增加了本村村民的收入。第二，演出队伍基本上来自本村，并与旅游公司签订相关协议。在雄村，跳钟馗表演队均来自本村村民，在与旅游公司签订协议后，表演队会按照协议要求在景区演出，这样的管理运行模式不仅让旅游公司和村民双赢，而且也让跳钟馗有了另一种传承方式。

表3-4　黄山市主要景点开发民俗项目一览

地点	景点	代表项目
歙　县	雄　村	跳钟馗
	许　村	大刀舞
休宁县	榆　村	得胜鼓
	右龙村	板凳龙
祁门县	西乡古村落	花棍舞
	彭龙村	扑蝶舞
黟　县	雉　山	凤　舞
黄山区	仙源镇	轩辕车会

续　表

地点	景点	代表项目
徽州区	呈　坎	舞草龙
屯溪区	黎阳镇黎阳村	仗鼓舞

3. 以政府扶持形式存在

徽州民俗体育极其丰富，这些民俗体育与徽州地区的生产习俗、节庆习俗、礼仪习俗、宗教文化水乳交融。当地政府特别把一些独具特色的民俗体育作为一张文化品牌来扶持，通过给予各种政策、资金等方面的支持，不断加强对这些民俗体育的宣传与保护，不断加强对民俗体育表演队伍以及继承人的培养。如歙县汪满田鱼灯，由于歙县汪满田村地处深山，难以发展旅游，当地政府总会利用黄山市组织民俗文化节和各种节庆活动的机会，投入大量资金组织人员进行演出，有时还利用各种可能的机会，让其外出演出以扩大影响。近几年，很多国内媒体每到元宵节特意到汪满田对鱼灯表演进行拍摄和报道。歙县许村大刀舞，为了参加第七届徽州民俗文化节，当地政府临时聘请当地居民表演，其中的服装、道具、交通、食宿、表演人员工资等都由政府买单。这类形式的项目具有以下两个特点：一是由政府统一组织。近些年来徽州地区外出务工人员增多，使得原有的民俗体育项目的继承失去了根本性的保障，当地政府只能通过财政拨款等方式组织民俗文化节和节庆活动促使这些民俗体育参与进来。二是表演人员具有不固定性。一般来看，这些类型的民俗体育活动表演队伍的队员不固定，如2012年春节期间央视《走遍中国》栏目组走进黄山市徽州区的呈坎景区采风，为了宣传景区的文化，政府临时从周边几个村聘请了数十位从事过舞草龙的村民进行表演以达到宣传的目的。这些人是随机聘请的，平日不在一起练习，也许下次另一个媒体来，表演人员可能又换了一批。

图 3-43　歙县汪满田鱼灯

图 3-44　歙县许村大刀舞

第四章　徽州民俗体育流变个案研究

一、活态民俗体育项目——汪满田鱼灯的流变

（一）汪满田村基本情况

1.汪满田村落简介

歙县溪头镇汪满田村坐落在安徽黄山市溪头镇的西北方，东与大谷运村接壤，南与考坑村、桂林镇西坑村、双河村交界，西、北与双河口和上阳尖毗邻。2008年1月，实行村区域规模调整，原汪满田和木岭后两村合并，组建新的汪满田村。汪满田主姓汪，客姓叶、程，各家隔河沿岸聚居。汪满田曾为保、乡和公社的所在地。革命战争时期，汪满田是皖南游击队的根据地。1945年10月，皖南游击队活动区域扩大到了汪满田一带，中心县委游击队先后落脚在叶元良家及竹岭汪永进家。1947年10月，皖南地委迁至汪满田地区，临时建立了黄东工委。1948年5月初，中共黄东工委在汪满田正式成立，并且同时成立隶属黄东工委歙绩、旌绩、歙太三个工委。1948年9月到1949年4月，中共黄东工委批准在汪满田建立新民乡，俗称游击区民主革命乡政府。

1952年6月，汪满田乡是溪头区十三个乡之一。1958年10月，成立汪满田人民公社；1959年2月改称红旗人民公社，驻地溪头，此后汪满田一直为村委会驻地。

2. 汪满田村落结构

村落四面环山，村中横穿一条河流，名曰布射河。布射河从汪满田村中流经黄村，河流两岸居住着农户，村庄布局似“鱼”形。村口有一棵200多年的柏树，1999年枯死，后重新栽下一棵，现已3米多高。柏树后面有座观音、关帝庙，民国时期被毁。观音、关帝庙的后山叫虎头寨，虎头面对着火镜山上的火镜石。村内河面上由北向南依次有村口桥、上六家桥、村心桥、佛殿桥、思源桥和松源桥。在松源桥桥头，有一座水口庙，原已倒塌，2005年修复，当地人称为“新庙”。新庙对面是红军革命烈士纪念碑，2005年8月建成，次年3月被批准为县级文物保护单位，碑下右侧后方就是红军烈士墓，现保存完好。村西山头有一大石塔，平滑如镜，称之为“火镜”，旧时认为是村中火灾之祸根，此山也因此而得名“火镜山”。

图4-1　松源桥

图4-2　新庙

图4-3　红军革命烈士纪念碑

3. 汪满田村名的由来

很早以前，该村又称“凤家村”“水竹村”“松源村”和“水源村”。后来由于村中拥有不少水田，散布在山坡上呈梯状，村祖先还由上到下给梯田取名为“碓上田”“戏台田”“下畈田”，村民又以汪姓居多而取名“汪满田村”。民国时期，布射河西岸是汪满田村，东岸是松源村。新中国成立后统称为汪满田村，一直沿用至今。2008年1月，实行村区域规模调整，原汪满田和木岭后两村合并，组建成新的汪满田村。

（二）鱼灯活动开展纪实

1. 鱼灯的起源

在明末清初年间，相传由于汪满田村西“火镜山”上的“火镜石”光滑如镜，把太阳光反射到村子里而经常引发火灾，烧毁村中房屋，村民惨遭其害。在清光绪初，有风水家言，祸根乃是村前大石塔——“火镜”，遂以支堂房派为单位，兴鱼灯会六个，每年正月十三至十六日夜，以鱼灯游村，“滩花戏水”，以水克火，当地人称嬉鱼灯。

2. 鱼灯的活动概况

（1）鱼会的形成

汪满田村自古各姓氏都有自己的祠堂，汪氏族人较多，有三个祠堂，程氏一个祠堂，叶氏一个祠堂，共有六个鱼会，每个鱼会有一个鱼头（即会长），是由大家推举的有威望的人。新中国成立前分别是大祠堂鱼会、上六家鱼会、柏枝恒鱼会、田街鱼会、上五家鱼会、裡村鱼会；新中国成立后由于上五家迁出村子，上五家鱼会人员不够，就从人员较多的大祠堂鱼会中分出一部分建立大祠堂分鱼会，六个鱼会一直沿袭至今。

（2）鱼灯的构造

汪满田鱼灯，大小悬殊，呈鲤鱼状。大的长约7米，有三节，高约3米，内点烛一百多支，每盏灯须二十多人抬游；小的长1米以下，点数支烛而已。大鱼灯由各支堂房派公置，每支堂一至两盏；小鱼灯、杂灯及无数小灯和花灯由各户自扎，并由儿童提游。游鱼灯套路有“鲤鱼摆尾”“双鱼争食”“鲤鱼戏水”“鱼跃龙门”等，表演队形变化有方阵、一字长蛇阵、八卦迷魂阵等。

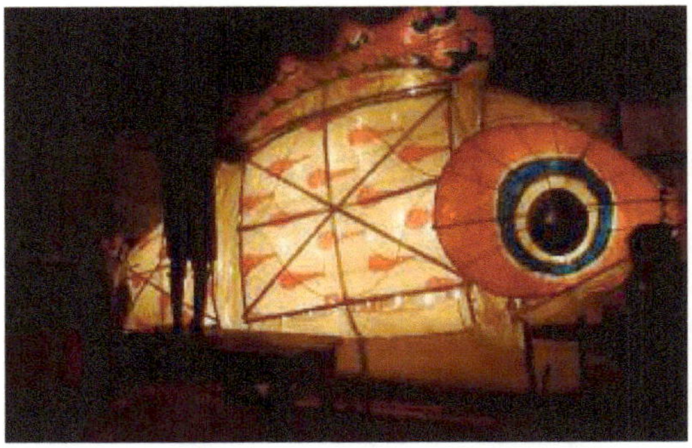

图4-4　大鱼灯

鱼灯以竹片为络，头节、中节腹部置有纵木，用以扛抬。节与节之间上下以绳扣其一点相连，故左右摆动灵活。以绵纸遍糊，彩绘鱼头、鱼鳞及鳍、尾。鱼头额上有硕大的“王”字，金色眼球鼓起，嘴上唇有两根翘八字鱼须，嘴下唇有流星喷管。鱼鳞有黑色、青色、红色三种，一盏鱼灯选画一种。总祠雍睦堂扎的是一盏鲤鱼化龙灯，龙头、鱼身十分别致，意谓鲤鱼刚跳过龙门，变成龙头，即将化龙飞去。

小杂灯也扎得精致、生动，有十月花篮灯，五谷形灯，瓜菜果灯，狮、猴、猪、牛、羊、兔等动物灯，皆五彩斑斓，活灵活现。尤其是狮灯、猴灯还可以舞动。

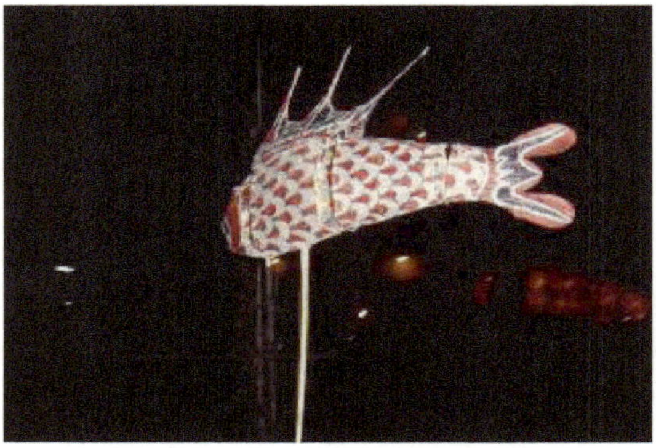

图4-5　小鱼灯

（3）嬉鱼灯的活动形式

入夜，锣鼓擂得震天响，停在路边的大鱼灯开始搭架点烛封门。一声号令，数十人用力抬起鱼灯，按总祠、支堂尊卑排好队列，前面旗幡幢幢，开锣清道。接着是一盏竖着的匾形灯，当地人因其像一把竖着的菜刀，称之为“薄”。灯两侧画有花边图案，两侧及前面又书“国泰民安”“风调雨顺”“五谷丰登”。随后是两头人扮的狮子，在热烈的锣鼓声中边走边舞，威风凛凛。狮子及狮子锣鼓后面就是大鱼灯了，鲤鱼化龙灯走在前面，每盏大鱼灯后皆有细锣细鼓助威，最后是少女撑持的花灯，少男撑持的狮灯、猴灯和儿童们手提的各色杂灯跟随，一路鞭炮齐鸣，鼓乐喧天。只见硕大、气派的大鱼灯随着抬灯人的步履，不停地摇头摆尾，一会儿忽然隐入一条街巷，一会儿又神秘地从另一条街巷冲出，抬灯人恰似它涌动的层层波浪，灯内烛火透过斑斑鱼鳞映入村中小河，河水顿时泛起彩色的涟漪。所到之处家家放爆竹迎送，大鱼灯口中不时喷出流星，似作答谢。游到宗祠门口，每盏鱼灯都要朝宗祠点头摆尾三次，说是向祖先拜年，报告风调雨顺、年年有余，行至柏枝恒坦上，鱼灯要依次打转、舞蹈，谓之“滩花”，喻鱼打子（产卵），兆村族丁旺。后面的小灯，虽作陪衬，却也可看。狮灯、猴灯在拉线机关操作下不停地舞爪摇头、弄拳耍棍，十分有趣。花灯默默高举，缤纷异彩，儿童们提着各式杂灯，在队伍里嘻嘻哈哈，跑前跑后，使长长的灯河不断地波翻浪涌。值得一提的是，那十几个燃着熊熊大火的火把，是将小杉木的一端剖成多股，夹入松明制作而成，烧起来啪啪作响，很有特色，也为灯会增加了气势。灯队来到村广场，大鱼灯开始绕场尽情飞跑，杂灯则排成彩色的一圈。跑鱼灯，谓之“滩花戏水”，冀兆鱼生子，宗族丁旺。其时，锣鼓爆竹齐鸣，火把、流星辉映，真是“火树银花不夜天”，观者无不心旌摇荡。“滩花”后，鱼灯复游村一圈，而后出村口，拜神庙，返回祠堂灭烛，此时戏台上的酬神戏已经开台。

到正月十六晚，所有鱼灯都要游到村后的小山墩上，将鱼头对着西山降的“火镜”，摇头摆尾，此乃鱼灯最后的高潮，在墩上面对“火镜”鞠躬，恳请“平平安安”“年年有余”。每年的鱼灯花费在数千元以上，均为村民自愿捐款。娶新妇之家更愿意另出钱为本祠堂鱼灯点烛，并宴请抬鱼灯者。当年生子之家也会买烛点灯还愿。1964年，因为当时倡导破除迷信，鱼灯活动不得不停止进行。1977年改革开放后恢复，然后延续至今。近两年来嬉鱼灯的村落变得越来越多。

（4）嬉鱼灯的活动路线

正月十三的傍晚七点二十左右，大祠堂鱼会开始点火，并放三个爆竹作为信号，另外五个鱼会开始点灯，活动即开始。每个鱼会汇集到大祠堂后，各个鱼会按大祠堂鱼会、大祠堂分鱼会、上六家鱼会、柏枝恒鱼会、田街鱼会、上五家鱼会、裡村鱼会的顺序排列，这个顺序一直不变，绕村子嬉游两圈。

第一圈：从大祠堂点灯出发，到竹林堂朝拜各路神仙，原路返回过佛殿桥，沿河下至田街绕两圈、大操场绕两圈，沿河上过上六家桥，沿河下回到大祠堂。

第二圈：从大祠堂出发到竹林堂，朝拜各路神仙，原路返回过佛殿桥，大操场绕两圈，沿河上过上六家桥，沿河下回到大祠堂。大概晚上十点，待所有鱼灯回到大祠堂，熄灭鱼灯，各个鱼会依次回到自己的集合点，当晚活动即结束。

正月十四、十五的活动路线和正月十三的路线完全一样。

正月十六的路线比较复杂，几乎穿过村子的每个角落、每座桥、每座庙，绕村子三圈。

第一圈：从大祠堂出发，德庆堂朝拜，竹林堂朝拜，至佛殿桥沿河下，过思源桥再沿河下，五昌庙朝拜，过松源桥，新庙朝拜，返回绕田街两圈，到大操场绕两圈，沿河上过上六家桥，经过柏树，至观音、关帝庙朝拜，沿河下至大祠堂并加蜡烛。

第二圈：加完蜡烛片刻后从大祠堂出发，过佛殿桥，到大操场集合，沿河上过上六家桥，上虎头寨朝拜（对着火镜山，并放烟火，此刻是活动高潮，最热闹），返回至上六家桥，沿河下至大祠堂（不进祠堂）。

第三圈：沿河下过佛殿桥，大操场集合，所有鱼会沿河上过村心桥，回到大祠堂，各自回到集合点还愿，熄灯活动结束。

活动结束时已将近晚上十一点，多数鱼会都已散去，只有个别体力充沛的鱼会兴致未减，他们会继续到村子里嬉游，直到尽兴。

（三）汪满田鱼灯流变历程

鱼灯作为汪满田地区历史最悠久、最典型的民俗体育项目，也在随着社会形态的变化兴衰起伏，从产生到中间的中断，再到如今的定型以及在社会转型加速阶段所呈现出的现代感。根据以上几点，将其流变历程从纵向的时间段上划分为三个阶段：自在自发期（1949年以前），衰落期（1949—1978年），恢复发展期（1978年至今）。并从鱼灯活动本身的形式和内容以及参与者心理状态变化三个方面进行时态的前后比较，以此来了解鱼灯的流变情况。自2011年10月至今，我们先后3次赴汪满田调查，对该村鱼灯活动累积进行了约一个月时间的田野作业。研究策略是，从对一个村落、一种活动、一伙人的关注开始，感受村落社区生活与传统体育的自然律动，在描述时尽量从基本生活事实出发，围绕汪满田“鱼灯流变”这一问题，捕捉其流变历程，并以此为基点呈现其文化逻辑，期望在更广泛的意义上探讨社会变迁中村落传统体育的传承和发展问题。

1. 自在自发期（1949年以前）

（1）汪满田村的社会生活特征

布射河从汪满田村中流过，保存完好的徽州古民居分布于布射河两岸，村庄布局像“卜”形。由于长期处在一个封闭、稳定、连续的社会形态中，汪满田的村落自在性很强。在徽州，地理环境相对封闭，一个村落往往居住着同宗同族的人们，汪满田村也是如此。政治方面，由于汪满田是以汪姓为主的村落，家族凝聚力强，宗族观念浓厚。1949年以前的中国社会，国家政权历来只能通过乡绅阶层向基层村落渗透，即使民国期间的行政下伸，却由于持续不断的战乱，从未实现对村落的直接控制，因此广大村落基本上依然持续着传统的乡土性并维持着乡土的宗法秩序。在这种封闭、稳定、连续的社会中，社区的自在性很强。文化方面，汪满田的一些特殊仪式和共同文化习俗成了用来调节村落内外的各种矛盾和维持村落自发状态的手段，如此鱼灯活动也就应运而生，其对村落内外社会关系的协调有着难以替代的作用。汪满田村的体育活动在这一时期就表现出传统体育的习俗传承功能，保持了与社会形态一致的特色，并成为维持村落秩序的有力手段。小农经济的脆弱性也决定了汪满田的农民难以抵御任何大的风险，如疾病、自然灾害等，但在他们心中却保留着一份祖上流传下来的信仰——常常通过宗族祭祀向祖先和神灵祈求风调雨顺、平安幸福、年年丰收、人畜兴旺。敬祖和敬神是村中大事，因此，村民们都乐意参加宗族祭祀体育活动，如鱼灯活动，希望通过鱼灯这样的活动实现人与神之间的沟通，以获得祖先和神灵的保佑。经济方面，直到新中国成立前也未改变千百年来封建社会中以家庭为生产单位、自给自足的小农经济，这也与许多徽州地区其他村落情况基本一致。汪氏族人依赖的血缘关系和地缘关系成为规避小农经济所面临的自然和社会风险的最便捷的渠道。

（2）汪氏宗族对鱼灯活动的影响

在古徽州地区，村落中的宗族祭祀体育活动是民俗体育活动中的一种主要类型。在汪满田，鱼灯活动就是当地村民体育生活的重要组成之一。鱼灯活动作为村落中的大型体育活动，汪氏宗族在其组织、协调和管理方面发挥了巨大作用和影响。在中国的传统文化中，保留着“万物有灵”和“祖先崇拜”的原始宗教信仰，希望通过宗族祭祀向祖先和神灵祈求五谷丰登、万事大吉。

汪氏宗族为鱼灯活动的开展提供了一定的物质保障。在汪满田，负责组织渔灯活动的最高机构是村落的宗族组织，宗族组织由村里的一些“资格老的”“管事的”老人和鱼灯的传承人组成。开展鱼灯活动的物资和经费从族田和族产里支付，族规为鱼灯活动的开展提供了制度保障。在《汪氏族规》中包括祭祖、祀神、孝父母、和兄弟、睦宗族等族规，不仅反映了宗族事务的方方面面，而且规定了本族各种活动的礼仪规范和奖惩措施，以约束族人的行为，并为鱼灯活动提供协调和管理依据。族长和传承人是鱼灯活动的组织者和管理者。族长是宗族组织的领导，他对宗族祭祀体育活动的资源供应、组织管理以及奖惩措施等决策拥有绝对话语权，并且还享有执法权。

（3）鱼灯活动的形式特征

汪满田曾是一个封闭、稳定、连续的典型的徽州古村落，深受封建思想、宗法制度和族权观念影响。古徽州地区一直流传着这样一个规定：女性禁止去祠堂和参加拜祖、祭祀等仪式。因而，在这一时期的鱼灯活动作为祭拜神灵的宗族仪式的一种，只允许男性参加。女性作为阴柔、弱小的代表，难能参加显示族人力量和能力的宗族体育活动，即使女人参加这些体育活动，也将会被外族人嘲笑，所以女性只能作为旁观对象。而且，这一时期的鱼灯活动也不允许外姓的族人或者来客参与，鱼灯的传承也只有本村的族人可以参与。

鱼灯活动是一种以集体方式参加的活动，在每年正月进行，对村落来说是一年中最重要的一次大型体育活动，不仅参与人数多，而且影响面较大，处于主流地位。对于村民来说，能够参与这类活动，不仅可以获得祖先和神灵的保佑，而且也体现了其在村落中的社会地位。这一时期的鱼灯长约为12米，需要20多个男丁才可以抬得动，而每个祠堂的鱼灯制作费用均是村民“乐助”所得，捐助金额没有限制，以家为单位，采取完全自愿的原则。

鱼灯活动的封闭性与保守性。汪满田是古徽州众多具有单系的差序格局社会，宗族成员都凭血缘的身份相互认同，组成一个紧密的整体。宗族成员往往会根据血缘的亲疏决定他们的社会关系，在心理上有很强的排他性。宗族血缘的排他性，对鱼灯活动产生了重大影响。在这一时期的鱼灯活动只在当地盛行，换句话说鱼灯的发源地就是汪满田，周边的村落基本没开展此项活动的，鱼灯被看成是汪氏族人特有的一种祭祀祈求活动，这项活动的传承也只在汪满田村内进行。

2. 衰落期（1949—1978年）

（1）汪满田的社会环境

1949至1978年，中国乡村社会历经土地改革、合作化、“大跃进”、人民公社化、社会主义教育运动等经济、政治和文化制度变革后，乡村的政权组织结构、乡村精英的构成及品性、农民的意识形态以及乡村的社会秩序和经济活动方式等发生了前所未有的变化。新中国成立后到1955年，汪满田完成了土地改革，汪氏宗族制、旧的土地制度被废除，五个大祠堂只保留了三个，农会、党的基层支部及其外围组织等新组织则建立、成长起来。1955年至1963年，汪满田完成了互助组、初级农业生产合作社、高级农业生产合作社三个阶段的农业集体化改革。汪满田公社建立起来了，成为汪满田的领导机构。1966年后，汪满田进入了集体经济时期，经过大规模的农田改造，增加了一些田地，村民的生活有了一定的保障，但人口增加更快，集体经济并不曾使得村民生活有持续不断的改善。虽然贫困，但彼此差别不大社会平等。此外，在这一时期，集体经济虽然效率不高，但村民的劳作任务却很多，很少有自由活动的空间和时间，使得村民的社会文化生活枯燥、单调。单调的文化生活空间，很难培植出丰富多彩的文体活动。和许多徽州的古村落一样，在经过一系列的政治运动后，文化上，汪满田村民的旧思想、旧文化、旧风俗、旧习惯被一系列的政治运动不断地荡涤着，村民的日常生活逐渐正常化，农村民间传统文化遭受到历史性重创，文化逐渐单一化。经济上，汪满田分别采取“三级所有，队为基础”“农业合作化”等经济手段，逐渐加强农村土地集体所有权和经营权，实现了农业生产集体化。

（2）鱼灯活动失去了宗族的保护和传承

1949年到1963年，国家权力系统第一次全面深入村落，并明令取缔乡绅阶层和宗法制度，实现对村落的有效治理。因此，在汪满田存在了几百年的汪氏宗族和五大祠堂开始走向瓦解。在这样一个高度统一的局面下，社会成员行动一致，生活水平基本一样，来自个人利益的冲突基本没有，民间潜在权力系统的调节功能消失。宗族组织作为封建遗存而遭到批判，原先负责领导鱼灯等公共活动的族长、各祠堂的鱼头等乡绅阶层也遭到批判，几百年来负责组织汪满田鱼灯活动的宗族组织渐渐失去了其原先的主导作用。这一时期，汪满田出现了一个新的组织，以生产队为单位组织起来的新鱼会，这里一共有六个鱼会：大祠堂鱼会、上六家鱼会、柏桥恒鱼会、田街鱼会、上五家鱼会、裡村鱼会。在这一时期虽然出现了新的鱼会形式，但鱼灯活动的开展却大不如前，基本上是间隔几年才会举行一次鱼灯活动，场面也没有以前那么盛大和隆重，虽然这一时期的鱼灯活动也组织得不错，但与以前相比确实有些衰弱了。1963年以后，一切与宗族有关的活动和资料等，如族谱、祭祀中各类仪式活动等都作为“四旧”被铲除了，当然鱼灯活动也被禁止了。这段时期鱼灯再没有表演过，1978年后鱼灯活动才得以恢复。

（3）鱼灯活动衰落的原因

①丧失了组织基础

土地改革开始后，国家权力系统第一次全面深入乡村，明令取缔乡绅阶层和宗族制度。宗族组织作为封建遗存而遭到批判，原先负责领导汪满田鱼灯等公共活动的族长等乡绅阶层也遭到批判，并不复存在，取而代之的是以生产队为标志的国家行政网络在农村的全面展开。

②丧失了物质基础

土地改革时期，宗族组织被取缔，族田、族产均被没收。1958年开展的人民公社运动，将农民在土地改革时期分得的私人土地重新归为集体所有，使得鱼灯活动失去了维持其开展的物质基础和经费来源。

③丧失了制度结构基础

土地改革后汪满田村民获得了梦寐以求的土地，但经过互助组、初级社、高级社等一系列变革后，确立了“三级所有，队为基础”的人民公社体制。在这一体制下，汪满田的每个家庭作为一个生产单位的重要性明显减弱，家庭的经济和生产职能基本丧失。原先作为生产和生活单位的家庭，在这一时期主要是作为生活单位而存在，农民在生产中不再是以家庭成员的身份出现，而是以社员的名义参加集体劳动，个人只是从集体中分得一定的工分。于是，在汪满田，鱼灯活动丧失了存在的制度结构基础。

3.恢复发展期（1978年至今）

（1）汪满田的社会环境

1978年后，中国社会进入了改革开放时期，中国的政治、经济、文化体制进行了一系列的改革，这对农村社会的影响是深远的。从社会环境来看，随着家庭联产承包责任制的全面实施，农民的生产积极性得到激发，农村居民的收入和财富明显增长，农民的温饱问题得到解决。20世纪90年代以后，随着中国市场经济的进一步发展，工业化、城市化速度加快，以及身份证的实行和粮油票的取消，1992年汪满田出现了第一批外出务工者，随后大批年轻村民进城务工。文化方面，“文革”结束后，全国掀起了真理标准大讨论，对传统文化进行反思，提出了批判、继承和创新的方针。改革开放后，汪满田的鱼灯传统活动开始复苏。在溪头镇政府和村委会的大力扶植推荐下，汪满田的鱼灯活动在1988年作为溪头镇的代表项目参加了“歙县地区民俗传统文化节”，并做了精彩的表演，获得比赛第二名。这也是汪满田鱼灯第一次在汪满田以外的地区表演，也让世人真正领略到了鱼灯的魅力和精彩所在。但20世纪90年代初随着市场经济的快速发展，以理性主义为基础的现代性因素不断渗入，以及外出务工的年轻人越来越多，宗族祭祀活动再次受到冲击，使得民俗体育文化又面临新的发展抉择。

（2）鱼灯活动的现代化

改革开放后，特别是近二十年来，以全球化、城市化、市场化为特色的现代化浪潮不断涌向汪满田。村民的思想被注入了更多的理性主义和个人主义，他们的传统文化需求逐渐被淡化，新的文化需求结构随之而出，促进了鱼灯活动现代性的产生。改革开放后，革命化、政治化和集体化的农村体育环境被彻底扭转，但鱼灯活动的目的除了信仰（即过去追求宗族族内娱神、族间示威的功能，满足村民精神寄托和祈求风调雨顺等要求）外，还出现了以下几种明显的现代特征。其一，凝聚。这是信仰目的的一种衍生。从神灵体系来看，鱼灯保佑风调雨顺、娱神等文化功能，关系到全村和全族一年的命运，是全村和全族的共同事务，需要全村和全族人的协作才能完成。鱼灯活动的开展，必然会促进村落、家族的认同感，增强村落、家族的凝聚力。其二，调控。鱼灯活动的调控目的包括两个方面。一方面是健身方面的调控。在鱼灯的“游街”环节中，“鱼灯”和舞狮在灯师的引导下，随着锣鼓的节奏在村内不停地游动穿行，并不断变换排列队形，整个过程持续3个多小时。因此，鱼灯是一项动感十足并极消耗体能的传统体育活动，它不仅对参与者的身体素质提出了很高的要求，而且对提高参与者的运动能力、心肺功能以及神级系统调节功能具有良好的促进作用。另一方面是心理方面的调控。这几年，鱼灯活动的开展对于汪满田人来说就是“节日狂欢”，对于一年到头外出辛苦务工的年轻人和勤劳留守村中务农的村民来说，具有娱乐、休养和调节的作用。其三，旅游化和信息化。由于电视和网络等媒体的不断宣传，关注汪满田鱼灯的人越来越多。特别是每年的正月十五、十六这两天，从外地赶过来观看鱼灯活动的人络绎不绝，不仅有安徽省内的游客，还有从周边省份赶过来的观光者，并且一些媒体也在现场进行报道，这使得具有浓郁的本土文化风情和深厚的本土文化底蕴的鱼灯活动成为独特的旅游资源。

（四）汪满田鱼灯发展面临的问题与对策

1. 鱼灯活动发展面临的问题

（1）传承人出现断代现象

现代经济模式的发展已经打破了以农耕经济为主的单一经济模式，村落经济结构呈现多元化发展趋势，年轻力壮的一代纷纷外出创业打工，留守田园的大多是年迈的老人和尚无劳动能力的孩子，这使得村落的社会结构发生了重大变化。另外，外出打工的年轻人有更多机会接触到大城市的现代文明，造成他们对传统文化传承意识的淡薄和民俗体育保护热情的降低，使得汪满田鱼灯传承人培养的前景堪忧。

（2）村落自足文化生活空间在减小

当前，外出务工和电视、电脑等现代传媒的普及在不断侵蚀着村民的自足文化生活空间。其一，外出务工会造成村落常住人口的减少，现代传媒巨大的吸引力会造成村民更愿待在家中，降低了村民的交往频率、亲密程度；其二，在城务工和通过现代传媒，村民接触到各种各样的现代文化信息，受此影响他们开始能够接受和喜欢这些现代文化，其中包括现代体育文化。因此，村落自足文化生活空间在不断减小，同时大量的现代文化在不断涌入，不断重组着村民的文化需求结构。在村落语境中，随着具有现代色彩的文化需求的增加，拥有传统文化功能的鱼灯活动面临着更多的考验。

2.鱼灯活动发展对策

（1）传承人发挥主体作用

文化之根在于民，我们只有激起全民文化保护意识，才能创造出一个适宜鱼灯发展和传承下去的良好社会环境。对汪满田鱼灯的保护不仅是政府的事，也是村落的事——通过教育、引导、鼓励等方式培养传承人，从主观上增强村民和传承人对鱼灯活动的包容和认知。因此，汪满田完全可以借鉴湖北恩施土家族苗族自治州保护民间文艺大师的做法，给予一定的经济、政治待遇，使民间艺人基本无衣食之忧，能够一心一意带徒弟。另外政府要切实从政策、资金和人才等方面给予扶持，要鼓励他们学习和传承民间文化。对一些保护和传承民间文化做出贡献的个人和单位，要进行表彰和奖励，要营造一种保护和传承民俗体育的良好人文氛围。

（2）扩大交流，促进鱼灯活动的可持续发展

在相关政策和理念中，不要过分强调民俗体育静态的保护，因为过分强调民俗体育静态的保护理念会使民俗体育固守原来的态势，缩小开放程度。开放是民俗体育可持续发展的首要条件，所以汪满田鱼灯活动的发展必须从实践出发，走上一条开放的道路，建立各个鱼会与外界交流的平台，大胆吸收外界的新信息，改变鱼灯的表现形式和组织形式，使之适应现代社会的需求，增加鱼灯活动的社会效益和经济效益，促进鱼灯活动的可持续发展。

（3）遵循民俗体育文化变迁规律

民俗体育文化的变迁有其内在的规律。目前，一些学者呼吁对民俗体育文化进行原生态的保护，其动机是出于对传统体育文化消亡的担忧。确实有一部分民俗体育文化需要原生态的保护，但是对于大多数民俗体育文化而言是不适合的，因为社会环境发生了改变。所以，与其我们倡导原生态的保护，不如去发掘民俗体育文化中具有与时代发展相适应的内在价值，或者对民俗体育文化的功能、内容和形式进行一定的转化，使其符合时代的发展和文化主体的生活需求，这对于民俗体育文化发展来说才是具有积极意义的。

二、活态民俗体育项目——右龙板凳龙的流变

（一）研究对象和方法

1.研究对象

右龙村距休宁县城80公里，位于休宁县西南部的鹤城乡境内的“六股尖”下，村周边诸多山峰海拔均在1000多米，属于深山区村落。“六股尖”海拔1629.8米，是新安江、富春江、钱塘江发源地。右龙村东南面与江西省浮梁县瑶里镇毗邻，西北边同祁门县交界。古徽州时期，这里交通闭塞，只有一条“徽山大路”与外界相连。21世纪，鹤城修筑了一条从休宁县通往江西省浮梁县的盘山公路。

右龙村有山场1635公顷，农户120余户，508口人。其中97%的农户姓张，是一个典型的主姓村。据村中老人介绍，这个村子的张姓本是同祖，唐代时期张姓祖先因避战乱，由浙江富阳迁入。张氏族谱和祠堂一直保留至今。对该村考察中发现，右龙村村民之间出入相友、守望相助，礼俗道德在该村处处可见，特别是在村民的观念上张氏家族的观念并没有被磨灭，因而右龙还依旧维持着以血缘和地缘相互交错为基础的熟人社会。

右龙村经济以林、茶为主。20世纪90年代初，由于林、茶市场疲软，

交通、信息滞后，右龙村人均年收入只有270余元，村民生活多靠政府救济，是市级贫困村。进入21世纪后，右龙人抓住旺盛的有机食品市场需求的有利时机，依靠当地得天独厚的生态资源，对林茶结构进行调整，制定了人均“两亩速生茶园、两亩油茶林、两亩毛竹林”的发展目标，全面开发右龙有机茶。目前，全村已建成有机油茶林1200亩，毛竹林1200亩，现存古香榧树1200株，初步形成了“山脚茶、周边竹、近山果、远山杉、高山松”的立体生态格局，生态效益逐渐显现。右龙村人均茶叶收入从1997年的500元提高到2007年的3000元，农民人均纯收入比1997年的1300元增长了361％。2006年和2007年右龙村先后被评为县级特色产业村和省级“一村一品”示范村。

2.研究方法

文献资料法，问卷调查法，田野调查法，访谈法。

（二）右龙板凳龙历史渊源

右龙村的板凳龙始创于明弘治十八年（1505年），距今已有500多年的历史。右龙古称潘溪，山高水长，秀木参天，生态古朴原始。据传，早在唐乾符六年（公元879年），张氏十一公携妻带子逃荒要饭，由浙江富阳迁至潘溪，开山栽杉苗，垦地种玉米，从此定居下来。至明朝中叶已发展成30余户、100余人的小村庄。聚族而居的张氏后裔辛勤劳作，刀耕不辍，家业殷实，右龙成为一方世外桃源。

富饶美丽的潘溪村很快成为周边村寨大户中霸主恶少们的目标，他们常常巧取豪夺、强霸民女，弄得全村鸡犬不宁。老族长张夏六公几次去县衙告状，终因无靠山而败诉。一天夜里，95岁的张夏六公梦见周仓牵马扛刀，引领关公来到他的门前。关公对他一番面授机宜：一是村名要改；二是去打官司时放竹排，走水路，顺江而下，不要走陆路，招摇过市，容易引起邻村人的注意，使他们提前到官府去行贿；三是关公把诉状的内容说与张夏六公，教他如何打赢官司。

张夏六公听后对关公许诺：如果打赢了官司，村里就做一条龙，年年舞，以此感恩戴德。后来官司果然打赢了。依照关公圣意，将潘溪改名为右龙。右，通佑、祐。右，导也，虑也，亮也，强也，右亦上也；寓上天保佑、孚佑下民之意；龙，古代传说中的神异动物，春分而登天，秋分而潜渊，上天入地，呼风唤雨，无所不能。

按照当时的承诺，张夏六公带领村民修缮了关帝庙宇，并为关帝重塑金身。然后发动全村力量，人人动手，斫竹破篾，砍树锯板，自己带着大儿子设计制作龙头龙尾，村民每户出一块长1.5米的杂木板拼接龙身。就这样，在明代弘治十八年（1505年），在张夏六公操持之下，第一条板凳龙在张氏祠堂（怀德堂）诞生。这条木板龙由30块木板、90盏灯笼组成，长约50米。从此，每年元宵节，右龙村的板凳龙活跃在村头巷尾空地上大摆长龙阵表演，热闹非凡。村民们用板凳龙庆祝一年村兴民安，诉求来年风调雨顺、五谷丰登。任凭时代变化，传承人易人，板凳龙这一民间活动的传承却延续至今。

表4-1　右龙板凳龙传承族谱

序号	姓名	性别	简介
1	张氏十一公	男	生于唐宣宗大中十一年(857年),卒于后唐开运二年(945年),享年88岁,祖籍浙江富阳。于唐乾符六年(879年)携妻、子迁徙至右龙(古为潘溪),为右龙村张姓始祖
2	张夏六公	男	右龙族长,生于明永乐八年(1410年),卒于1507年,享年97岁。明弘治十八年(1505年)因梦关公而打赢诉讼官司,遂创造右龙村板凳龙,为右龙板凳龙的创始人
3	张和基	男	右龙人,人称和基公,生于清康熙五十九年(1720年),卒于清嘉庆四年(1799年),享年79岁,是传承、发扬、延续利用板凳龙的忠实族长。
4	张丫头	男	右龙人,生于清乾隆六年(1741年),卒于道光六年(1826年),享年85岁,是右龙村清朝后期板凳龙的传承人
5	张生仂	男	右龙人,生于清光绪二年(1876年),卒于1950年,享年74岁,为右龙村板凳龙清末民初时期的掌门人

续 表

序号	姓名	性别	简介
6	张永太	男	右龙人，生于1910年，卒于1966年，为新中国成立后右龙村板凳龙的传承人
7	张光坯	男	右龙人，生于1935年，为新中国成立初期至二十世纪六十年代板凳龙传承人
8	张光武	男	右龙人，生于1970年，村支部书记，为二十一世纪右龙板凳龙年轻一代传承人
9	张复兴	男	右龙人，生于1935年，为制作板凳龙龙头、龙尾的扎纸糊裱艺人。从其祖父起，代代相传至今。新中国成立后，张复兴与村里张志坯一起，跟随张永太长辈制作板凳龙，并参加舞龙。六十余年的经历，除“文革”期间被迫停顿外，一直为鹤城板凳龙奔波操劳，主动带徒，扎龙、舞龙技艺娴熟，成为该项目的代表性传承人

（三）右龙板凳龙发展变迁过程

右龙板凳龙作为典型的民俗体育项目，在社会变迁中经历了起伏兴衰，从产生之初到近百年的定型，到当今社会转型阶段实现的现代发展，右龙板凳龙的流变历程十分明晰。基于此，将其流变历程从纵向的时间段上划分为4个阶段：自发期（1966年以前），停滞期（1966—1978年），振荡期（1978—2004年），回升期（2005年至今）。

1. 自发期（1966年以前）

（1）板凳龙的构造

板凳龙由固定在木板上的“龙头”“龙尾”和一块块的木板拼成的“龙身”三部分组成，其中龙头、龙尾由竹篾扎成。板凳龙龙头一般长3米，高2米，宽1米，用木板、竹篾和彩纸精心糊裱扎制而成，并配上灯光龙眼、龙须、龙鳞等花纹图案，头角峥嵘，金睛巨口，长髯飘飘，造型生动，形态逼真，把中华民族“龙”的形象展现得淋漓尽致。龙头、龙尾的灯光分别安装在龙头颅内和龙尾腔内。每节龙身上的三盏红灯笼均匀安装在木板之上。每块木板两端各凿一个圆孔，用棒穿孔连接。这样做可旋转180度，以便舞动。除龙头、龙尾外，龙身木板在连接处安有一支木棍，便于舞龙人擎举舞动。龙身的节数，以村中有多少户人家而定，节节相连可以无限延长。

图4-6 右龙板凳龙龙头

（2）右龙板凳龙的活动内容

右龙板凳龙出行以鸣炮为号。右龙板凳龙开舞时，前有仪仗队开路，后有什锦班压阵。乐队由鼓、大锣、钹、小锣、唢呐等打击、吹奏乐器组成；引路人手提八角宫式龙灯；全体舞龙人员头扎方巾，身穿彩褂彩裤，脚穿草鞋布袜，服装整齐划一，格调古朴典雅。

由于板凳龙是由木板连接而成，舞蹈时的动作力度与难度大于一般的稻草龙和布制滚龙。舞板凳龙的队伍由引路人、龙头、龙身、龙尾和鞭炮锣鼓队五部分组成。引路人为龙前导引航向的掌灯人。龙头重约60斤，由4位年轻壮汉承担，龙身由一块块长约1.5米、宽约0.2米的杉木板连接而成。龙头内安有19盏红灯笼，每节木板上（龙身）安有3盏红灯笼，龙尾安有5盏红灯笼。板凳龙舞动时，龙头龙尾两个乐队边击打锣鼓、吹奏唢呐，边放鞭炮，一前一后，遥相呼应，气氛十分火爆热烈。由于受木板和烛火限制，舞动时不好做翻滚之势，基本动作为上下腾龙、盘龙（有顺盘和反盘）等。

①上下腾龙

板凳龙龙头一步一点头，由龙头手扛着板凳，手上下舞动撑棒，龙身成员舞动的动作多以扛、托、拉为主。“扛”指在舞龙动作缓慢时用肩扛着龙走；“托”指在舞龙动作稍快时用托来保持速度、高度、平衡等；“拉”是指在速度较快又绕圆时，为避免相互碰撞，须拉住撑棒和板凳边缘。右龙板凳龙的步法多以走、跑、跳为主，在龙快速回旋时，舞灯尾的人由于神龙摆尾所带来的强烈甩劲，不得不以错步或蹦跳步来维持身体的稳定性。

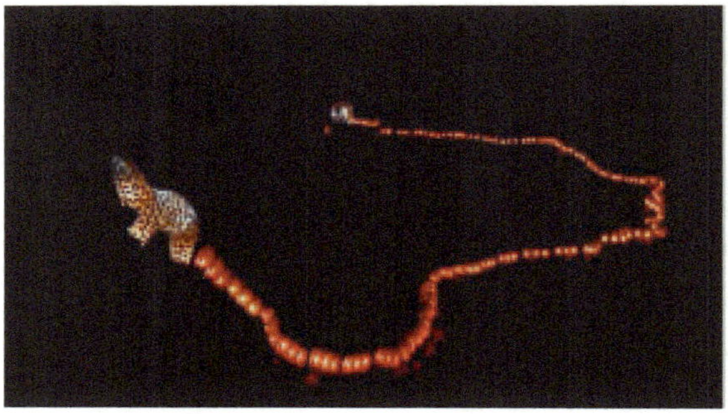

图 4-7　上下腾龙

②盘龙

右龙板凳龙以盘龙阵表演最为精彩，也是右龙板凳龙的高潮部分。由引路人在一片喧闹的锣鼓声中将板凳龙引进表演场地，绕场盘成大圈，再一圈一圈向中心盘进。当板凳龙顺时针盘进时，龙灯队扛着板凳缓慢走，以龙头为中心团团盘旋起来。然后又以龙头为先导，从圆圈中央朝相反的方向转出来，把龙尾盘在中心。在两次盘旋之后，龙头、龙尾各以特定的队形在圆圈内外运动。这种“串灯”表演，看起来运动缓慢，实际上十分激烈。因为，龙头在中央做三百六十度旋转的时候，龙尾部分要在一分钟之内扛着一盏盏沉重的灯奔跑，而且要加速前进，否则一松手，人就要被甩出丈把远。所以，扛龙尾的人总是由全村最机灵勇敢又身强力壮的年轻人担任。当龙头到达场中心点时，围观群众齐声呐喊助威，欢呼声、叫好声此起彼伏。在震天动地的呐喊声中，板凳龙加快舞步，并将龙头高高抬起，向围观百姓叩首致意，庆祝新年安康。在月朗星稀的夜幕下，一条长达百余米由百人舞动的板凳龙，仿佛苍龙出海，金光闪烁，犹如银练狂舞，煞是壮观。

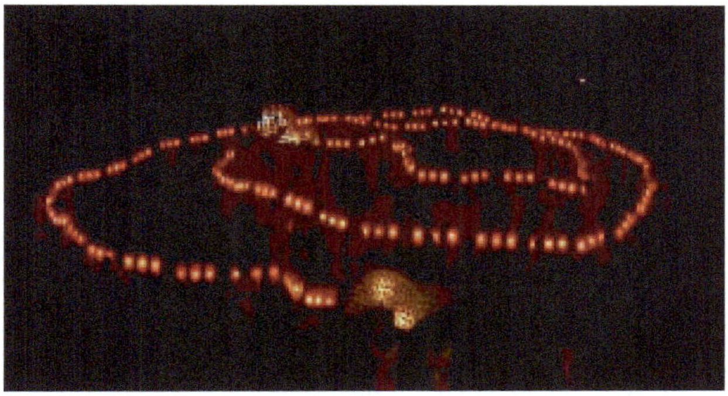

图4-8　盘龙表演

（3）右龙板凳龙步骤程序

这个时期的右龙板凳龙是严格按照祖上传下来的流程来开展的。舞龙之前的十几天，村民们正式开始舞龙的准备工作。这些准备工作主要有：第一修葺龙头、龙尾，制作或购置舞龙所需的相关道具，如鞭炮和灯烛等；第二在祠堂门口排练板凳龙的相关活动。

正月十五下午四五点钟吃完饭，村民听到召集发灯的爆竹声后，从村中祠堂里抬出龙头、龙尾。每家每户的男丁穿着节日的服装，扛着龙身木板到村口的关帝庙集中。龙身木板上安放三个灯笼，每个灯笼上放着一摞纸钱。途经老庙、孤坟总祭和关帝庙三处燃烧纸钱，向天祈祷。到关帝庙后，龙头放在庙中，然后开始拼装龙身，装点龙尾。完毕后，由族长主持舞龙仪式，先诵读当年关帝托梦告诉张夏六公的诉状，然后祭拜、放炮，以表对关帝当年帮助张氏族人打赢官司的感激之情。仪式结束后，板凳龙在锣鼓声、奏乐声、鞭炮声、呐喊声和胡哨声中腾挪起舞、上下左右游动。整个活动持续三个多小时，表演结束时，引路人一声“结束”令下，舞龙人匆忙拆下龙板，扛着各自的龙板回家，传说谁第一个到家谁家就能喜得贵子（添丁），到家后把龙板供在堂屋，直至灯笼里的蜡烛燃尽。

（4）板凳龙游龙的行进路线

板凳龙在关帝庙举行舞龙仪式，仪式完毕后，开始向村中出发。在关帝庙旁有一棵千年古榧树，历经沧桑仍枝繁叶茂，躯干围长达一丈五尺，冠盖数百平方米，此树平常从不挂果，而每逢时事变化则仅从一小枝丫上生出数枚果实。因此板凳龙途经古榧树时，村民停下祭拜一番；然后板凳龙顺着一条羊肠小道来到一块石碑前，上面刻着“孤魂总祭”，在此祭拜。“孤魂总祭”是祭拜孤魂的地方。传说，自古以来，右龙是徽州连接江西的主要通道。徽州西部山民过婺源、上浮梁均需穿越右龙虎头降。久而久之，右龙逐渐成为皖赣两地物资交流的一个中转站，是一条古商道。古道崎岖，环境险恶，有的过客或商人在此客死他乡，当地村民为了让他们得到安息，就把他们这些人都葬在一棵古银杏树下，立了一块碑，并每年祭拜。板凳龙离开孤魂总祭，在离村口不远有个老庙，老庙历史久远，供奉着菩萨，保佑着村民。在此祭拜后，顺着村道来到张氏祠堂，祭拜祖先。因祠堂内有私塾，所以板凳龙在这里转一圈，希望能带去好运，使村里更多年轻人能够考取功名。出了张氏祠堂，板凳龙开始顺着村中的小道按从右至左的方向游龙，每个家庭在舞龙队伍快要到自家门口时便“迫不及待”地燃放鞭炮，舞龙表演也一直持续到该户的鞭炮放完了才离开前往下一家表演。最后板凳龙回到张氏祠堂前的广场上进行盘龙表演。

（5）游龙中穿插的其他活动

板凳龙在村中游龙时，右龙村每个家庭在龙来的时候除了要焚香祭拜和放炮迎接外，还往往穿插着其他一些活动。一个是“摸龙须”。村里新婚家庭会在龙来的时候去摸龙须，相传摸到龙须后来年家中会“添丁”，当然，舞龙头的人不会轻易让他们摸到龙须，龙头会上下翻舞，周围的人也会大声跟着起哄，气氛非常热烈。另一个是“请龙珠”。村中如果哪家媳妇长期不怀孕，可以把龙珠在舞龙结束后请到家里，即摆好酒菜请舞龙头的几个人来家中喝酒吃饭，这样来年就可能会有小孩了。村里就有一个传说故事：有个59岁的老妇人有两个女儿，大女儿和小女儿年龄相差30岁，怎么会出现这种状况？原来，老妇人的儿媳妇一直没怀孕，于是她就去“请龙珠”，村里负责人答应了她的请求，她非常高兴，赶紧回家准备饭菜。但是，当龙珠送到她家时，她儿媳妇偏偏去河边洗菜了，老妇人接过龙珠。结果，这个老妇人来年生了一女，而她的儿媳妇直到去世，膝下仍无儿女。

（6）参与游龙人群的特征

右龙板凳龙是一个动员全村力量的集体性的公共仪式性活动。每年右龙的板凳龙活动就是戈夫曼所称的一次“有焦点的聚集”，村里的男女老少全神贯注于舞龙并且按照这个活动流相互关联起来。

这一时期的右龙板凳龙主要是宗族祭祀活动。因为敬祖和敬神是村中大事，因此，村民们都乐意参加板凳龙活动，希望获得祖先和神灵的保佑。

村里宗族组织的长老们是舞龙活动的权威，受到人们的尊敬。他们全程领导舞龙活动，负责处理舞龙过程中临时出现的问题。灯会实际上是负责办事的人。他们负责舞龙的具体操办工作，如果有自己不能够应付的问题，灯会则向长老们汇报，交由长老们处理。右龙村的男性壮年劳动力基本上全部投入舞龙活动中，那是因为舞龙是一项对体力要求高的活动。由于右龙地处偏远地区，交通闭塞，是一个深受封建思想、宗法制度和族权观念影响的村落，张氏族法禁止女性去祠堂和参加拜祖、祭祀等仪式，因而，村里的老人、妇女和儿童以及来宾主要是作为观众参与到板凳龙活动中。

（7）组织特征

在右龙村，负责组织舞龙活动的最高机构是村落的宗族组织。宗族组织由村里的一些“资格老的”“管事的”的老人们组成。他们主要负责对右龙村舞龙的领导工作，如制定舞龙的轮流制度、负责对右龙板凳龙的最终解释。由于此时的宗族组织就是村落大小事务的实际管理机构，因而可以说，此时的舞龙在某种程度上是一个“准官方”行为。虽然宗族组织是舞龙的领导机构，但具体的落实工作是由该年轮到的灯会执行和完成的。灯会是族长按照村中人口分布划分的，当时村中共有9个灯会，每年的板凳龙活动由一个灯会领头，9个灯会采取逐年轮流制度。灯会的工作主要是：购置该年舞龙需要的相关产品，如香火、鞭炮、蜡烛等；舞龙人员的招新、培训工作；舞龙的过程安排，如召集、准备和安全等事宜；负责舞龙相关人员在舞龙期间的晚饭以及舞龙结束后的宵夜；等等。

（8）板凳龙活动的经费来源

张氏宗族为板凳龙活动的开展提供了一定的物质保障。为了保证板凳龙活动的顺利开展，张氏宗族利用专门的族产，如村中有一片山头的竹林的收入专门用于板凳龙活动的经费，并在人力、物力方面提供支持。据村里的老人们介绍，族田、族产的收入基本上能够应付村里公共事业的开支，有时还有结余，这就意味着右龙板凳龙在这一时期基本不存在因为经费不足而难以为继的问题。

（9）右龙板凳龙的功能

①娱乐功能

舞龙不仅是娱乐活动，而且是一种集体性的、动员全村的公共活动。首先，舞龙可以愉悦本村的村民以及来右龙村观看舞龙表演的姻亲。他们在参与或观看舞龙表演时享受着舞龙带给他们的欢乐。其次，舞龙也要取悦右龙村信奉的神灵，目的是祈求和答谢神灵的庇护。从社区的角度来看，就是祈求村落的繁荣昌盛；从个人和家户来看，就是求神赋予“福气”与“好运”。

②认同功能

从神灵体系来看，板凳龙关系到全村和全族一年的命运，是全村和全族的共同事务，需要全村和全族人的协作才能完成。舞龙活动会增加村落、家族的认同感，加强村落、家族的凝聚力，主要表现在两个方面。其一，为村民的思想沟通、情感共鸣建立较为稳固的信仰基础。在板凳龙活动年复一年的不断重复中，人们的信仰不断被强化，形成了基本相同的精神信仰，大都相信板凳龙具有为全村、家族祈福的功能。其二，合作中的协调运作是形成村落、家族认同的重要因素。每年板凳龙活动都要涉及村里的很多人，在活动过程中需要协作。如果没有协作，板凳龙难以开展。

如村里某两人之间有些小小的不愉快，但在这个特殊时间的特殊活动里，为了“敬神”也必须合作，共同完成相关的任务，从而使矛盾得以化解。可见，村民们对自己的村落和家族有一个特别的认同感，能够增强个体、家族、村落之间的依附性。

③调控功能

旧时的统治者不是用法律而是用文化来实现他们对乡村社会的统治。在旧社会，社会秩序主要靠老人的权威、教化以及乡民对于社区中规矩的熟悉和他们服膺于传统的习惯来保证。[①]明清时期，统治者意识到利用宗族文化来进行乡村治理对统治的便捷性。于是，统治者对宗族文化的发展一般采取默许、宽容，有时甚至是鼓励的姿态。如明朝嘉靖十五年后，官方给民间提供“联宗立庙”的合法性和推动力；乾隆之后给予宗族文化的支持度甚至高于以前；晚清后认同宗族文化的存在和加强[②]；民国时期，国民政府虽然想整肃宗族文化，但在后期，统治者也发现宗族文化可以实现对农村的控制。右龙村舞龙是右龙村宗族文化中非常重要的一个组成部分，甚至可以说是标志性的文化。在这一时期，通过舞龙这一集体性的仪式活动，潜移默化地以乡规民约调控村民的行为，对缓解公共生活中的冲突、维护家族或村落共同体内部的秩序具有重要作用。

（10）自在、稳步发展的原因分析

这一时期右龙村舞龙的主要特征体现在两个方面，即自在开展和稳步开展。

①自在开展的原因分析

这一时期右龙村舞龙自在开展的主要原因在于政府对农村的控制有限。在明清以前的传统国家时期，中国封建帝国与农村基层社区的距离较大，中央政府对县以下的农村的社会生活干预很少，人民的生活处于自在的状态。右龙村是在唐朝建立起来的，板凳龙在明朝出现。从明朝开始，封建

① 王铭铭.乡土社会的秩序、公正与权威[M].北京：中国政法大学出版社，1997：417.

② 毛丹.一个村落共同体的变迁：关于尖山下村的单位化的观察与阐释[M].南京：学林出版社，2000：34-37.

统治者借助宗法制度在民间实行一种较为基层化的社会控制政策，建立以家族为单位的村政制度，同时鼓励家户累世聚居。这种政策后来被清政府所沿用，从而在长期的实践中造成聚族而居的现象。从主观上讲，明清时期统治者推行宗法制度民间化的意图是为了加强中央集权对农村社会的控制，但其客观结果是导致农村宗族文化的快速发展，从而又削弱了封建帝国对农村社会的控制。但事实上，这是有利于维护封建统治的。所以，在明清时期，国家支持地方的宗族组织并把村落内的事物交给宗族组织去处理，于是，宗族成为村庄公务活动的合法组织者。因而，明清时期的右龙村舞龙是处于自在开展的状态之中。

杜赞奇认为，在20世纪前半期的乡村中国，有两个巨大的并使此时期的中国有别于之前时代的历史进程。其中之一便是国家竭尽全力企图加强对乡村社会的控制。①虽然这一时期政权更替频繁，但国家政权深入基层以控制乡村社会的努力基本没有中断。特别是在民国时期，国民政府采取了一系列措施试图在农村批判和整肃宗族组织以加强国家权力对农村基层的控制，其中最重要的手段之一就是加强区划设置工作。民国政府在1928年公布县组织法并设置区、村、里的基础上，在乡村先后实行了乡镇、闾、邻制，最后实行了乡镇、保甲制。这些编设工作并不考虑宗族标准，而是仍然以户数、人数为基准并参考村域距离而定。②民国政府试图通过保甲制削弱乡村原有的宗族组织，实现国家权力对农村基础的直接管制。但是，保甲制度后期的实践结果，是保甲制与族房制相结合的产物。③而且，内忧外患、社会动荡，国家不断地向农民征税，保甲制的绩效非常低下。黄宗智在论述长江三角洲的村落政权组织时指出，虽然在农村基层设立了保甲长等代理人，但他们对农民的日常生活几乎没有影响，国家政权没有必要为征税而强化村庄政权组织，因此乡村基层中存在着近乎“自

① 杜赞奇.文化、权力与国家:1900—1942年的华北农村[M].王福明,译.南京:江苏人民出版社,1996:2,71.

② 毛丹.一个村落共同体的变迁:关于尖山下村的单位化的观察与阐释[M].南京:学林出版社,2000:34-37.

③ 王铭铭.社区的历程:溪村汉人家族的个案研究[M].天津:天津人民出版社,1997:9,25.

然”的村落，主要由同族集体联络，几乎没有超族的政权组织。综上，明清和民国时期虽然都试图加强对乡村的控制，但实际上，这些对地方控制的代理人往往是与村落的宗族组织糅合在一起的，以至于有学者认为“保甲首脑全为宗族首领所充任”。因而，在这两个时期农村的基层村落仍然是处于自在自治的状态，正如赵秀玲在《中国乡里制度》中对这一时期乡里制度的评价：“它虽是中央集权政府向农村渗透的标志，但总体上并未改变传统农村社会的自治性政治结构。”这一时期，村落的事务还是由村落宗族组织中的族长、房长等耆老管理。舞龙作为右龙村的一个公共仪式活动也是由宗族组织负责的，所以，在明清和民国时期右龙村舞龙处在一个自在开展的阶段。笔者在田野调查中对70岁以上村民的访谈，基本上可以证实右龙村舞龙在这一时期的概况。

从新中国成立到1966年这段时期，右龙村舞龙仍然是处于自在开展的状态。其一，土地改革后到1966年这段时期，政府并没有完全反对农村民俗体育文化，甚至还是比较提倡的。如1956年6月，国家体委和青年团中央在北京首次召开了“全国农村体育工作会议”，会议肯定了在农村中主要结合民兵训练，利用农闲季节开展体育活动的做法。根据对右龙村年龄偏大的村民访谈得知，在1963年至1966年的“四清运动”中，板凳龙仍然得以延续。但是随着1966年后一系列政治运动的不断深入，舞龙活动才暂停。其二，这一时期，右龙板凳龙活动能够延续，与文化本身的惯性和社会记忆有一定关联。这个时期右龙板凳龙并没有丧失其合法性，村民会自觉地（甚至是无意识地）按照祖上的程式和习惯继续将舞龙延续下去。而且，人是一种社会记忆的存在，右龙板凳龙作为右龙人的一种社会记忆，在国家没有否定其合法性的前提下，右龙村村民可以继续操演舞龙。因为，舞龙在某种程度上是集体情感、集体心理建构的需要。这就有赖于舞龙这种仪式性的活动来传达和维系，正如康纳顿所说的，有关过去的意象和有关过去的知识是通过（或多或少是仪式性的）操演来传达和维持的。[①]通过村民自己操演舞龙将身体实践和社会记忆结合起来。其三，舞

① 康纳顿．社会如何记忆[M]．纳日碧力戈，译．上海：上海人民出版社，2000：40．

龙的制度结构基础仍然存在。这一时期，右龙村的农业生产与民国时期基本相似，仍然是以家庭生产为主的自给自足的小农经济，家庭既是一个生活单位，又是一个生产单位，这就为右龙村舞龙的存在提供了制度结构基础。所以，在新中国成立到1966年这段时期，右龙村舞龙仍是处于自在开展的状态。

②稳步开展的原因分析

宗族组织提供了组织基础。如前所述，从明清时期到新中国成立前，虽然中央集权试图加强对农村基层的控制，但实际上，这一时期乡村社区的真正管理机构是村落的宗族组织，管理者是宗族组织中的族房长等耆老。可以说，宗族组织为这一时期右龙村舞龙的稳步开展提供了有效的组织基础。

家庭提供了制度结构基础。在这一时期，右龙村的经济还是以自给自足的小农经济为主，家庭既是生活单位，又是生产单位。每个家庭在生产生活中与其家族亲属有着密切的关系。在生产上，由于这一时期的农业生产技术落后，右龙村每户家庭在种植林木和茶叶时特别需要互助合作，所以家族亲属为每户家庭的互助和合作提供了制度保障。在生活上，每家每户在置办家庭大事时，凭一家之力往往不能达成，如操办红白喜事、建房等，这就离不开同族亲属、邻里和姻亲的互助与合作。舞龙活动可以极大地加强亲属、邻里以及通婚地域范围内的互助与合作，通过舞龙这一公共集体活动产生的凝聚力和认同感可以有效地增进人们之间的互助合作意识。

共有地产提供了物质基础。宗族的仪式结构与公产的分配直接相关。宗族组织作为这一时期右龙村的实际组织和管理机构，势必要有一定经费的支持，以便适应地方公共事业的开支。其经费主要来源是村落共有地产的收入。右龙村的林木提供了足够的农业剩余，足够的农业剩余促进了右龙村共有地产的产生，这为包括舞龙在内的右龙村公共事业的开展提供了物质基础。据右龙村老人们介绍，这一时期右龙村的经费都是依靠右龙村的族田、族山等共有地产的收入来支撑的。

2. 停滞期（1966—1978年）

（1）停滞期的状况

1966年后，随着各种政治运动的开展，右龙村的各种公共宗族仪式活动全部被取消。右龙板凳龙被作为封建迷信残余遭到了捣毁和破除。作为“四旧”，舞龙仪式连同舞龙活动本身都中断了。这一时期，右龙板凳龙在村民的生活中消失。由于这是一种被动的、命令性的禁止，并不是自然式的淘汰，所以在被禁止的时候，右龙板凳龙仍然承载着一定的功能，并能够满足村民一定的需求。这为日后舞龙活动的复苏提供了一种潜在的可能。总的来说，此阶段的板凳龙活动处于停滞状态，而且是被动的、强制性的停滞。

（2）原因分析

这一时期，农村体育受到的影响主要反映在一些民俗传统体育方面，其主要表现之一就是很多具有乡土特色的民俗传统体育活动项目被列为“四旧”活动而遭到禁止。

3. 振荡期（1978—2004年）

（1）右龙板凳龙活动的概况

右龙板凳龙在1978年便迅速恢复了，但并不稳定，且恢复后的舞龙与1966年前的舞龙相比，在形式、内容和功能等方面存在差异。

①组织机构变化

1978年后，组织和领导右龙板凳龙的宗族组织和灯会已经不复存在，取而代之的是村委会。村主任和书记负责每年的板凳龙活动的组织管理工作。虽然板凳龙被禁止多年，但“藏龙于民”，只要有人牵头，就会一呼百应。

②经费来源变化

这段时期，右龙板凳龙所需的经费开支来源有两个：其一是村委会出资；其二是村民自发筹资，每个家庭捐资的数额不限。相对来说，这两方面的经费基本是不稳定的，仅仅依靠村委会和每个家庭的捐资终归不是长久之计。经费不足对右龙板凳龙开展而言是个不小的影响因素。

③舞龙形式微调

这个时期的右龙板凳龙的造型和活动形式几乎没变；在参与人员性别方面，仍规定必须由男子参加。在板凳龙的行进路线中增加了右龙小学，体现了徽州文化中“重教”的习俗。在舞龙仪式上，原由族长念的诉状改为由村主任说一些祝福的话语。

（2）振荡原因分析

1978年，右龙板凳龙活动恢复了。每年元宵节，周边的村民都会涌至右龙看舞龙，希望来年有好运。按这种发展趋势，右龙板凳龙本会获得很好的发展态势，但现实状况却恰恰相反。因经费、安全和组织问题，右龙板凳龙在重新起舞的第十个年头戛然而止。改革开放初期，农村经济还是较为贫弱的，但是右龙村村民热情好客，面对越来越多的客人，右龙村村民在活动中花费了大量资金，甚至造成生活难以维持；安全方面，右龙村依溪而建，主路1米见宽。每次舞龙时，人山人海，容易出现踩踏事件。曾有看客因为饮酒过多，在看舞龙时被挤到水中淹死；组织方面，1988年正月十四，右龙板凳龙到当时乡政府所在地冯村表演闹元宵，由于主办方安排失误，右龙板凳龙整体而去，零散而归，引起村民强烈不满，右龙板凳龙就此停歇。

4. 回升期（2005年至今）

2005年11月6日，休宁县状元文化广场竣工庆典，时任右龙村委会主任、书记的张光武主持整合右龙板凳龙应邀进城参加庆典表演，取得巨大成功，使右龙板凳龙在销声17年后再次进入人们的视野。

右龙凳板龙在县状元文化广场庆典上隆重登场并取得巨大成功后，在2006年村里元宵节时继续表演。2006同年11月8日，新安源茶家乐开业庆典上，又为来宾和县、市领导表演了一场精彩的右龙板登龙舞。从此，右龙板登龙引起了广泛关注，各地媒体相继报道。2008年5月10日，右龙板登龙应邻省浮梁县瑶里镇政府邀请跨出省，赴江西省瑶里镇参加江西省瑶里茶文化旅游节并表演。2009年元宵节，南京电影制片厂专程赴右龙拍摄板龙纪录片。

在文化“大繁荣、大发展”的背景下，右龙板凳龙进入加速发展期。在这一阶段，右龙板凳龙的主要变化如下：

①出村表演

新中国成立前的右龙是中国一个典型具有单系的差序格局的乡土社会，宗族成员都凭血缘的身份相互认同，组成了一个紧密的整体。宗族成员往往会根据血缘的亲疏决定他们的社会关系，在心理上有很强的排他性。宗族血缘的排他性，使得右龙板凳龙从不出村表演。21世纪初，右龙板凳龙不仅每年春节在村里举行，而且数次参加黄山市、休宁县“茶交会”“旅游节”等重大活动，还被邀去江西省参加友好表演，2008年被列入安徽省省级非物质文化遗产名录。

②发展女性参加

2007年，第一次接纳了两位中年妇女加入舞龙行列。过去右龙板凳龙一直不准女性参加，因此，就“发展女性参加板凳龙活动是否遇到阻力?”询问了当时的传承人张光武，他爽快地回答：“没遇到。”主要是因为随着生产力的不断提高，生产方式的多样化，对劳动力的需求不像以往那么迫切，农村的观念逐渐发生了改变，认为男女都一样。另外，村子里大多数家庭的男人都出去打工了，有的春节回不来，女性代表家里人参加板凳龙，一样达到了祈福的效果，所以村民都非常支持这项改革。

③龙头的改造

以往龙头的眼睛是用蜡烛照明的，在舞的过程中容易将龙头点燃，现在换成了灯泡，加强了舞龙的安全性，同时也增强了节日的氛围。

④盘龙表演的地点

由于村中人口的增加，右龙板凳龙的规模越来越大，原来进行盘龙表演的张氏祠堂广场已经不能满足表演的需要，加之在黄山旅游业发展的带动下，每年有很多国内外游客来右龙观舞龙，所以，村委会为此修建了右龙农家乐广场，用于进行盘龙表演。右龙农家乐广场的修建，一方面能够满足表演需要；另一方面，能带动整个右龙旅游业的发展。

⑤经费来源

随着右龙板凳龙活动规模的扩大，所需的资金较以往多得多。2005年以来，随着右龙板凳龙知名度的提高和媒体电视的不断报道，其活动资金除了村委会资助和村民自愿捐款筹集以外，也有商家提供赞助，也有在外做生意的村民捐款，他们认为捐资的多少与舞龙活动给自家带来的福分成正相关。

5. 右龙板凳龙的主要特征

(1) 祭祖祈福

板凳龙因关公托梦于老族公——张夏六公而诞生。每年正月元宵舞龙之前，得先燃烧纸钱，一一祭拜关帝庙、孤坟总祭、老庙三处，然后组装龙头龙身龙尾，点灯笼，沿河自上而下，进村舞蹈。

(2) 藏龙于民

右龙板凳龙以其固有的特征，区别于其他民间舞龙习俗。稻草龙舞过之后，一般投进村中水口的深潭之中，曰“送龙归潭”；布龙舞罢则收入村中祠堂或仓库，由专人保管；而板凳龙舞罢，除龙头、龙尾存放于村中祠堂内，每节龙身则由各家户主（舞龙人）接回自家存放于阁楼之上。

(3) 寓龙教民

500多年来，板凳龙已经成为右龙村人必不可少的元宵节庆民俗体育活动。现今，整个活动的组织安排都是由村委会组织，经费也全部由村民自愿捐助筹集，村里的青壮年都认为参加板凳龙是一种荣耀，深感荣幸。正月十五那天，全村人的所有日程都围绕着板凳龙系列活动，处处都体现出这一民俗活动的民间自发性特征。

(4) 村兴龙旺

因“龙身”基本上由各家男丁担任，所以村中绝大多数农户均是龙板拥有者和舞龙者。因此，板凳龙的长短视村中住户而定。历史上，右龙的板凳龙最长时由120块木板组成，长达180米，参加者多达160余人（含首尾两乐队），场面浩大，蔚为壮观。它暗示着团结就是力量，人心齐、巨龙舞、泰山移的哲理。

（5）代代传承

右龙板凳龙经过500多年的流传，它的表演形式几乎没有改变，只不过随着时间的推移，右龙人丰富了这一民俗体育项目的内涵，从最开始的单纯驱邪纳福保平安的宗教信仰，发展到今天不仅是祈福，而更多的是作为建设和谐社会新农村，丰富农村业余文化生活的重要载体，并集民间艺术、民俗体育于一身，成为宣传、推介徽州传统民俗文化，扩大其国内外影响的手段。尽管在历史上受到过冲击，但右龙村的村民始终没有让这一绝技失传，使之具有较稳定的传承性。

（四）现代化进程中右龙板凳龙的影响因素

民俗体育作为一种民俗活动事项，其传承方式主要是活人传承。近年来，右龙板凳龙虽有一定的发展，但在传承的过程中却也出现了众多的问题，如在传承人方面出现了青黄不接的局面、右龙板凳龙难以大众化、经费短缺等成了阻碍右龙板凳龙发展的主要原因。

1.传承人出现断代现象

现代经济模式的发展已经打破了以农耕经济为主的单一经济模式，村落经济结构呈现多元化发展，年轻力壮的一代纷纷外出创业打工，留守田园的大多是年迈的老人和尚无劳动力的孩子，导致村落社会结构发生了重大变化。民俗体育大部分都属于行为民俗，其传承方式主要是通过老一辈对年轻一代的“言传身教”。传承民俗体育的中流砥柱正是年轻力壮的一代，但是村落社会结构的改变，以及外出打工的年轻人有更多机会接触到大城市的现代文明，对于传统文化的意识逐渐淡薄，对于村落民俗信仰仪式中的原生态民俗体育了解的热情和兴趣降低，使得中坚传承后备人才储备比较薄弱，传承人出现断代现象。

2.全民推广难度大

右龙板凳龙体现的是“村兴龙旺”，人越多，场面越大，舞起来也就越壮观。但板凳龙不像布龙那样舞起来很灵活。由于它是扛在肩上的，在转弯时如果舞龙人员配合不默契，就容易夹住颈子，这是很危险的，所以一般民众如果不经培训就参加舞龙的话，易导致受伤。除了技术上的难度，板凳龙制作的成本也很大，这两个原因导致全面推广右龙板凳龙的难度很大。

3. 传承经费不足

经费问题是右龙板凳龙在传承过程中的核心问题。从保护本民族文化的角度来看，传承民族文化是本民族的义务，但从历史唯物主义的角度看，经济基础决定上层建筑，经济决定文化。经济是基础，有了经济基础，人们才有心思或精力去享受文化精神生活。虽然右龙村村民的生活水平有了较大提高，但他们大部分从事农活，其收入并不高。特别是近年来，子女的教育、老人的医疗等问题也困扰着右龙村村民。板凳龙不能带来经济效益，因而他们对舞龙的兴趣逐渐消退，也使得右龙板凳龙的传承遇到瓶颈。

（五）建议与措施

在现代化进程中，右龙板凳龙面临着保护与保存、传承与创新的问题。民俗体育的保护是一项系统工程，仅靠几个传承人是不够的，需要调动全社会各方面的力量，尤其是政府的积极组织、调动与引导。

1. 政府组织发挥主导作用

地方各级政府要切实加强领导，狠抓落实，积极发挥主导作用，设立专门的工作机构。由政府指导右龙板凳龙保护工作，具体承担保护工作职责。

2. 加强经费投入

右龙板凳龙保护工作需要建立以政府资助为主的经费保障机制。

3. 加强专业人员队伍建设

右龙板凳龙保护工作是一项长期系统工程，工作任务重，专业要求高，建立一支较为稳定的专门从事右龙板凳龙保护工作队伍是关键。

4. 加大媒体参与力度

利用电视、网络、报纸大力宣传右龙板凳龙。“民族的才是世界的”，让更多的人了解徽州体育活动，进而感受徽州文化，使徽州体育活动在现代化进程中不断创新，融入社会的发展中。

5. 建立右龙板凳龙传承人保护机制

聘请传承人授课，创新传承方式，使传承方式由个体走向群体。

6. 加快产业化进程，以生产性方式加强右龙板凳龙保护

以政府为主导，相关部门积极配合，密切协作，制定规划，开拓渠道，做好右龙板凳龙产业项目设计和旅游产品开发；以项目为载体，积极争取国家和社会各界的经费支持。

7. 加强研究，积极探索右龙板凳龙保护工作

召开右龙板凳龙保护研讨会，加强对右龙板凳龙保护工作的研讨。

8. 发挥教育传承作用

开发民俗体育课程，促进学校体育发展。借鉴其他地区成功开发民俗体育课程资源的模式，推动学校体育改革过程中的民俗体育项目的广泛渗透，重组学校体育的内容，实现学校体育内部的多元化发展。

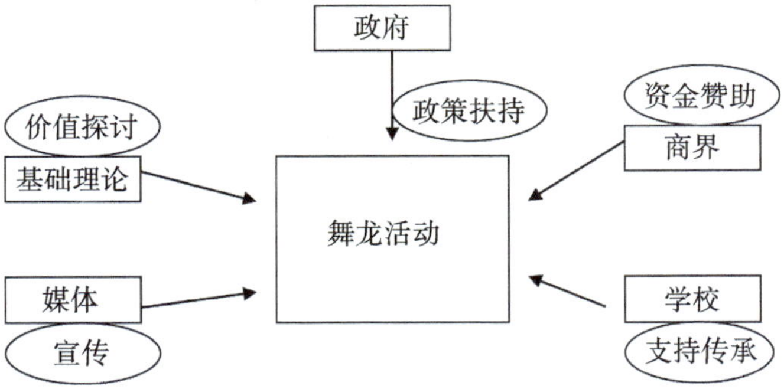

图4-9　右龙板凳龙传承保护的多方参与

三、活态民俗体育项目——叶村叠罗汉的流变

（一）研究的背景与方法

近几年来，对民俗体育的研究和探讨成为学术界的一个热门课题。民俗体育研究的兴起与现实社会对体育文化的需要有着密切的联系，因为要建设有中国特色的社会主义文化，要提升国家文化软实力，要建设体育强国，要推动全民健身的开展，满足人们日益增长的体育文化需求，就不能不对我国固有的民俗体育加以研究和继承。总的来说，民俗体育文化反映了一定区域的社会经济、文化和价值思想，同时又对人们的社会生活产生了广泛而深远的影响。随着历史的发展和社会变革的深入，民俗体育也将不断地发展和创新以适应社会的需求。对这一内容的研究与探讨已经积累了不少的成果，尤其是近些年，在交叉学科的旗帜下，涌现出大量以文化人类学、文化生态学为基础的研究成果，清晰地阐释了现代学术的发展趋向。它既为我国民俗体育的研究带来了蓬勃生机，又拓宽了我们的视野。

水有源，木有本，文化也有根。对民俗体育的研究我们不能抱着虚无主义的态度，唯有从历史的视角对民俗体育的发展流变加以梳理，才能发现它的文化之根。如今，虽有人从历史的角度对民俗体育加以讨论，但大多数都是偏重于宏观的论述，或是就其特征或是就其功能与价值，当然这些论述是有必要的。然而中国地缘辽阔的特征，决定了不同地域环境发展的不平衡，民俗体育正是在这不平衡的文化环境中形成了多样化的特征，既具有一般的文化共性，又具有明显的地域特点。因此需要具体地对民俗体育加以考察和研究，要从具体的特殊性中把握它们的一般共性。这不仅对更深入地了解我国民俗体育文化遗产有重要意义，对我国民俗体育的未来创新和发展也有着重要的借鉴价值。

为力求多角度、动态地考察我国民俗体育在社会历史进程中变迁的一般规律及其发展过程的影响因素，我们对歙县叶村“叠罗汉”等民俗体育

进行调查研究，将文献资料和实地调研相结合，通过考察它在不同历史阶段所表现出的基本特征，从总体上把握它的流变特征和发展的内在逻辑，分析制约它发展的主要因素，进一步提出新的发展方略。

（二）叶村“叠罗汉”概况

1. 叶村简介

叶村位于安徽省歙县南部，地处皖浙交界处，坐落于美丽的国家级自然保护区清凉峰脚下，是黄山市规划的中心村，被著名文学家郁达夫、林语堂喻为“东方小瑞士”。叶村交通便利，有徽杭公路穿乡而过，有徽杭高速公路（叶村设有道口）直通黄山、杭州，有唐三公路通往千岛湖。乡土面积121.8平方公里，现有人口1120人。

叶村盛产茶叶、菊花、山核桃、笋干等农特产品，是黄山市农业产业化示范村之一。有绿色有机茶叶基地500亩，菊花基地160亩，山核桃基地300亩，燕笋基地100亩。其中出色的农产品龙头企业有黄山市立安茶业有限公司（法人代表洪立安）歙县龙风茶厂、歙县大方茶厂等。仅黄山市立安茶业公司就有“立安”牌优质系列茶叶、菊花、山核桃、燕笋等远销北京、上海、山东、石家庄、西安等地，并享有盛誉。叶村历史悠久，景色宜人，人杰地灵，是徽杭线上闻名的民俗文化之乡，也是著名京剧演员“阿庆嫂”的扮演者洪雪飞的故乡。远负盛名的民俗文化活动有“叠罗汉”，被中央电视台、香港地区的电视台、安徽卫视以及台湾地区的媒体争相报道。明清建筑叶村洪氏宗祠（县级重点文物保护单位）、敬本堂等集古徽州砖雕、木雕、石雕艺术于一身，堪称徽州建筑艺术的宝库。

2. 叶村“叠罗汉”的活动概况

叠罗汉是古徽州（现黄山市）歙县叶村乡叶村的一项独具特色的民俗体育项目，是集古代杂技、体育于一身，源于宗教文化的民间艺术。它起源于明代，一直流传至今，保持着古朴、粗犷的原始风貌，已有500多年历史。每逢大年（闰年）的元宵节，叶村的老百姓都要进行一次规模盛大的庆祝活动，叠罗汉成为徽州叶村的一大景观。它的表演形式类似于杂技，通过伏、卧、倒、立、拉、撑、支等不同的动作和姿势叠成多种人体造型，共有66种，以匡扶正义、驱邪纳福为文化内涵，以堆叠为表演特征，体现以团结互助为荣的可贵精神，将力量与和谐之美融为一体，凝聚了古徽州人民千百年来的智慧和聪明才智，是中国古老而重要的民俗仪式，是我国至今尚存最完整的独特的民间杂技之一。[①]该项目作为一种民间艺术形式已得到初步的挖掘与研究，然而从体育角度看，其表演形式和内涵更是充分体现了民俗体育的特征，因此从民俗体育的角度进行研究，能够使该项目得到更好的挖掘与传承，使之具有更加旺盛的生命力，世代相传。

3. 叶村叠罗汉的起源

歙县叶村叠罗汉历史悠久，其形成和来历传说不一，目前最被认可的说法是：相传明末年间有个叫惠安的游方和尚，来叶村村郊和尚寺挂单，极爱该寺环境清幽。适逢乡试，忽想起出家前屡考不中、受人讥笑的往事，心有不甘，遂游戏风尘，以原先俗名去南京应考，居然中了举人头名——解元。朝廷欲封他为官，他却上本自承“欺君之罪”及报考的种种苦衷，请恩准他仍回叶村和尚寺为僧。皇帝念其诚实，不但没治其罪，反而御赐亲笔题写的“解元寺”匾一块。惠安和尚回叶村后，解元寺名声大振，乡人纷纷把子弟送入寺内，日习文夜习武，僧俗之间结下许多善缘，解元寺香火也因此而旺盛。某年，有强盗劫村，惠安带领僧俗子弟奋起御寇。乡人避入寺中，强盗攻寺，惠安与众子弟搭人梯帮助乡人翻墙脱险，结果寺被焚，惠安等罹难。[②]为祭祀惠安法师及众僧英魂在天安息，万古流芳，保佑叶村百姓平安吉祥，这里的人们决定每逢闰年的元宵节，以叠罗汉的民间杂技演出形式表示纪念，从而代代相传，形成了奇特的叠罗汉民俗。尽管是传说，但可以看出叶村人叠罗汉是出于驱邪纳福、祈佑平安

① 吴灵萍，方利山，蒋国强，等.徽州民俗体育项目“叶村叠罗汉”的特征与价值[J].北京体育大学学报，2010，9：41-44.

② 柯灵权.歙县民间艺术[M].合肥：安徽人民出版社，2006：4-7.

的美好愿望。

据古人传下来的《罗汉谱》记载，“叠罗汉”共有66套，即66种造型，取“六六大顺”之意。这一歙县传统民间艺术的瑰宝，在叶村流传数百年未曾间断，直到1966年被视为“四旧”而禁演。1978年，县文化部门组织文艺工作者到叶村全面挖掘该传统艺术，才使之重见天日，得以复活。《罗汉谱》清代老谱只20多种架式，清末经洪玉书老人（1872年生）增编扩至53种架式，在其代表性传承人、现年64岁的洪允文主持期间，将66种架式全部整理了出来，而现在的叠罗汉负责人洪声琦等人在此基础上又进行了创新，目前能表演的已有70种架式，“八柱牌楼”“解元寺庙”“五凤楼”“童子朝普陀”等，都是创新的程式套路，今后他们还将继续挖掘创新，以使该传统民俗能世代相传。[①]

叠罗汉民俗活动的出名是近年来的事。作为徽州传统民间艺术，叶村叠罗汉表演队伍从20世纪80年代起多次参加了省、市民俗表演，受到国内外文化艺术界的高度评价。1995年，叠罗汉民俗活动在“中国民俗风情游黄山市首游式”上大展风采，《人民日报》刊发了新华社记者的现场摄影报道，摄影作品被收入《中国民间舞蹈集成·安徽卷》，并在台湾地区的《民俗曲艺》杂志上发表，先后在CCTV 1《新闻联播》、CCTV 7《金土地》栏目播出而蜚声中外。1999年中央电视台还专门拍摄了《叠罗汉》专题片。为有效地保护和弘扬这一绝技，2004年经县文化局同意，这里组建成立了“歙县叶村叠罗汉艺术团”，进行叠罗汉艺术研究、资料搜集及表演等。2007年该节目参加了“皖浙赣闽四省四市第四届民间艺术节”，获得金奖。目前，“叶村叠罗汉”作为全国独有的特色体育民俗，已被列入国家级非物质文化遗产名录，叶村也成为黄山市唯一的“全国民俗文化村”。

① 茆耕茹，曹芷生．皖南歙县三阳乡叶村元宵“打罗汉”[J]．徽州社会科学，1998(2)：47-54.

图4-10 六柱牌楼

图4-11 罗汉拜观音

（三）叶村“叠罗汉”的历史流变考察

历史地看，叶村的叠罗汉民俗体育形成于古代，尤其在清代徽州商业的助推下取得了快速发展。近代由于中国社会结构发生了重大变化以及徽州商业的衰落，对叠罗汉活动产生了一定的影响。当今，叶村社会发生了翻天覆地的变化，叶村的民俗及其新风尚在现代得以形成和发展，这种新风尚的形成是建立在传统民俗文化基础之上呈现出的新气象。因此，我们将叠罗汉民俗文化的历史流变大致划分为古代、近代和现代三个历史阶段加以探讨。

1. 古代叶村叠罗汉（明代中叶至清末）

（1）叠罗汉的参与人群特征

古代的叶村是一个聚族而居的宗族制社会，族内的大小事务均是由族群来组织实施。叠罗汉活动起源于洪姓族人对鬼神的信仰，活动的目的是为了驱鬼，娱乐性并不强。其参与人群主要是洪姓家族的所有男性成员，邻村或他姓人均不能参与，女性作为阴柔、弱小的代表难能参加显示族人力量和能力的宗族活动中的体育活动，即使女人参加这些体育活动，也将会被外族人嘲笑，所以女性只能作为旁观对象。参与人数较多，属于群体参与。村民认为，通过参与叠罗汉活动，不仅可以驱邪避凶，而且也体现了他们在族群中的地位。活动的开展没有专门的组织和策划，也没有一定的专门仪式。活动时间和地点比较固定，活动时间一般是每年的正月十五，地点是村中比较开阔的场地。

（2）叠罗汉的组织特征

古代的叠罗汉活动是由叶村洪姓族群长者商议决定。除夕夜一过，由族长牵头，成立叠罗汉组织，由洪姓族中德高望重的长者担任罗汉头，组织邀集全村村民参与活动。各家各户均是自愿参与，表演者由族长根据表演的需要来确定，族长届时确定好名单，由罗汉头根据族长确定的名单发出罗汉帖一一邀请，接到罗汉帖的洪姓男丁，将罗汉帖挂在自家正屋堂前，准备参演。

（3）叠罗汉活动的经费来源

叠罗汉活动需要一定的经济开支，其资金的来源主要是来自祖产以及全村各家各户凑份子，都是根据自家的经济状况自愿提供，多少不限。各家各户自愿提供的资金占少数。

（4）叠罗汉活动的动机与活动过程

明清时期的叠罗汉活动以对鬼神的崇拜为信仰基础，其活动的动机是驱鬼保平安。明清时期的叶村人对鬼神的信仰普遍存在，企图通过叠罗汉的表演取悦于罗汉亡灵，从而实现实施者非人力所能实现的美好愿望，取得神灵保佑，进而获得美好生活。明清时期的叶村叠罗汉活动只有36种架式，活动的样式较后来的要少，活动的程序也较为简单，如活动前的祭罗汉，需要焚香化纸参拜，接着是游罗汉，参演者打扮成罗汉的模样到各家各户游行，寓意驱鬼保平安。游罗汉结束后，即开始叠罗汉，叠罗汉开始前，还须走台。走台是各罗汉手执一灯绕表演场地三圈。走台结束后，叠罗汉活动正式开始。叠罗汉是各罗汉在锣鼓声中进行的人叠人的造型表演。叠罗汉结束后，需要对罗汉亡灵再进行祭拜，称作“收台”。

2.近代叶村叠罗汉（鸦片战争至新中国成立）

（1）叠罗汉的参与人群特征

在近代，叶村仍然维持以宗族为主体的社会结构，其自然环境也没有太大的改变。治理模式推行地方自治，并采取保甲制度，但保甲制度并没有从根本上破坏叶村的宗族情结，相反保长和甲长这些职务基本上由当时该村的族长、乡绅担任，村务大多数还由许氏宗族来处理。因而从政治方面来看，民国时期的许村还是处于宗法血缘社会的范畴中。经济方面，直到新中国成立前也未改变千百年来封建社会中以家庭为生产单位、自给自足的小农经济。为了规避小农经济所面临的自然和社会风险，血缘关系和地缘关系成为最便捷的风险化解渠道，于是族田、社仓等互助和救济制度在叶村就一直存在。文化方面，叶村为了维持其宗法社会的礼治秩序，需要通过一些仪式和共同文化习俗（其中包括宗族祭祀体育活动）来将传统的礼治秩序浸润到每个村民的内心深处，来支配他们的日常生活行为，确保村落秩序的封闭、稳定和连续。民国时期，叶村举行叠罗汉体育活动，不仅参与人多，而且影响面较大，处于主流地位，较以前不同的是，这一时期叶村男女老少均可参与叠罗汉活动，其祭祀和娱乐性并存。

（2）叠罗汉的组织特征

叠罗汉活动基本上是宗族祭祀体育活动，它的目的明确，即以族内娱神、族间示威为主，祈求风调雨顺、平安幸福、五谷丰登、人畜兴旺等。这段时期，村民并没有意识到健身与体育活动的关系。叶村是中国一个典型具有单系的差序格局的乡土社会，宗族成员都凭血缘的身份相互认同，组成一个紧密的整体。宗族成员往往会根据血缘的亲疏决定他们的社会关系，在心理上有很强的排他性。宗族血缘的排他性，对叠罗汉活动产生了重大影响。活动的开展往往局限于本族或本村。由于缺乏族间、地区之间的交流往来，并且洪姓宗族不敢擅自对叠罗汉活动的内容、动作和要求进行修改，唯恐乱了祖宗的规矩，因而叠罗汉活动基本上保留着几百年前的特色和绝招，洪姓宗族以这种特色为骄傲，并且这些特色、绝招从不轻易外传。

近代以来，尤其是民国后，叶村的社会经济和文化得到了一定的发展，叠罗汉活动由当初的祭祀鬼神开始与祭祀祖先相融合，其文化的内涵也在发生着转变。活动的地点开始转到本族的祠堂，参与人群扩大到本村的他姓人员。

（3）叠罗汉活动的经费来源

洪姓家族是以核心家庭为主干的宗族结构，到了近代，祖产、族田逐渐被分化，村中的各类活动资金来源渐渐由家庭出资。叠罗汉活动所需资金也不例外，是由全村各家各户自愿捐款筹集。

（4）叠罗汉活动的参与过程与动机

这一时期的叠罗汉活动过程较为复杂，叠罗汉前的仪式活动较以前更为烦琐。仪式时需要竖立罗汉牌位，由村中年幼者捧着牌位在前。后跟着“滚灯”和五种兽灯。表演罗汉者紧跟兽灯。锣鼓在后，游行队伍游遍全村大街小巷。游行队伍路过各户时，每户均要放爆竹迎接。游行结束时，罗汉牌位放置于洪姓祠堂，大家一起焚香化纸跪拜。至此，叠罗汉仪式结束。这一时期的叠罗汉的参与人员主要是以洪氏为主，村中他姓人员也能参加。活动表演是在正月十五晚上十一点以后进行，村中的男女老少均可参与。

这一时期叶村人参与叠罗汉的动机主要有三点：一是趋吉纳福，取得神灵的护佑，祈求五谷丰登、人丁平安；二是祭拜祖先；三是通过叠罗汉活动休闲和娱乐，是村民一年中难得的交往和交流的机会。

3. 现代叶村叠罗汉（新中国成立以来）

（1）叠罗汉的参与人群特征

新中国成立以后，在土地改革和农业集体合作化改革期间，洪氏宗族的宗祠、族田、族产被没收，宗族的势力被削弱，以及破“四旧”“大跃进”等政治运动影响了叠罗汉活动。尤其是《劳卫制》任务的下发，体育运动由自发的民间活动向政治任务转变，使这期间的叠罗汉活动基本上处在消亡状态。

20世纪80年代以后，叶村叠罗汉活动开始逐渐恢复。参与叠罗汉的人群主要是叶村的农民、商人、周边的群众及海内外的游客。参与人数在2～3万人。活动的地点选在村头的洪氏祠堂。叶村叠罗汉分大小年，大年大叠，小年小叠。（大年即闰年，活动时间长，所有套路都要演完，旅居在外的族人要尽可能赶回村参加活动。非闰年即小年，表演套路可略减，旅外族人不一定要求回乡参加活动。）活动由村罗汉班（现称罗汉组）组织，罗汉头主持。罗汉扮演者皆为男丁，由村中德高年长者在岁杪年初集中推荐，由罗汉头确定。罗汉头接到推荐名单，对被推荐者年龄、力气、体重、灵敏度进行通盘考虑，然后向入选罗汉发出罗汉帖。罗汉帖成为一种荣耀，接到罗汉帖的男丁将帖供于堂前，立即放下手头事物，准备参与。目前，叶村罗汉组共有30人左右，除了三四个10岁左右的男孩外，其他全是身强力壮的中青年。

（2）叠罗汉的组织特征

新中国成立以后，叶村的叠罗汉活动由乡领导、村干部来负责组织，村民自发参与。周边邻村及其亲朋好友通过口头或电话通知自发参与。由叶村所属的三阳乡政府专门设立文化管理机构，专人负责管理叠罗汉活动，包括卫生、安全等事项；乡政府委任叶村村长和书记负责组织整个活动，包括资金的筹集、表演人员的确定和时间的安排等；叠罗汉的传承人专门负责表演前的排练工作，包括发罗汉帖、制定表演仪式的规定事项、脸谱的化妆和排练各种堆叠动作。

叠罗汉活动的组织关系是较为固定的，各组织管理者之间的合作关系也是较为默契的。活动期间，管理者实行层层负责制，但在具体的分工中，其职责并不是十分明确。在具体的叠罗汉中，乡政府文化站站长负责卫生、治安秩序等安全管理，村长负责人员的确定、资金的筹集、叠罗汉所需器材和爆竹的购置等，现年67岁的叠罗汉的传承人洪允文先生负责套路动作的教学。整个活动没有领导和被领导的关系，各层之间更多的是合作。

（3）叠罗汉活动的经费来源

现在的叠罗汉活动规模较大，所需的资金较前期较多，需要2万元至3万元。资金的支持是叠罗汉活动能得以开展的重要因素之一。2000年以来，随着叶村叠罗汉知名度的提高和媒体电视的不断报道，其活动资金除了村民自愿捐款筹集以外，也有商家提供赞助，村民捐助的资金有5元、10元不等，也有做生意的村民捐款达千元，他们认为捐资的多少与叠罗汉活动给自家带来的福分成正相关。

（4）叠罗汉活动的过程与动机

这一时期，叶村叠罗汉活动的形式较以往更为复杂，其娱乐表演性质较为突出。以往叠罗汉活动注重的是活动的结果，而现在更为注重过程的娱乐喜庆气氛，参与的人数更多，场面规模也更大，表演的时间也延长了，以适应村民生活的需要。

叠罗汉活动由于是乡政府来组织管理，其迷信色彩大为减弱。参与表演的人员都是无偿演出，给管理带来难度。叠罗汉活动的正式表演是在正月十五的晚上，正值元宵节，村民各家联欢需要喝酒。叠罗汉表演者均是男性，过节喝酒是常有的现象，这给活动带来安全隐患，但这并不影响村民的参与热情。

这一时期的叠罗汉活动一般每年正月初六开始，正月十八结束，为期13天，其中叠罗汉活动11天，排练9天，正式演出2天。其间，罗汉们须禁房事。初六傍晚，敲起锣鼓，放响爆竹，罗汉头领众罗汉去解元寺（是村人在原址重建的一个约3平方米的小庙）请罗汉老郎牌位。焚香化纸参拜后，取下牌位，交由尖顶（叠在众罗汉最上层的小罗汉）。接老郎牌位队伍回村时，村人执棒香夹道迎接，簇拥着将牌位安置在排练处的香案上，锣鼓爆竹喧天，群情欢腾。当晚，罗汉们开始按《罗汉谱》所载程式套路“练谱”，至正月初十结束。正月十一至十四为彩排阶段，所有罗汉皆赤膊、戴布罗汉帽、束腰带、穿彩裤、着老布山袜，唯不开脸。排演配上锣鼓，各式程式套路连贯进行，一如正式演出。[①]正月十五日上午，罗汉化妆游村，与其他配套活动组合进行，其队伍序列为：“尖顶”捧罗汉老郎牌位前导，锣鼓相随开路，接着是钟鼓形灯、滚灯、五兽灯、动物灯、人物灯、十二生肖灯、花草虫鱼灯。灯后是化了妆的罗汉队伍以及四五十个男女村童饰扮地戏的人物，有唐僧师徒、包公、白娘子、郭子仪等，整个地戏只作化妆游乡，以壮声势，不作戏剧表演。押后又是锣鼓。游行队伍要游遍全村每一条巷子，游到户家门口，户家要燃放爆竹迎送纳

① 柯灵权.歙县民间艺术[M].合肥:安徽人民出版社,2006:4-7.

吉，活动一直进行到下午。

游村毕，即把罗汉老郎牌位供奉于戏台正壁香案上，焚香化纸燃烛。接着是各种参游之灯依次登台分列左右，各罗汉手执一灯绕台三圈，谓走台。走台毕，叠罗汉活动拉开序幕，锣鼓声与僧侣法器音乐声迭相鸣奏，气氛更加热烈。叶村叠罗汉与本村元宵灯会“戏五禽”合为一体，由此便形成了叶村特有的民俗活动。村民们都希望通过这一活动祭奠亡灵，驱去不洁，佑人保丰。①

晚上的叠罗汉分成上、下两段。上段采用戏剧的表演形式，先是“演罗汉”，由12名罗汉分组出场亮相，表演几套拳脚功夫。接下来“出菩萨”，道教护法王灵官、佛教护法韦陀出场，圆场扫台后，惠安法师、观音偕2童子上场。观音登殿后，十八罗汉相继出场，拜过观音后分列打坐。接着上场的是一老罗汉与二小罗汉，拜过菩萨与十八罗汉后，开始拭面、扫堂、鸣钟、击鼓、诵经。末了，老罗汉用禅杖打桑葚给小罗汉吃，此谓“演老罗汉”。下段为罗汉上场堆叠各种人体造型。动作由易到难依次进行，由8名罗汉表演的“童子拜观音”比较简单，4名小罗汉在4名大罗汉肩上打坐，绕场一周，朝“观音老母”拜三拜就结束了。接下来的“金鸡飞”，也只是4个小罗汉改坐为站，摆出金鸡展翅欲飞的造型。而“挑担卖柴”则加大了难度。一罗汉将一横卧罗汉扛于肩头，似肩扛扁担，而这条扁担的两端又悬挂了2个小罗汉，似扁担头上两捆柴，挑担者旋转飞舞不停，既惊险又别致，看者不禁发出阵阵惊叹声。此外仙人桥、水帘洞、普陀崖、莲花座、蜡烛台、一至六柱牌坊等程式套路，层次递进，动静结合，一波一浪，逐步将叠罗汉推向高潮。而以磅礴的气势震撼观众的是“竖牌坊”：从4个罗汉的“一柱牌坊”到19个罗汉的“六柱牌坊”，变化之快，构筑之巧，令人叹为观止。最为壮观的是六柱牌坊，共叠有19人，人叠人，人拉人，纵横组合，叠成六层造型，每叠好一层均在舞台上转一圈，立在顶峰的罗汉，由稚童扮演，合掌祝福大家吉祥如意，全村人寿年丰。表演结束，已是东方吐白，场面高潮迭起，惊险热闹。正月十六日，

① 茆耕茹，曹芷生．皖南歙县三阳乡叶村元宵“打罗汉”[J]．徽州社会科学，1998(2)：47-54.

白天继续游村，晚上继续叠罗汉，其中一部分是正月十五未叠完的程式套路。叠罗汉结束，观众散去，罗汉们在锣鼓、爆竹声中参拜罗汉老郎牌位，谓之“收台”。收台毕，众罗汉送老郎牌位至解元寺，叠罗汉活动告一段落。

叶村叠罗汉中的主题是对地域文化元素的再现，如“牌坊”题材与歙县自古多牌坊有关。据了解，歙县至今还有各种牌坊一百余座，其中“许国牌坊（八角牌坊）”和“棠樾牌坊群”都是全国重点文物保护单位。作为文物的牌坊是巍峨的，而这种靠人与人、力与力“叠”起来的“人肉牌坊”则是奇险的，体现了力与美的完美融合。用青石筑砌的许国牌坊，以凝固的形式表明歙县作为历史文化名城的分量，而用肉体竖成的牌坊——叠罗汉，则以流动的方式叙述着这座古城的文化底蕴。

叶村叠罗汉的“叠”，不仅仅是站肩、骑脖等简单地往上叠垒，还有伏、仰、卧、拉、撑、支等组合造型姿势，显得变化多端而妙趣横生。有些套路，惊险得让人咋舌，有些套路精巧得让人称奇。各种叠，都凸显出粗犷、阳刚之美，给人以极强的艺术感染魅力。表演的60多种不同造型，大都与徽州民间建筑、生活等有关，反映了古徽州人民的创造精神和热爱生活的精神风貌。如古徽州古塔、牌坊众多，叠罗汉里就有“一至六柱牌坊”“宝塔连”等套路；农民常年离不开扁担，就有“挑担卖柴”的套路；“童子拜观音”“金鸡飞”则寓意着叶村人民尊敬老人及对子孙后代寄予的殷切期望；而“水帘洞”“龙驹马”“石猴出山”“刘海戏金蟾”等则与神话有关。精彩的表演为广大村民带来了丰富多彩的文化艺术享受。

长期以来，叶村叠罗汉作为一种民间文化艺术载体，为彰显古徽州的民俗文化发挥了很大的作用，它是中华民族非物质文化遗产的组成部分，凝聚了古徽州人民千百年来的智慧和聪明才智，以民间杂技独特的方式，匡扶正义，驱邪纳福，是珍贵的文化资源。多次参加省、市、民间艺术调演献演，在发挥其蕴藏的艺术价值、促进文化交流上起到了积极作用，为传播徽州民俗文化，让省内外及国际友人了解中国灿烂的文化提供了良好的平台。

这一时期叶村叠罗汉活动的动机也发生了一些变化，随着叶村社会结构的变化和人们价值观念的改变，人们对叠罗汉活动的期望和认知也发生了转变。传统的信仰基础主要集中在年龄较高的村民中，年轻人已经不再相信鬼神观念了。因此，年龄不同，参与活动的动机也有较大差异。年轻人参与活动是为了娱乐或是听从父母的指令；中年人更多的是为了此项活动不能失传，为本村挣得荣誉；老人们还是为了求平安，祈求风调雨顺。对乡、村政府而言，其活动的动机是给本乡、村的文化事业做出业绩，丰富老百姓的文化生活。

（四）叠罗汉的现代性特征

叶村的叠罗汉活动自明代中叶以来，随着叶村社会的发展和村民生活的一路前行，形成了独具特色的民俗体育项目。其文化的特征主要体现在以下几个方面。

1. 原生态

叶村叠罗汉的所有演员都是本村村民。叶村以洪姓人口最多。由于叠罗汉由洪氏家族创立、传承，所以按照族规只有洪姓人才能参加叠罗汉。随着活动的不断发展和时代的变迁，现在的演员扩展到洪姓以外的村民，但外村人是不能参加的。化妆和乐队也是由本村老艺人和村民担任。在问卷调查中，70%以上的罗汉都认为在叶村以外选拔培养小罗汉是不可以接受的。大年初六开始，演员就在村里的大祠堂——叙伦堂（该祠已被列入“百村千幢古民居”修复工程，因年久失修，目前正在抢救性修复中，现排练地点在另一祠堂——敬本堂中进行）排练。演出地点在村中心的古戏台。参加表演的村民并没有经过特殊的体育训练，他们表演的一招一式都散发着质朴、醇厚的原生态气息。罗汉们在寒风凛冽的元宵夜赤膊表演。尽管条件简陋、艰苦，但为了保存叠罗汉的原始风貌，体现叶村叠罗汉的乡土气息，这样的排练和表演一直传承，充分表现出古朴粗犷的原生态特征。

2. 传承性

叶村叠罗汉经过500多年的流传，历代传承人在继承和挖掘前人套路的基础上不断创新，丰富了这一民俗体育项目的内涵。从最开始的单纯驱邪纳福保平安的宗教信仰，发展到今天不仅是祈福，而更多的是作为建设和谐新农村、丰富农村业余文化生活的重要载体，并集民间艺术、民俗体育于一身，成为宣传、推介古徽州民俗文化，扩大其国内外影响的手段，赋予古徽州民俗文化旺盛的生命力。叠罗汉尽管在一系列政治运动中受到冲击，但叶村的村民始终没有让这一绝技失传，并越来越重视对小罗汉的培养，使之具有较稳定的传承性。

3. 地域性

歙县位于安徽南部，地处皖浙赣交界处，北倚黄山，南临千岛湖，秦时置县，是全国历史文化名城。它是古徽州府所在地，古徽州政治、经济、文化中心，是中国文化史上久负盛名的徽州文化发祥地。叶村乡位于歙县东北部，地处皖浙交界的天目山脉，徽杭高速公路和徽杭公路横贯该乡中部。叶村距乡政府3公里，左倚清凉峰国家自然保护区，右临昌源河，四周群山高耸，峰峦叠翠，林木葱郁。

4. 自发性

500多年来，叠罗汉已经成为叶村人民必不可少的元宵节庆体育民俗活动。世代传承下来，整个活动的组织安排都是由村罗汉组组织，罗汉头主持，经费也全部由村民和本村在外经商者自愿捐助筹集，村里的青壮年都认为被选为罗汉是一种荣耀。正月十五那天，全村人的所有日程都围绕着叠罗汉系列活动，处处都体现出这一民俗活动的民间自发性特征。

5. 节日依附性

叶村叠罗汉从它起源之时便是与徽州乡村正月十五元宵节联系在一起的，它依附于节日而存在，又因能沟通人与人之间的感情、强化集体意识、增添节日气氛、祈求来年平安吉祥而得以保留和传承下来，是叶村人过元宵节不可少的民俗活动。随着社会的发展、人民生活的改善，它又成为很多重大节日的表演节目，给更多的人带去愉悦和快乐，烘托节日气氛，表现出很强的节日依附性特征。

6. 集体协作性

叶村叠罗汉的整个活动过程需动用全村的社会力量才能顺利进行。叠罗汉的所有程式套路，不论动作难易，均需若干人通力合作才能完成。造型之间衔接巧妙，变化迅速，人拉人，人叠人，达到造型均衡稳定、动静结合的效果。所有人员必须携手并肩、齐心合力、环环相扣，才能将力量与和谐之美融为一体。即使是不参加表演的村民，也在观看中自觉不自觉地进入角色，为罗汉们的精彩表演而欢呼、加油，舞台上下呼应，营造出热烈的节日气氛。集体协作是取得成功的关键。

随着现代科学的发展、经济的繁荣，人民的生活水平和文明程度日益提高，叶村叠罗汉的宗教信仰成分逐渐淡化。如今开展这项民俗活动主要是愉悦身心，沟通感情，健体强身，丰富节日文化生活，烘托喜庆气氛。而其中对健康的促进作用尤为受重视。现代“文明病”在农村也滋生蔓延，农村人的健康日益受到威胁。靠人与人、用力与力进行堆叠是叶村叠罗汉的主要表现方式，如“六柱牌坊”的下架中柱肩上就架人梯般的站了4个人，由中柱手挽手拉着的左右四柱的肩上也依次站着3个人和2个人，没有扛千斤的力量是无法完成的。在尖顶的小罗汉一般只有10岁左右，没有一定的胆魄和协调、灵敏的素质及平衡能力也是不行的。而“仙人过桥”由7个罗汉立做桥墩，6个罗汉仰架于桥墩上，1个罗汉从桥上走过，踏过胸脯须提气、保持平衡，架桥者须运气于胸，被踏者屏息才行。叠罗汉活动从正月十五日上午开始，要经过游灯等一系列活动，一直持续到次日天明，参加者要有很好的体力、耐力才能坚持下来。演出时罗汉们均赤膊上场，必须保持良好的体型，才能充分展示男性健壮的肌肉线条和阳刚之美。有过多次表演经历的罗汉告诉我们：“虽然我的年龄在不断增长，但参加叠罗汉活动，经过训练和表演，我的力气、灵活性和精力还不减当年，而且因为要光膀子表演，也要注意保持良好的体形。”表演者集力量、平衡、灵敏、协调、柔韧、耐力于一体，经过训练和多次表演，能使参加者的身体素质得到全面发展，身材体形得到改善。

叠罗汉不仅能提高表演者的身体素质，而且还能娱乐身心。就参与的动机而言，参与者表明："参加叠罗汉表演，是传承祖先留下的宝贵文化遗产应尽的责任和义务，同时能在训练的过程中和大家亲密接触，一起交流，感觉非常开心，还能在表演活动中被观众、村民欣赏和认同，我觉得很有成就感。""叠罗汉表演虽然不能带来丰厚的经济效益，但由于罗汉的身份，我们不论在家里还是在村里都很受尊重，年轻的单身罗汉们也很受姑娘们的青睐。"村中的青壮年既为被选为罗汉而感到荣耀和自豪，又能充分享受排练过程中的成功的快乐。这些都是在日常的劳作中无法体会到的。而观众们时而为造型的奇、险而屏息，时而为表演的精彩而欢呼，在整个表演过程中掌声不断、笑声不断。罗汉们的家属更是为自己亲人的精彩表演而感到欢娱和自豪。无论是观众还是演员，都从中得到了愉快的情感体验。

叠罗汉活动从表演者的脸谱、服装、表演的造型结构等方面都表现出较强的艺术观赏性，给人以美的享受。罗汉的脸谱化妆，按"下架""二架""三架""尖顶"四个类型开脸，"下架"以红、白、黑三色绘大块脸，着红色裤，系黄色腰带，"二架"仍为红、白、黑三色，但图形稍为花哨，着黄色裤，系红色腰带，"三架"加蓝、绿两色，绘五色"碎脸"，"尖顶"绘金脸，又称"金顶"，着绿色裤，系红色腰带。这些色彩的运用协调大气，蕴涵了劳动人民祈福纳吉的美好愿望。

表演中的各种造型，采用伏、仰、卧、拉、撑、支等组合姿势。人叠人，人拉人，纵横组合，动作惊险别致，造型变化多端，男子汉肌体凸显出粗犷、阳刚之美，表演风格既紧张惊险又不失诙谐幽默，具有很强的观赏性。叶村叠罗汉流传至今，不仅是叶村村民每年元宵节的主要民俗活动，而且近年来已经走出大山，成为黄山市旅游文化活动的保留节目，并经多种媒体宣传和报道，成为蜚声中外的艺术瑰宝。近年来，叶村罗汉组在将叠罗汉民俗活动与特色旅游相结合上，做了大量的宣传与推介工作，取得初步的成效。除了参加省内一些旅游文化活动，包括在旅游节、经贸会上进行表演外，还先后多次接受邀请，赴上海、杭州、澳门等地进行展演。充分挖掘叶村叠罗汉的旅游开发价值，对发展地方经济，传播徽州民俗文化，让省内外及国际友人了解中国灿烂的民间文化具有重要意义。

叶村叠罗汉的发展与传承主要依靠村民自发的行为。在初始时期，村民参加活动带有较浓厚的宗教迷信色彩，以望得到神灵的护佑。随着社会的发展，人民生活水平和文明程度日益提高，他们的理念也在发生着变化。特别是进入21世纪以来，叶村叠罗汉的宗教信仰成分已逐渐淡化。如今它已成为非物质文化遗产，具有独特的教化功能。表演中的每一个造型都要求大家通力合作，协调配合，充分体现了团结合作的精神。人们在活动过程中可以感受到集体力量的强大，陶冶情操，磨炼意志，在合作中相互理解，彼此帮助，沟通人与人之间的感情，增加了乡村成员的归属感和凝聚力，强化了集体意识。

同时由于活动的开展，将村里年富力强、精力旺盛的青壮年组织起来，从一定程度上可以有效地抵制赌博、酗酒等不良习气。现任罗汉头深有感触地说："现在农村住房中'小别墅'式的独门独院所占比例增大。村民间的交往减少，相互间缺乏交流。叠罗汉活动为广大村民提供了一个很好的交流平台。为了造型的成功，大家必须互相鼓励，团结协作。日常生活里产生的一些小矛盾，在此时也化为乌有，还增加了感情。由于要参加叠罗汉活动，春节期间村里几乎没有赌博现象，酗酒的情况也很少，村民之间非常团结。"村党支部书记如是说。因此，叠罗汉能够丰富农村业余文化生活，灌输和谐理念，在建设和谐社会主义新农村中具有很好的教化作用。

（五）叶村叠罗汉历史流变的规律及其影响因素

依据文化原型理论，文化的价值体系是由生成"土壤"条件和具体的生态环境所决定的。明代中叶徽州民间民俗社会结构是叠罗汉文化的母体，影响和制约着叠罗汉的发展流变，其流变受自然环境、社会生产方式、生活方式以及信仰体系等传统文化的影响，同时叠罗汉的发展流变产生的健身、娱乐、竞技、表演等功能又不断满足着叶村人的文化需求。叠罗汉表达了文化主体的诉求，主体的诉求对其他文化具有深层的规制、导向甚至是决定作用。叶村人在物质、心理、价值观念、宗教信仰等方面诉求的变化也成为影响叠罗汉活动流变的重要因素。

1. 自然环境变化是徽州民俗体育形成和流变的物质基础

一方水土养一方人，不同的自然环境造就不同的民俗和民风。根据文化生态学的观点，文化形态首先是人类适应生态环境的结果。而人的性格与行为、风俗与习惯又是文化形态的重要内容。[①]自然环境是影响叠罗汉活动流变的重要因素。如古代，由于叶村村中住户不多，叠罗汉活动场地比现代开阔，其活动主要是在村中的开阔场地进行，后随着住家的密布，叠罗汉活动的场地转到村中的祠堂，其活动的内涵开始与祭祀活动相结合；到了现代，叶村道路的宽广为滚灯、游五兽等活动与叠罗汉融为一体提供了可能。今天，交通、信息交流的便利使叠罗汉走出叶村这一封闭的地方，在全国多个地方参与演出。这一切说明了地理环境的变化不仅推动了叠罗汉的复合化发展，同时，交通、信息等因素的改变打破了农村传统自然环境的制约，促进了叠罗汉活动的传播，扩大了其影响力。

2. 社会观念的转变为民俗体育的流变提供了路径选择

社会制度不仅是社会生活秩序的保障和规范，也是传统文化转型的基础，为文化的流变提供了选择路径。叠罗汉自形成至今，已经历了三次社会转型和发展。古代叶村叠罗汉是娱神的工具；近代是既娱神又娱人的工具；20世纪80年代后是娱乐的工具。现在叠罗汉是一项可以获得文化效益的方式。可见社会制度渗透到文化发展的内部对叠罗汉产生的影响。近年来，世界范围内兴起保护非物质文化的热潮，我国多次出台《中国民族民间文化保护工程实施方案》等相关政策，大大推进了叠罗汉在内的民俗文化项目的发展，这说明社会制度的变革影响着叠罗汉的流变路径。随着社会的发展，叠罗汉活动的服装也悄然发生变化，古代的叠罗汉表演者均是赤着上身。到近代，需要穿上罗汉服。现在的服饰更生活化。新中国成立以后，叶村打破了传统封闭的状态，人们的思想观念得到解放，这一变化体现在叠罗汉活动

---

① 仲富兰.中国民俗文化学概论[M].上海:上海辞书出版社:2007:98.

中。如古代参加叠罗汉活动的人员是以男性参加为主，新中国成立后男女老少都能加入叠罗汉行列，可以在多种场合表演，融入民众生活。这说明叶村男女平等的理念开始深入人心。改革开放后，随着生活水平的提高，参与叠罗汉活动成为成就感、兴奋和喜悦心情的集中表达。可见，现今叶村叠罗汉活动走上了男女老少参与的自娱自乐的表演性道路。

3.生产方式的变化是我国民俗体育流变的重要杠杆

物质生活的生产方式对民间民俗体育的发展变化起着决定性作用，并由此制约着人类各历史时期民俗体育的内容、性质及特征。生产方式的变革、科学技术的发展，给人们带来许多便利的同时，也改变了人们的生活。身体活动明显减少，休闲时代的来临冲击着人们的价值观、生活观。人们对体育的渴望和对集体活动的需求越来越高，对叠罗汉的发展起到了积极促进作用。古代的叶村是以林农经济为基础，农耕劳作是主要的生产方式，古徽州商业的兴盛为叠罗汉的发展提供了强大的推动力。叶村洪氏祖产的丰厚为每年的叠罗汉活动提供了经济支持。新中国成立后，叶村生产生活方式发生了翻天覆地的变化，现代工业在叶村的兴起，叶村人的生产方式由农业向农业与工业相结合的方式转变，叠罗汉也作为文化产业得到开发。叠罗汉器具服装的变化与更换和请教练编排动作都需要大笔的资金，而经济的发展为叠罗汉的发展提供了可能。20世纪90年代，叶村叠罗汉开始走出大山，步入各种地方经济的活动中，走上了文体搭台、经贸唱戏的市场经济轨道，既丰富了人们的文化生活，又为各地经济的发展做出了贡献。正是叠罗汉活动借助市场这一强大的经济杠杆使得它得以不断传承和生存下来，生产方式的变化和经济活动的市场化为叠罗汉的发展开辟了新的道路，注入了新的活力。

4.信仰体系的转变是民俗体育流变的内在因素

信仰是一种在特定时期定型的、完备的意识形态。宗教信仰对叠罗汉流变的影响可谓重大而深远，叠罗汉活动形成于宗教，复兴于宗教。直到目前它仍是徽州民间宗教活动的一项重要内容，其文化内涵表达的是人们对鬼神的一种崇敬。随着社会和科技日新月异的发展，人们的信仰观念也在不断地发生变化。鬼神禁忌的弱化，促使叠罗汉活动由娱神、酬神活动转变成娱人、娱己的传统体育活动。信仰的转变，不仅扩大了活动的规模，使得村中的男女老少皆能参与，同时，由于禁忌的解除，其活动的时间上也有变化。只要有需要，叶村人都会去参与此项活动。社会的进步动摇了徽州人的信仰基础。那种万物有灵的思想在今天的叶村年轻人中逐渐弱化。古时的叠罗汉活动中，凡是接到罗汉帖的村中青壮年都感到是一种荣耀，认为这是神灵冥冥之中安排的。现今年轻人参与叠罗汉表演更多的是执行父母之命或是为展现自我。古时叠罗汉活动的仪式较为复杂，气氛十分庄严，其意义是祈祷五谷丰登、人兽平安，祈求神灵保佑。今天叠罗汉活动的仪式，喜庆色彩浓烈，更多人是为了热闹，活动场面比旧时热烈，活动时间更长，增强了观赏性和娱乐性。原有的信仰成分逐渐变成了一种形式，而这种形式已经不能完全决定叠罗汉活动的内容。

四、活态民俗体育项目——许村大刀舞的流变

（一）许村“大刀舞”概况

1.许村简介

许村位于国家历史文化名城歙县西北20公里处，地处黄山主脉箬岭南麓，西北与黄山区、西南与徽州区毗邻，是新安江支流富资河的发源地。1984年设立了许村镇，许村镇下辖15个行政村，面积63平方公里，人口1.02万人。许村为镇政府所在地，由东升、高阳、环泉、金村、前溪五个自然村组成，面积0.6平方公里，人口3500余人，镇中心为高阳和前溪。许村四面环山，中部平坦，整个村落处于一个山间小盆地之中，平均海拔186米。四山环绕，二水交流：东称文蜂，西谓武岫（海拔697米），南迎天马，北依四山（海拔906.3米）；昉、升两溪交汇于村中。许村村落的选址采用传统的“风水”理论，枕山环水，风貌极佳，体现了风水理论中

“共生、共存、共荣、共乐”四大基本特征。同时村落布局保留着古人“临水而建，双龙戏珠，倒水葫芦”的基本风水态势。整个村落沿昉、升两溪而筑。所谓许村，实际是指上至金村如心亭（已毁）下至东沙善化亭（已迁潜口）这一上下十里的带状村落，这里自古就有“许村十里水”的美誉。

许村作为徽州古村落之一，源于东汉，距今已有1500多年的历史，古称富资里。相传南朝梁时，时任新安郡太守的文学家任昉看中此地风水，辞官归隐于此，因其喜至村东溪垂钓怡情，村名遂改为“昉溪”。到了唐朝末年，户部尚书许儒为避战乱，徙居于此，嗣后经济繁荣，人丁兴旺，因村民以许姓为主，改名“许村”。在文化方面，许村历史上，名人辈出，人文荟萃，有“一状元、二解元、三代北大生、四院士、一门五博士”之说，仅民国《歙县志》收入许村名人就达150余人。南宋期间，南迁许氏有21人高中进士，为徽州古村落之最。仅在明清两代许氏有40人中举，诞生了108位官员和34位富商。凭着雄厚的经济实力，许村人营造了“四山环合如城，宅第鳞次栉比”的富庶家园。至今，这里仍有明清建筑221座，目前保留完整的还有156座。1996年，许村被省政府批准为省级历史文化保护区。2006年，这里又有15处建筑被确定为国家级文物保护单位。2009年，许村镇被评为“中国历史文化名镇”。①

图4-12　许村昉溪公园

图4-13　许村徽商古道

① 许骥.徽州传统村落社会——许村[M].上海:复旦大学出版社,2013:1-2.

图4-14　许村牌坊（一）

图4-15　许村牌坊（二）

图4-16　许村廊桥

图4-17　许村古民居

2.许村“大刀舞”简介

许村作为中国历史文化名镇，千年历史的内涵和人文的积淀，造就了许村民俗文化活动的丰富多彩。像曾得慈禧好评的“戏班太闹，京鼓又淡，听唱灯棚，好在适中”中的“唱灯棚”，就是许村人自创的一种民间说唱形式，是许村特有的风俗。除此以外，就要数名动徽州的许村“灯艺”了，如“板凳龙”在许村就有千年的历史，但更为有名的还要数许村的“大刀舞”。大刀舞集“奇、险、威、壮”于一身，是中国灯艺中的极品。安徽省徽学会理事、黄山学院徽文化研究所兼职研究员、故园徽州文化促进会会长许琦女士作为一个许村人曾作诗形容“大刀舞”：

凛凛刀光映九霄，欲与天公试比高。
白刃翻飞风骨劲，金蛇狂舞地山摇。
锋芒众砺惊鬼蜮，绝艺家传镇魔妖。
岁岁平安光景好，年年陌上涌春潮。

(1)“大刀舞”的起源

许村“大刀舞”，也称“舞大刀”“大刀灯”“槊刀”，许村的“大刀舞”由来已久，但由于相关资料的缺失，关于“大刀舞”的确切起源已无法考证。现在关于“大刀舞”的起源有两种不同的说法。第一种说法，是为了纪念许村人的先祖、唐代的忠义公许远。据《唐书·忠义传》记载，许远智勇双全，精通兵法，并自创一套“许家刀法”。刀在手中，虎虎生威，出神入化，犹如龙蛇之舞。唐天宝十四年，著名的安史之乱爆发，叛军所到之处，许多节度使和太守非降即逃，然而就在安庆绪23万叛军压境的危急关头，时任睢阳太守的许远，与援军主帅张巡一道，同心协力，誓死守卫睢阳城。许远凭着超群的“许家刀法”，冲锋陷阵，只身杀敌千余人。最后，因寡不敌众，援断粮绝，以身殉国。许远、张巡的忠烈壮举，深受后人称颂。从唐朝到清朝，许远和张巡先后得到了23位皇帝的褒封。后许远之孙许儒南迁，许氏定居许村，繁衍生息，家族日渐兴旺。为追怀忠烈，教育后人，传承“许家刀法”。许氏后人遂定下每年正月十五为忠义公许远的纪念日。当天晚上，许氏所有宗祠都派出一支舞刀队，执着两丈高的大刀，走上十里长街，来回舞个通宵。

第二种说法，相传是为了斩杀许村的怪兽“长脚六”。传说许村的大街小巷常常出现一种怪兽，名叫“长脚六”。它身材高大，可以将脖子升过高耸的马头墙。每当夜幕来临，在幽深阴暗的街巷深处，“长脚六”将常常的脖子伸过马头墙来咬住行人的衣领将人高高提起，吓得行人魂飞魄散，村中百姓惶惶不可终日。村民提议要设法除去这一害，可是“长脚六”身材高大，脚长勃长，没有刀能够着它的脖子。后来许村人发明了一把能高过马头墙的加长型大刀。这样，只要“长脚六”将脖子伸出，就可以用长刀砍下“长脚六”的脑袋，这招果然见效，吓得“长脚六”再也不敢出来害人。于是许村人每年正月十五都要舞大刀，以此来震慑“长脚六”，以保一年平安，这一风俗一直延续至今。

根据史料记载和传承人的口述分析认为，第一种说法因无相关史料佐证，因此只能看成是许村人对祖先的一种尊崇和缅怀。而第二种说法比较被认可。据《花灯会支用账》记载，许村花灯会由来已久，早在乾隆前就有相当的规模。而“大刀灯”相传肇始于同治三至四年（1864—1865），咸同年间，太平军与清军在徽州多次激战，尸横遍野。许村，上丰一带因有宋梦兰、吴定洲等领团抗击太平军，因此当地人罹难状况更为惨烈。战争结束后，村中断壁残垣，浮尸散野，幸存者目睹惨状，惊魂不定。一有风吹草动，即疑神疑鬼，流言四起。有人说，看见种福厅巷路高墙上有“长脚六”垂下长脚，夹走人的帽子，夹住人头颈用脚趾剜人耳朵，越传越神，阴雨天全村人早早闭户，晚上竟无人敢出门。于是，在江湖术士的指点下，许氏六份种福厅派首先兴起大刀灯会，冀以驱邪避妖。未几，周边各自然村派竞相仿效，尊种福厅派大刀灯为天王刀，并将大刀灯与传统的龙灯、长钱灯、花灯、伞灯、旱船、秋千等有机组合在一起，形成了许村独具特色的花灯会。①可见有记载的“大刀舞”活动最早可追溯到清末咸同年间，其是作为一种驱邪避妖的活动形式出现的。但不管哪种说法，许村的“大刀舞”已成为徽州一绝，闻名遐迩。

（2）“大刀灯”的构造

大刀灯有大中小之分，大号长24尺，内点48支蜡烛；中号和小号各长18尺和12尺，内点36支和24支蜡烛。大刀灯选用柢、杪粗细悬殊的整根毛竹制作。先从柢部往上五六尺处，用绳索扎多个套，再从杪上分十一股破开。将一杉木插入柢部竹筒，作为刀心木。然后用篾条把十一股竹杪摊开编织成刀的雏形。最后，用麻绳绕刀心木扎缀，并放好便于拉索的杉木环夹，使刀灯完全成型。糊上特制绵纸后，还要刷一层明矾水，使之平滑，水干后画上图画。刀两面画上钟馗、天官、寿星，或是《三国演义》

① 柯灵权.歙县民间艺术[M].合肥:安徽人民出版社,2006:26.

里的英雄人物，人物周围画有花草虫鱼，亭台楼阁，点缀画面。刀鼻（即刀背前端的弯钩刃，上有一环）写“风调雨顺，国泰民安”八个大字。最后，在刀柄处，用刀锯划出一道道浅口，防止撑持时手打滑。扎大刀灯的同时，各村派还要分别扎龙灯、长钱灯、旱船、花灯、伞灯等。其中，长钱灯是十二盏，一长串，代表十二个月。顶端扎成蝙蝠状，内点二烛。下端扎成元宝形，内也点二烛。中间十盏全是扁鼓形宫灯式，内点一烛，灯上画有铜钱，四边书“光绪通宝”。旱船是山下坦（今东升）人所扎。头尾约五尺长，船身彩绘与扎彩相结合，非常精致。船头、船尾内都点有蜡烛。一少女站于船舱位置，在船头、船尾拴一绳系于少女腰。少女走，船即行。花灯为塘头（今前溪）人的杰作，被扎成各种花卉的形状，多的每灯有十二瓣，少的也有六瓣。该村与金村人扎的伞灯也很别致，伞为圆盖形，外蒙白绸布或白绵纸，周饰花彩，撑杆顶端扎一盏小灯笼，形似伞顶珠饰。所有的灯中，大刀灯最是难舞，尤其是最大号的刀灯将近10米长。首先因刀身太重，难以撑持，必须由两人并排合撑，另两人持长叉在后叉住刀上的杉树夹，防止灯后倒，还有一人扯着穿在刀鼻环内的绳索，防止灯前晃。其次是点刀灯内的蜡烛，手脚稍慢即会烧掉蒙刀绵纸，要凑坝搭高架点。最后，游灯路过高阳廊桥、牌坊、大观亭时，必须把大刀放横通过再立即竖起，慢则会烧着大刀，快则又会使刀内蜡烛熄灭。这就需要舞刀人员经验丰富、动作娴熟、配合默契。[①]

（3）“大刀舞”的活动形式

许村大刀会每年正月十五、十六夜晚举行。本村与周边自然村派出刀会、龙会、灯会等十八个。各村派出灯的数量、种类各不同。因此，周边小村为了能观看许村的灯会，便把本村的灯会活动提前，如古山下是正月十二、十三两夜举行，东沙塍、西沙塍是正月十四、十五两夜举行。久而久之，遂成子正月十二至十六日许村举行灯会的习俗。但是，许村本村有塘头（前溪）、金村、环泉（湾里）、东升（山下坦）及楼下大宅祠、大六份等地段自然村派，为互不干扰出灯、看灯，当年各自然村对派出灯的时

① 柯灵权．歙县民间艺术［M］．合肥：安徽人民出版社，2006：25.

间段进行公议，统一安排，且一直延续至今。

是夜黄昏，全村响起第一遍锣声，村人纷纷奔向宗祠、社屋集中，做好各项准备工作。不久第二、第三次锣声敲响。先出灯的塘头开始点蜡烛，出行。只见前面十多面清道旗、蜈蚣旗、龙旗，两面大开锣“哐哐哐”敲打着开路。一长老执一竿红纸剪的十二个长钱，在前引路。那挂长钱的细竹竿顶留有一蓬竹叶，喻示“四季常青”。长老迈着细步，使后面的队伍能跟上，不致脱节。接下来是四把大刀灯，各色花灯、地戏鱼贯而行。紧跟其后的是蛤蛎、旱船舞蹈队，丑扮的老渔翁、老船头、水手分别以种种滑稽的动作表演着提网欲撒和划桨状，引得观众阵阵大笑。蛤蜊、旱船舞蹈队后面是大小鱼灯，锣鼓穿插其间助威。爆竹、利市彩纸，漫天飞舞。塘头灯最大的特色是花灯多，有桃花、望春花、梅花、牡丹等花灯，也有石榴、樱桃、蟠桃等果灯，还有牛、羊、马、兔等动物灯，皆由各户自扎，千姿百态，争奇斗艳，让人目不暇接。塘头灯从宗祠上街，至富溪社盘龙停止，前后约要两个小时。

金村灯接着出行，同样是旗幡招展，锣鼓爆竹喧天。走在前面的是一中年士绅，撑一竿十二盏长钱灯引路，接下来是十三把大中小号大刀，喻“十三太保”。金村大刀灯在各派中是最多的。跟在大刀灯后面的是四十多把圆盖伞灯，显得更为气势磅礴。接下来是儿童花灯、杂灯队，最后是板龙。这只灯队出行的线路是，当街而下穿过八角亭，游至太子阁，再返回社屋盘龙结束，时已夜十一时许。

金村出灯的同时，东升村大刀灯出游，计中、小四竿，另有龙灯、杂灯，从上街到河前上社结束。

湾里灯接着出动。走在前面的是一竿长钱灯，三竿大刀灯，跟在后面的是一条旋转飞舞的威猛火龙。只见龙头高昂，眼射金光，口中龙珠灯不停地转动，不时喷出流星火花。龙身段的红纸排灯被烛火映衬得不见灯与灯之间的黑影，通身赤红，远望更为壮观。火龙后面是一架用轮推动的秋千架。四个小观音在架上缓缓地旋转，并唱着民歌小调。其后是各色杂灯。湾里灯当然还是数火龙灯最受关注，因为在许村的八个祠、社中这是唯一的。相传村北四角尖公山龙脉，是一条正在翻江腾浪之龙，对湾里不利，遂舞火龙克之。但是，四角尖公山附近的东升村，则又认为该村火烧屋是湾里火龙所导致，却又无法制止，只好每当湾里出火龙，就派五六个人参与，监督火龙头不得朝东升村，只能正对四角尖公山。湾里灯自本村行至大街，再到上升社屋停止，前后历时约三个小时。

在湾里出灯的同时，大宅祠堂也竖刀出灯，大宅的刀灯有一大一小两竿，也有长钱灯、龙灯、杂灯。出行路线是，由宗祠前当街下，过石桥到合源社屋，盘龙结束。

最后出灯的是六大份——种福厅派。只有一竿小刀灯和一些杂灯。虽然规模、气势都不能与其他的村派相比，但其乃肇始天王刀，故以其压轴。昔时，灯队中有一乘亮轿，以麻纱软布为轿衣，四周画的是许村全村景图，绘画得十分精致美观，这也是种福厅灯能够成为压轴戏的另一方面原因。遗憾的是，1921年轿衣被虫蛀坏，弃轿而未再复兴。

许村人有几句口头禅，概括了各村派灯的规模特色：“金村刀，湾里龙，塘头花，六份虫。”

1934年大旱，停止灯会活动。1962年恢复。以后行行停停，无复往昔之规模。1988年大刀灯再度恢复。2005年、2006年连续参加了徽州古城民俗文化节活动。①

图4-18　大刀舞队

① 柯灵权.歙县民间艺术[M].合肥:安徽人民出版社,2006:26.

（二）许村“大刀舞”流变历程

许村“大刀舞”自从产生以来，已过百年。随着社会的变迁，许村“大刀舞”的流变历程从纵向时间段上划分为三个阶段：自在发生期（1934年以前），衰落消失期（1934—1988年），恢复发展期（1988年至今）。本节试图从每个发展阶段的细部特征（如参与人群、组织形式、经费来源、功能价值等）出发，进行前后对照，以此来解析许村“大刀舞”的流变历程。

1. 自在发生期（1934年以前）

（1）参与人群特征

许村“大刀舞”是一个集合全村力量的集体性的公共仪式活动。每年正月十五许村的“大刀舞”就是全村人的一次盛大聚会。村里的男女老幼因此相互关联起来。许村大刀舞的出名，不光许村人自己关注，周边村落的人为了能看到许村的大刀舞，便把本村的灯会活动提前进行。这无形中把周边村落的村民也联系了进来。整个活动由宗族族长负责组织协调。由于大刀是由整根毛竹做成，分量很重，特别是最大号的刀有近10米长，100多斤，需10人才能舞动，对体力要求很高，所以表演人员皆是本村年轻力壮的男性村民。村中的老人、妇女和儿童都是作为观众参与其中。

（2）组织特征

自五代以来，许村和大部分的中国村落一样，以许氏宗族聚居的形式存在。家族凝聚力强、宗族观念浓厚。许氏宗族实际上是许村的最高管理者。所以，负责组织“大刀舞”的最高机构就是许氏宗族。宗族由族长和一些德高望重的老者组成，他们负责“大刀舞”的组织工作，包括召集人员、购置物品、制作道具、协调路线时间等。他们对整个活动的资源供应、组织管理以及奖惩措施等决策拥有绝对话语权，并且还享有执法权。

（3）经费来源

这一时期，许村“大刀舞”活动的经费开支主要由许氏宗族利用近40亩的族田和大量族产来提供支持。族田和族产收入主要用于全村的公共事业的开销，其中大都用于每年各种节日的民俗活动。其他村民可根据自家经济状况自愿提供，多少不限。

（4）功能特征

娱乐功能：这一时期，由于许村社会、自然环境相对闭塞，所以村民的娱乐活动较少，主要就是一些民俗体育活动。而“大刀舞”作为一项集体性的大型民俗活动，不仅参与人多，而且影响面大，处于主流地位。

教育功能：本尼迪克特认为，个体生活历史首先是适应由他的社区代代相传下来的生活模式和标准。从他出生之时起，他生于其中的风俗就在塑造着他的经验和行为。[①]这一时期，在中国传统村落中，由父母和宗族长者以言传身教的方式来传递伦理道德、劳动经验和生活知识。许村也是如此，传统的民俗活动是对村民进行教育的主要内容之一。

认同功能：这一时期，许村“大刀舞”主要由壮年男子进行表演，对于村民来说，能够参与这项活动，不仅可以获得祖先和神灵的保佑，也能体现其在村落中的社会地位。

调控功能：在旧时，统治者长期以来不用法律，而是靠文化来统治乡村社会。明清时，统治者就是利用宗族文化来管理基层乡村。民国时，国民政府也发现宗族文化有利于其对农村的控制。许村“大刀舞”作为许村宗族文化的重要标志，在这一时期潜移默化地以乡规民约调控着村民的行为，维护着宗族和村落的内部秩序。

（5）开展情况分析

这一时期许村“大刀舞”处于一种自在发生的开展状态，主要是因为政府对于农村的掌控有限。中国自宋代以后，程朱理学被统治者所认可，其在政治上得以贯彻，并把古代宗法制度民间化，对农村实行一种基层化的社会控制策略，建立以家族为单位的村政宗族制度（宗族制度是中国传统社会一种最重要的基层管理模式，它是民众的自我管理，不需要政府花钱，是一种低成本的基层管理方式，基本上可以叫作“基层社会的自治”），并鼓励各户累世聚居，一直沿用到清朝，甚至民国时期。统治者

① 露丝·本尼迪克特.文化模式[M].王炜，等译.北京：生活·读书·新知三联书店，1988：5.

将宗法制度民间化来加强中央集权对农村控制的方法，客观上导致农村宗族文化的大发展，从而削弱了当权阶级对农村的控制。但实际上，这还是有利于维护封建统治的。清朝时期，政府是支持地方宗族组织管理本村落各项事务的，从而使宗族成为村落各项民俗活动的实际管理者和组织者。因此这段时期，许村“大刀舞”保持着一种自在发生的状态。到了民国，国民政府虽然采取了一系列措施，试图在农村批判和整肃宗族组织，以达到加强对农村基层的控制的目的。如加强区划设置工作，在乡村实行保甲制，试图削弱宗族权力，但实际上保甲往往是与宗族组织相糅合。有的保甲完全可能直接由宗族首领充任。正如赵秀玲在《中国乡里制度》中对这一时期乡里制度的评价：“它虽是中央集权政府向农村渗透的标志，但总体上并未改变传统农村社会的自治性政治结构。”可见，不管是清朝还是民国时期，村落事务基本上由宗族组织进行管理，“大刀舞”作为许村一项集体性的大型民俗活动也是由许氏宗族负责组织的，所以这一时期，许村“大刀舞”是处于一种自在发生的阶段。

2. 衰落消失期（1934—1978年）

（1）社会背景和开展情况

1934年，许村“大刀舞”因大旱停办，加上当时时局震荡，一直未能恢复。但在1945年抗战胜利时，许村曾派出舞大刀队伍步行几十里，赴屯溪表演，来表达徽州人民同仇敌忾的意志和胜利的喜悦。之后半个世纪中，大刀舞行行停停。特别是新中国成立后，百废待兴。1952年土地改革后，宗族组织作为封建遗存而遭到批判，国家权力第一次全面深入农村，取缔了乡绅阶层和宗族制度，实现了对农村的全面控制。1953年至1956年，许村完成了互助组、初级农业生产合作社、高级农业生产合作社三个阶段的农业集体化改革。1958年，随着全国农村人民公社化，许村公社和许村大队建立起来了，成为许村政治、经济、文化、军事统一体的领导机构。1966年后，许村“大刀舞”作为“四旧”之一而遭到批判。对村中老人访谈了解到，这一期间，许村“大刀舞”只在1962年依靠村民的文化惯性而短暂恢复了几次。

（2）组织特征

随着各种政治运动的开展，许氏宗族作为封建遗留被彻底瓦解。原先对“大刀舞”等公共活动起组织领导作用的族长等乡绅阶层也被批判，都不复存在，取而代之的是集体化时代下的人民公社和生产队。这一时期，许村“大刀舞”开展次数不多。但许氏宗族在被取缔前，“大刀舞”的活动还是由许氏宗族组织。许氏宗族在取缔之后，“大刀舞”的活动由几个村民自发组织。

（3）经费来源

这一时期，宗族组织被取缔前，“大刀舞”的活动还是由族田、族产来出资。宗族组织被取缔后，族田、族产均被没收，使得“大刀舞”等民俗活动失去了开展的物质基础和经费来源。在宗族组织被取缔后的几次“大刀舞”活动开展中，其经费只能由村民自愿捐助。

3. 恢复发展期（1978年至今）

（1）社会背景

1978年改革开放后，中国的政治、经济、文化体制发生了一系列的变革。这对农村社会的影响是深远的。从许村的社会环境来看，政治方面，1982年许村公社和许村大队解体，成立了许村镇政府和许村村民委员会，基本上形成了“乡政村治”的政治格局，并保持着一定的上下级行政关系。在经济方面，随着家庭联产承包责任制的全面实施，农民的生产积极性得到激发，农村居民的收入和财富明显增长，农民的温饱问题得到解决。20世纪90年代以后，随着中国市场经济的进一步发展，工业化、城市化速度加快，以及身份证的实行和粮油票的取消，1993年许村出现了第一批外出务工者。文化方面，1977年后，全国掀起了真理标准大讨论，对传统文化进行反思，提出了批判、继承和创新的方针。改革开放后，许村众多民间传统活动开始复苏。但20世纪90年代初，随着市场经济的快速发展，以理性主义为基础的现代性因素不断渗入，以及外出务工的年轻人越来越多，使得许村众多传统文化又面临新的发展抉择。

（2）组织特征

改革开放后，许村一直想恢复“大刀舞”活动，然而许氏宗族组织的缺失使得“大刀舞”再次舞起遇到很多困难。直到1988年，在许村镇政府的支持下，才得以恢复。现阶段“大刀舞”活动由许村镇政府全盘负责并提供物质支持。“大刀舞”传承人负责大刀的制作，镇文化站负责演出人员的选拔、表演前的排练，以及请专家进行表演套路的设计等。各方面各司其职，关系融洽，配合默契，使“大刀舞”的每次演出都很成功。

（3）资金来源

据许村文化站站长吴宝明介绍，现阶段“大刀舞”的演出成本很高，特别是到外地演出，包括人员的劳务费、道具制作费、来回路费等，每次最少也要2万元。所以大型的表演只能靠政府提供资金支持。因财政有限，开展频率不是很高。另有村民许东林自幼爱好舞大刀，自学成才。他每年都会设计和创新各种各样的花灯，购买材料并进行编制。待完工后每逢正月十五、端午、中秋便会找一些邻居一起来舞大刀。不仅镇政府每年会给予一些补助，部分村民也提供支持和帮助。目前，许东林所编花灯在多次活动中获奖，在民间艺术方面有很高的成就，被文化站申报为“大刀舞”传承人。

（4）开展情况分析

改革开放初期，许氏宗族依靠族人和旅居外地的宗族子孙的有限捐款，将一度禁止的“大刀舞”等宗族祭祀体育活动恢复起来。20世纪90年代中后期，“打工潮”的出现，村中年轻人数量锐减，无论是村委会组织的体育活动，还是宗族祭祀体育活动的开展都受到影响。2002年，税费改革后，村委会的治村权利被削弱很多，村委会组织体育活动变得十分困难。为了解决缺人、缺钱的情况，村委会和许氏宗族常常采取土方法，即每户“出人不出钱、出钱不出人”的方法。2006年，建设社会主义新农村在全国农村展开。从这一年起，许村镇每一年都会在端午节和春节期间出资组织所辖的村落进行龙舟比赛和许村镇农村运动会，以丰富农村的文化生活。当然，市场经济因素带给许村体育生活的并非都是负面影响，如，春节期间，外出务工的村民回村后会聚集起来进行一些体育活动，除了打篮球、打乒乓球、舞板龙、舞大刀等村中经常开展的体育活动外，还有从城里学来的打台球、打羽毛球、投飞镖等现代体育活动。2003年，一个上海人在许村投资成立了许村旅游发展公司。这个公司为了吸引游客，希望开发一些体育旅游项目。在公司老总的说服下，20多个岁数较大留守村民组织成立了一个民俗文化表演队。该表演队与这个公司签订协议专门练习舞大刀、舞草龙、嬉花灯等民间传统活动，为游客表演或指导游客参与。现在此表演队在当地小有名气，还经常受到邀请到外地表演。2006年，农民体育健身工程落户许村。很多村民在茶余饭后利用工程所提供的器械进行体育锻炼。可见，一系列政治、经济、文化体制改革后，村民参与体育活动的规模虽有所减弱，但出现了新气象，即民间传统体育和现代体育共生、共融于许村村民的体育生活中。

（三）许村“大刀舞”的现代性特征

“现代性”是一个用来形容“现代”社会性质的概念。其最初意味着一种直线进步的观念，涉及文化、历史、社会等多个方面，反映现代社会中人的思想、意识和行为。它具有普遍性，渗透在人们生活的各个方面。对于民俗体育来说，现代性就是与现代社会相伴相生的现代人的民俗体育观念、意识和行为方式。许村“大刀舞”作为一个传承了将近150年既古老又年轻的民俗体育活动，必然也会深深地烙上现代性的标记，接受现代性的洗礼和浸染，在保持自身传统特征外（如集体性、传承性、类型性、依附性等），产生新的时代内涵。

1. 理性化和世俗化

理性化和世俗化是现代性的核心内容之一。古时人们习惯借助神秘力量来实现自己的愿望，通过各种仪式来与神灵相通，认为只要心诚则灵。随着社会生产力的发展，科技的进步，人们对自然的不断认识，许多神秘现象得以用科学加以解释，神秘主义的精神寄托逐渐被理性主义的实际行动所取代，人们相信依靠科学能主宰自己的命运，于是人类逐渐进入了理性时代。而世俗化主要用来形容在现代社会发生的一种变化，显示的是社会变革中芸芸众生的生活轨迹，表示人们关注现实生活的取向。许村“大刀舞”最早是为斩杀“长脚六”而产生的，是一种为了驱邪避妖的民俗活动，现在已延伸到以丰收庆贺为目的，这本身就是一种理性化的表现，表达了村民在活动中的一种美好愿望，这能使人们获得精神慰藉和行为动力。同时，在活动过程中的观众抱着追求“热闹”的心理，信仰成分大大减少，反映了“大刀舞”活动的进一步世俗化。现在表演“大刀舞”除了在乎它的精神安慰和激励作用外，也在乎它的现实利益，因此，随着社会的转型和发展，出于娱乐和其他实际利益的考虑，“大刀舞”活动表现的不再是简单的、盲目的信仰，而是理性的、世俗的追求。

2. 全球化和旅游化

广义的“全球化”泛指人类从彼此分割的多中心的国家社会逐步走向全球性社会的历史变迁过程。狭义的全球化特指20世纪以来，以全球意识为基础，以人类共同利益、共生发展为目标，以科技进步和经济发展为动力，在全球范围内展现的涉及政治、经济、文化、社会等各个领域的人类社会整体化、多样化、依存化、关联化的客观历史进程和趋势。[①]许村作为一个千年古村，在市场经济、20世纪90年代打工潮和近年来国内民俗旅游发展的影响下，全球化之风的吹拂使许村人的观念和行为都受到冲击，这些冲击在“大刀舞”等大型民俗活动上得到充分的体现。电视、广播、报纸和互联网使许村的人文民俗逐渐为外界所知，各级媒体也纷纷来到许村采访，政府也积极利用许村“大刀舞”等民俗表演来宣传自己，扩大了许村的知名度，以此为许村作旅游推销。从2005开始，连续派出“大刀舞”“板凳龙”等民俗项目参加徽州古城民俗文化节活动，获得各方好评；2011年参加了歙县民俗文化在澳门的展演，获得高度赞赏；最近许村“大刀舞”又入选亚洲青年运动会开幕式表演名单，据悉全国入选的民俗只有四项，许村“大刀舞”列入首位。全球化使许村“大刀舞”从原来的一种

① 文军.承传与创新：现代性、全球化与社会学理论的变革[M].上海：华东师范大学出版社，2004:88.

自在发生的地方民俗活动发展成为以利益驱动为目的的旅游文化表演。

3.民主化和功利化

新中国成立前的许村深受传统封建礼教、宗法制度和族权观念影响。宗族组织作为村落的实际掌控者负责组织“大刀舞”活动的全部过程。对整个活动的资源供应、组织管理以及奖惩措施等决策拥有绝对话语权，享有绝对的权威。因此，在“大刀舞”活动过程中有许多封建礼教的规定。如《许氏族规》规定女性禁止去祠堂和参加拜祖、祭祀等仪式，因而，“大刀舞”等民俗体育活动作为宗族仪式的一部分，只容许男性参加。女性作为阴柔、弱小的代表，很难参加这些显示族人力量和能力的宗族活动，所以女性只能作为旁观对象。而现在政府在组织类似活动时，都是本着自愿参与、民主的原则，没有硬性规定，女性也可以参与。虽然大刀由于过重，基本还是由男性来表演，但女性可以扮演一些敲锣打鼓的角色。改革开放至今，随着经济的发展，人民认识水平的提高，农村传统信仰的力量不断减弱。人们在进行“大刀舞”等传统民俗活动时，除了怀有一份祈盼丰收幸福的美好愿望外，还有一种功利的追求。像政府每次组织表演“大刀舞”都要耗费大量人力、物力和财力，其目的是要承担起传承本地古老民俗文化的责任，但更多的还是希望通过宣扬和展示许村特色的民俗活动，来达到扩大许村知名度，推动当地旅游经济发展的目的。

（四）许村“大刀舞”发展中出现的危机和发展建议

1.危机

通过对许村大刀舞传承人、文化站负责人、村民以及当地生活环境的深入走访和考察，我们发现大刀舞的传承与发展并不乐观，制约其发展的因素很多。首先，随着社会的变迁，经济的发展，生活方式的改变，越来越多的年轻人选择外出务工，整个村镇深受城市文化的影响，造成村民对传统的民俗活动兴趣不大，保护民俗活动的意识淡薄。其次，各种大刀灯、花灯的制作既费钱又费时费力，而且大刀舞还没有专门对外旅游表演，难以产生经济效益，表演经费主要靠政府支持，每次演出费用都要至少2万元。再次，当地环境的变化，如空中密布的各种电线，也使大刀难以挥舞出往日雄风。这些因素致使大刀舞传承出现困难，现传承人只有两人：吴文海和许东林。年纪较小的许东林也已经67岁，大刀舞面临失传。

2.许村“大刀舞”发展建议

随着我国城镇化进程的加快，农村社会生活逐渐向城市的现代化生活转变，一些旧民俗活动的消亡不可避免。许村“大刀舞”作为许村人在长期生活积累中创造出来的独具特色的民俗体育活动，其独立的文化模式和个性比较少见，应加以保护。

（1）挖掘整理

民俗体育同其他民俗文化形式一样，属于民族的精神财富。当地政府和学术界应致力于民间风俗及其文化底蕴的继承，对这些珍贵的文化遗产加以发掘、复原、记录保存和研究提炼。这种工作一方面需要科研工作者的无私奉献，另一方面需要政府的长期投入，包括必要资金、人力，甚至制定法规。另外，在对民俗体育的挖掘整理过程当中，应采取各种有效的传统和现代技术手段，切实做到保护工作的科学化。民俗体育属于行为民俗，传统的文字记录方式是不足以把民俗体育的方方面面保存下来的。因此，通过高科技我们就可以将民俗体育的每一个细节记录下来，最大可能地做到对民俗体育的挖掘整理、保存和展示。

（2）提高认识

民俗是民众的风俗习惯，它体现着人民群众的生活模式、行为模式和思维模式，在民众的日常生活中产生、发展、变异和消失。所以，民众的日常生活是民俗文化赖以生存和发展的沃土。因此，保护民俗体育乃至保持其可持续发展的根本措施，在于强化当地群众的民俗自觉意识，提高他们对本地民俗体育的认识。也只有当民众对民俗体育的认识提高了，他们才能主动自觉地继承优良的传统民俗体育，不断创造新的民俗体育，使民俗体育在社会的变迁中进行自觉的改造，保持旺盛的生命力。

（3）鼓励良性变异

社会的不断发展，自然地理生态环境的不断变化，使得民俗事项在传承过程中发生变异。民俗传承的变异是绝对的，但只有适应人民群众需求的、与时俱进的良性变异才是民俗文化得以生存和发展的正确途径；而那些不适应发展变化的旧民俗总是不断地消亡。因此，为确保民俗体育的可持续性发展，就必须鼓励和正确引导民俗体育向良性变异。

（4）构建以学校教育为中心的传承机制

学校是培养人才的地方，同时也是传承当地民俗文化的完整社区，在课程设置和教学内容中适当增加民俗体育方面的知识和技能有利于民俗体育的保护和传承。因此，我们应当构建以学校教育为中心的民俗体育传承机制，通过高等教育培养民俗体育方面的师资、科研人员，通过基础教育来衔接民俗体育的传承链条。

（5）探索产业化发展途径

全球化是世界发展不可逆转的历史潮流，它带给民俗体育的影响也是不可避免的。经济与文化的一体化发展已经被视为现代市场经济发展的三大根本趋势之一。民俗体育作为一种文化现象要想在全球化进程中得以生存、推广乃至国际化，就应当积极探索和培育其产业化的途径，走市场化道路。民俗体育的产业化发展在带给当地诸多经济利益的同时，能够有效地阻止世界体育文化的同质化发展，并有利于保持民俗体育的多样化。目前，许多民俗文化旅游的成功事例已经充分证明了这一点。

五、活态民俗体育项目——太平轩辕车会的流变

（一）引言

“文化生态”的理念由美国文化人类学家朱利安·斯图尔德提出，其目的在于“解释那些具有不同地方特色的独特的文化形貌和模式的起源”。文化生态大体分为地理环境、所从事的物质生产方式及所建立的社会组织

三个层次。

徽州位于安徽南部，拥有丰富的文化遗产，并且形成了独特的文化生态。徽州民俗是中华民族传统文化的重要组成部分，徽州传统文化传承对徽州地区生产生活方式的延续起到了至关重要的作用。在经济全球化的今天，以现代奥林匹克运动为代表的西方竞技运动，已经成为当今世界体育文化的主流。我国民俗体育文化在这样的主流文化强势统治之下，其传承形式日渐式微；或是为了迎合西方文化，随之异化；或是因习者甚寡，濒临失传。而处于“边缘文化”情况下的民俗体育面临的情况更为严峻。[①]尽管学界早已意识到对民俗体育文化的变迁与传承研究颇为重要，也作出了一些有价值的研究，但深入分析民俗体育变迁与传承问题症结所在的却较少。

列维·施特劳斯曾指出，人类学的发展史就是“一个的历史”，为了探析民俗体育的变迁与传承问题，研究人员同样要把握这个“一个的历史”[②]。本着历史研究的原则，本书选取黄山区较具有代表性的民俗体育活动——仙源镇龙山村轩辕车为调研对象，采用实地调查法、田野调查法、访谈法、文献资料法等研究方法，在民俗学、文化人类学、社会学等学科视角下，以轩辕车的传承与变迁为主线，探析其在不同时期的变迁情况，发现面临的问题并提出发展对策。

---

① 先小平.民俗体育的传承、变迁及发展对策研究[D].重庆：西南大学，2011：1.

② 先小平.民俗体育的传承、变迁及发展对策研究[D].重庆：西南大学，2011：1.

图4-19　对轩辕车传承人——项元林（右）进行访谈

（二）轩辕车概况、活动形式及动作技术结构

1. 轩辕车概况

黄山区地处中纬度南沿，属中亚热带季风温润气候，常年气候温和，四季分明，雨量充沛（年均降雨量1700 mm左右），年均气温15℃，年均日照1700小时，全年无霜期230天，是一个空气清新、山清水秀、气候宜人的优美山城。境内山脉纵横连绵，水系发达，素有“八山一水半分田，半分道路和庄园”之称，为农业生产和多种经营综合发展提供了有利的自然条件。

轩辕车是一种以独特滚车形式祭祀轩辕黄帝的习俗，也是一项大型的民俗体育活动。仙源镇历史悠久，唐朝之前称沙镇。唐天宝四年（公元745年）设太平县后，至1219年间一直为太平县城所在地。1964年，县城迁至甘棠镇。仙源镇是开展轩辕车的起源地。仙源镇位于黄山北麓距黄山风景区仅数十公里，历经千年岁月，历史文化积淀深厚，境内现存板石诗刻、麟凤桥等文化遗迹。据考证，以轩辕车为代表祭祀黄帝的习俗可追溯到唐朝，流传至今已经有1200多年的历史。相传轩辕黄帝在平定中原以后伐淮夷至江南，带来了以祭车为代表的先进中原文化。当地人尊称轩辕黄帝为“车公”。轩辕车祭祀不仅有广泛的民族情结和信仰，同时也有对民族生产力和文化的敬仰与推崇。

“轩辕车”道具工艺浑厚精美，表演技法精妙大气，活动场面气势宏大，民俗学价值和艺术价值丰厚。经千年岁月变迁，在政府的大力支持配合下，车会逐渐演变为集观赏性、趣味性、参与性为一体的大型喜庆集会，并走上艺术舞台。近几年，“轩辕车”被列为黄山市第六届“中国国际艺术节”开幕式表演节目并首次获奖，又参加了黄山区第一届民间艺术表演获特等奖，还参加了第九届中国黄山国际旅游节暨徽文化节黄山区分会场活动和第34届世界洲际小姐选美大赛活动。在黄山市“中国黄山国际旅游节”期间，大会组委会总导演在《人民日报》撰文，称赞“轩辕滚车”不仅是黄山市黄山区，而且也是全国独有的表演形式，是具有浓郁地方特色的民间活动，是非物质文化遗产中一颗亮丽的明珠。2006年入选安徽省非物质文化遗产代表作名录。

2. 轩辕车活动形式

活动内容分为几个步骤：洗车、祭车、出车（祠堂）、祭归（入库），每天活动时间没有限定，由大家一起商定。出车路线不固定，大街小巷，滚到之处家家户户披丝挂彩，放鞭炮迎接，是福气的象征。以前活动的时间定为农历七月十八到七月二十四。出车参加活动没有具体的流程，只有表演技法。活动结束之后要再次祭祀，然后把车放回村委会。

图4-20　轩辕车存放与保存地（一）

图4-21　轩辕车存放与保存地（二）

其表演形式独特，国内独一无二。滚车技法多样，精妙而大气，有“平滚”“夹篱笆阵”“飘反车”“发绕车”“拍绕车”“螺旋车”六大主要滚法，具有观赏性、娱乐性、趣味性。农历七月二十三、二十四两天是正车，街上观看车的人简直就是人山人海，除了街上让出一条两米宽的道，其他地方全部挤满了观众，方圆几十公里的百姓都前来观看轩辕车，场面很壮观。鼎盛时期多达几千名男女老幼同时看车。仙源古镇很早就有“七月二十四压断街”的俗语，形容观众众多。轩辕车与其他庙会祭祀活动相比多了一份神圣的信仰，充分体现了广大徽州村民的民族信仰。

3.轩辕车动作技术结构

轩辕车，各拥有八辆“火轮车”。车身圆形、木质（河边阔叶杨树），高八尺四寸，宽六寸。由大圈、子圈、车轴、幅条、头道档、二道档、短撑、木栓和铁镲组成；大圈两面漆黑底绘朱红色火焰图案（风向左右一致），子圈漆蓝底白花，铁镲保持本色，其余漆朱红，每辆车重五百四五十斤。火轮车白天在道路、街道、广场活动，凡能通车的祠堂、庙宇、商店和住户的门前都要滚到，以示降福祛邪。家家爆竹迎接，或给车披红，或杀公鸡淋血祭车。“车手”（滚车人）很多，均无报酬，过去参加车会的都是男性青壮年。一般是两人滚一辆车，技术高的则一人独操。

滚法有：(1)“平滚车”。车手两人一左一右，各以一手抓住车轴沿口，让沿口徐徐从手心滑过，掌握车的重心；一手扳车挡或推车轴。队形保持一条龙前进。(2)“夹篱笆阵”。隔一穿花，操作同前。(3)“飘反车”。一人一车。活动于广场，车在外，车手在里（靠广场中心）。车身朝里倾斜约四十度转大圆圈。车速如飘，反即“翻”字，因翻字不吉利，故名“飘反车”。(4)“发绕车”。一人一车在大街或广场上活动。车和人的位置同“(3)”，车身两边倾斜；左倾朝左前方滚，右倾朝右前方滚，走“之”字路。全靠车手及时扳、推车轴和车挡操作。因左绕右绕故名“发绕车”，车速越快，车身越稳。(5)“拍绕车”。一人一车，人在车后，车一启动，两手轮换猛拍车轮大圈离地两尺多高、绘火焰图案的地方。拍时手掌用暗力稍带上提兼推。拍左边，车头受震动向左倾斜约三十度，向左前方滚动，拍右边，车身右倾向右边滚动，车走“之”字路。(6)“螺旋车”。一人一车，两手操作头道档，车手在原地转圈，车身愈旋愈速，逐渐向里倾斜，从直立到倾斜约四十五度角；车手也由直立移步到半蹲移步。刹车时趁车速稍缓猛抓二道档将车就势竖直徐徐向前滚动。稍事休息又重复表演，表演区必须在广场。任何一种滚法都要注意车身上的火焰图案的风向。一辆火轮车500多斤。两人合滚一辆难度不太大，会的人也多；一人独操一辆，发绕车、拍绕车则需娴熟的技巧。螺旋车是一王姓人独创的滚车的技巧。这个王姓独创人是另一个传承人王国英的父亲，他是太平滚车的“车王”，名叫王观火，是滚车的能手。他创立了一种技法——飑车。老的飑车将近400斤，所以没人敢飑车。传承人王观火有点武功底子再加技艺精湛，所以每一出手均博得观众惊叹。绕车、螺旋车在广场表演时，车手和几千观众齐声呐喊助兴。锣鼓、鞭炮声震天动地。

每年农历七月十八日“洗车”，将车从庙里请出洗净浸泡；十九日“落地车”试车试路，会首给每辆车披红；二十一日“正车”，先在轩辕黄帝塑像前焚香、烧黄表纸、放鞭炮，出车上路（路线是固定的）；二十三、二十四两日“正车”；二十四日傍晚“祭车”，会首焚香烧纸外，杀一只公鸡将血淋在每辆车上。然后“收车”进庙，这一届车会结束。庙外滚车，庙内唱戏。日场戏车不进庙，戏不散锣。七月下旬正值农闲（只种一季稻），文化生活贫乏，方圆几十里的男女老幼都来看车会。俗语“七月二十四压断街”，形容观众之多，车会盛况带来了商业繁荣，不仅本镇商家的生意兴隆，且四处商贩云集、百货俱全。

随着时代的变迁，车会逐渐演变为集观赏性、趣味性、参与性为一体且具有健身娱乐功能的大型喜庆集会。

图 4-22　轩辕车活动表演（一）

图 4-23　轩辕车活动表演（二）

图 4-24　轩辕车活动表演（三）

图 4-25　轩辕车活动表演（四）

（三）轩辕车流变历程

轩辕车是以祭祀轩辕黄帝为主题的民间社火集贸大会。活动的主要区域分布在黄山区仙源镇仙源村、麻村和甘棠镇大屋村和凤凰村一带，活动的主要辐射边缘有三口、谭家桥等周边乡镇。千年来，这些地方以农业为主，商贸活动十分繁荣，为太平县的中心，老县城街巷纵横、曲径通幽。清朝时，街宽五米，石板用鹅卵石铺面，店面、作坊鳞次栉比，屋宇整齐，城内已形成直街、横街、后街，巷弄有城弯巷、天官巷、黄家街、郑家巷、方家巷、周家巷、黄粟巷、崔家巷等二十余条。过往人群和常住人口众多。历史文化积淀深厚，境内现存有麟凤桥、板石雕刻等文化遗迹。

轩辕车作为典型的民俗体育活动项目，历经千年，在社会变迁中起伏兴衰。从历史的角度看，轩辕车可以追溯至唐朝，尤其在清代徽州商业的助推之下获得了快速的发展，但近现代由于中国社会结构发生了重大变化以及徽州商业的衰落，对轩辕车活动产生了一定的影响。通过文献资料法及访谈法，轩辕车会历史流变过程主要分为新中国成立前、新中国成立后两个阶段。

1.新中国成立前

（1）轩辕车活动的参与人群特征

新中国成立前，仙源镇龙山村是一个聚族而居的宗族制社会，族内的大小事务均由族群来组织实施。轩辕车活动作为重要的宗族事物之一，能参与轩辕车活动的人员都是本村族群。参与表演的人数不固定，少则几十人，多则数百人，年龄不限，职业不限，但只容许男性参与。

（2）轩辕车活动的组织和传承特征

在宗族制社会背景下，仙源镇龙山村轩辕车活动的开展由轩辕车会具体组织和落实。轩辕车会会长负责管理轩辕车会的整个活动，包括车的保存、车的维修、资金的筹集、表演人员的服装、活动时间和路线的安排等。一般来说，轩辕车会会长由宗族族长和辈分高者担任。轩辕车的传承人专门负责表演前的排练工作，包括衣服搭配、车子滚法、音乐器械、表演仪式、脸谱化妆等。活动期间，会长及传承人起主要作用，实行层层负责制，分工明确，以便于管理。

轩辕车的传承以自发传承和自然传承为主，较为随意。参与者皆为民间艺人，不入仕流，相关的文献记录较少，无文字可考。车会的传承主要包括仪式过程、制作工艺、滚车技法三个方面。仪式主持人负责人员组织、活动安排以及主持仪式，他多为村中德高望重的老者。仪式过程通过自发观察、口口相传的方式传承，没有明确的传承脉络。制作工艺主要通过当地工匠自然传承。仙源的木匠、铁匠对滚车的制作都烂熟于心。学徒期间，木匠和铁匠就要学习相关构件和结构的设计制造。滚车技法的传承比较正规，有自发传承、家族血缘传承、父子之间和亲戚之间相互学习传授，技法高超的艺人可以授徒，但没有严格的师徒关系。民国时期的“滚车王”王观火（1912—1994年），有武艺功底，滚车技法娴熟，自创“螺旋车”，收徒有近百人。其子名叫王国英，与王国英同时期的车手还有王长生、项元林等人。这几位车手都是“轩辕车”的传承人，熟知“轩辕车”的洗车、祭车、出车、祭归等程序，了解其发展渊源、车轮制造工艺和滚车技法等各方面内容。

（3）轩辕车活动的经费来源

车的制作及活动的演出需要一定的经济开支，其资金来源主要是来自轩辕车会的会员捐助、香火钱、民间资助等，会员都是根据自家的经济状况自愿提供，多少不限。

（4）轩辕车活动的参与过程与动机

自唐天宝年间太平设县以来，仙源、甘棠一带就一直有以“车公大会”的形式来纪念轩辕黄帝的民俗。新中国成立前，仙源镇龙山村一直传承着，当地人又称之为“滚车”（新中国成立后“滚车”被称为“轩辕车”，“车公大会”被称为“轩辕车会”）。“滚车”实际上是一种祭祀黄帝的古傩舞。滚车表演以涂满鲜红色彩的大车轮为道具，以力与美为主要表现形式，配有江南民间舞蹈、器乐、傩面具及文身涂彩装饰，场面气势宏大。火轮车白天在道路、街道、广场活动，凡能通车的祠堂、庙宇、商店和住户的门前都要滚到，以示降福祛邪。洗车前先在轩辕黄帝像面前许下信念。当地百姓非常虔诚，每一个祭拜的人都恭恭敬敬。祭祀的任何一个环节都缺一不可，任何一个细节都不能松懈造次。祭拜地点在“车公殿”，时间是上午八点钟。祭拜结束后，才可以把车滚到街上去，八部车子出去的时候就像一条龙，街上路两边看的人一个挨一个，车子到了广场开始玩花样。车子所到之处，家家放鞭炮迎接或给车挂彩，祈求健康、降福驱邪、农业丰收、风调雨顺等。

2. 新中国成立后

（1）轩辕车活动的参与人群特征

新中国成立后，历史的原因，“轩辕车会”停办了（只1950年举行过一次）。1981年，原县级黄山市政府组织安排人员对“轩辕车会”进行采风，收集了大量的素材，记录了“轩辕车会”的活动内容和过程。2003年，基本恢复了“轩辕车会”的面貌。目前，参加轩辕车表演的人数依然不固定，年龄不限，男女都可以参加，参加表演的人数多达3000人。参加者没有职业限制，自由参与。依然还是八辆大车，大的有四百多斤重，小的有二百多斤重，不过又出现了数量不限的小车。

（2）轩辕车活动的组织特征

改革开放后，轩辕车会逐渐恢复。轩辕车活动由镇政府领导，龙山村来负责组织，村民自发参与。镇政府委托龙山村委书记、村主任和传承人负责组织整个活动的开展，包括活动内容、资金筹集、表演人员和时间安排等。有时还以演出的形式出现，先后参加了第六届黄山国际民间艺术节、第八届黄山国际旅游节、环球洲际小姐大赛、中国武术非遗大会等，同时中央和省级媒体进行报道，提高了知名度，进一步宣扬了轩辕车会文化。当前，轩辕车活动的整个过程由传承人项元林老人负责演出前的一切准备工作。

（3）轩辕会车活动的经费来源

现在的轩辕车活动规模较大，所需的资金比前期要多。每次活动大约需要10万元。资金支持是轩辕车活动顺利开展的重要影响因素之一。一般情况下，轩辕车活动的费用主要来自政府、企业以及本地做生意人的赞助。参加车会的表演人员在活动时也会得到相应的经济补助。

（4）轩辕车活动的参与过程与动机

从2003年开始，黄山区人民政府、黄山区文体局安排资金，组织人员，聘请专家对“轩辕车”进行了系统性深度挖掘和整理，购置了相关道具，基本恢复了“轩辕车”的面貌，培训了人员队伍，组织了农民民俗表演队。然而，目前场所、经费、人员等诸多问题日益凸显，特别是参与滚车表演队伍的大都是青壮年农民，他们在练习滚车技法时需要投入大量时间，长时间练习又没有相对高的收入，使得一些练习者离开了表演队，队伍中出现了人员老化、后继无人的现象。同时，现有八辆火轮车和表演的山越服饰破损严重，有的车轮已严重变形，无法用于活动开展。上述问题已严重影响了农民民俗表演队的稳定性。

不过，改革开放后，村民参与轩辕车活动的动机发生了很大改变，不仅仅祈求健康、降福驱邪、农业丰收、风调雨顺，而且还呈现出以下几个动机：加强全村和全族人的团结和协作；在活动中，人的心理压力得以释放；维系上一代和下一代的文化承袭；完成一种文化知识的教育和传播；它对人的道德、人格的教育和感化作用。

（四）轩辕车活动发展面临的危机和对策

轩辕车活动有着悠久的历史，是一项集健身性、艺术性、欣赏性为一体的大型民俗体育文化活动。然而，当前轩辕车面临着一个保护、传承与创新的问题。令人忧虑的是，轩辕车的传承后继乏人，目前轩辕车的传承人都已八十多岁了。为了科学地保护轩辕车，黄山区政府成立了相关组织，制定了五年保护规划，重点保护轩辕车传承人。如2003年黄山区政府投资20万元资助轩辕车活动参加了第八届黄山国际旅游节等文艺表演。仙源镇政府也给予了很多的关心和支持，甚至将轩辕车活动引入当地学校的课外活动和体育课中，但是，社会环境的改变使得轩辕车的发展面临着危机，如村民们对轩辕车保护意识的淡薄、年轻人外出务工、参与者缺少练习时间、组织和训练缺少资金等原因都制约着轩辕车的传承与发展。费孝通先生提出“文化自觉”，即指生活在一定文化中的人对其文化有“自知之明，明白它的来历、形成过程、所具特色和它发展的趋向。自知之明是为了加强对文化转型的自主能力，取得适应新环境、进行新时代文化选择的自主地位。[①]如何培养轩辕车活动的文化自觉，进行有意识的传承，这是当前应解决的问题。

1.提高当地政府和村民对轩辕车活动保护和开发重要性的认识

这是一项长期的工作，也是短期内见不到效益的工作，更是一项复杂的工作。当地政府要提高认识，重视和加强对这项工作的领导；要充分利用节庆活动，对当地居民广泛进行轩辕车保护和传承教育，提高他们对轩

① 费孝通.人类学与文化自觉[M.]北京:华夏出版社,2004:118.

辕车活动等民俗体育文化进行保护和传承的重要意义的认识。

2. 制定相关保障制度

为使职能部门和当地居民在开展保护和传承工作中就财政支持、传承人培养、物质保障等方面有法可依、有章可循，依据国家相关的法律条文，建议区人民政府组织制定《黄山区民俗传统文化保护和开发管理办法》，并由区人大常务委员会议通过。作为地方性法规，供有关部门依照实施，使黄山区民间传统文化的传承和保护工作能有效开展。

3. 财政支持

开展民俗传统文化的保护工作即复杂又艰巨，需要动员大量人力、物力和财力资源，为了正常、有效开展这项工作，建议区政府将轩辕车等黄山区民俗传统文化的保护经费纳入财政预算，拨付职能部门开展工作。

4. 信息及网络宣传

组织专家和其他专业人员对轩辕车活动再进行一次全面调查，摸清家底，对动作技术环节进行详细记录，建立影像和文字档案，并建立信息及网络宣传平台，争取申报国家级非物质文化遗产名录。

5. 传承人的保护与支持

要有目的地保护轩辕车传承人，为他们创造和提供一些必要的活动条件和环境，使他们既能展示自己，又能传、帮、带，传承和弘扬轩辕车传统文化。

6. 鼓励轩辕车文化的产业开发

鼓励支持旅游企业在当地旅游项目开发中重点开发轩辕车传统文化，增加旅游内涵，提高观赏档次。文化、旅游部门应积极参与旅游企业的规划，支持企业开发，建成轩辕车旅游文化产业链，争取保护与开发并举，经济与社会效益双赢。

六、消亡态民俗体育项目——王村武术板凳花的“典守”与“失落”

恩格斯曾经说过：“一个民族要想站在世界的最高峰，就一刻也不能没有理论思维。”文献资料揭橥出武术的研究已很久远，并取得了丰富的成果。

徽州系理学故里，以“东南邹鲁”著称于世，理学对徽州地方文化的影响无处不在，徽州文化思想都归于这一中心。正因此，徽州文化才被学界誉为中国三大显学之一。从文化的特征而言，“习文”和“尚武”这两大文化在徽州文化中得到融合，如车之两轮、鸟之双翼，共同推动徽州文化的发展。遗憾的是，徽州武术在历史的发展中已经处在消亡的边缘，今已有人对其整理和恢复，但这一工作还没能建立在原真性的典守之上。那么历史上徽州武术生命自珍的“公言”是什么？它慎独着什么典守而得以传承？它的风采给民族带来了什么骄傲？今天又是什么驱使它步入消亡的边缘？上述疑问尚未完全澄清，徽州武术有进一步研究和正确认识的必要，以帮助我们更进一步展示徽州武术这一民族瑰宝，构建中华民族的精神风骨和力量。为此，研究从理论、实践和历史三个层面辨析、寻绎徽州武术的风骨，继而探讨它在今天失落的原因。

（一）王村“板凳花”的形成与演进

历史的发展证明，每个族群的形成，都离不开它所置身的客观环境的造就，任何地区、任何文明的演进都离不开“文化”的侵染，同样板凳花的文化昉起也是如此。其产生不是偶然的，它关联着徽州自然环境和徽州文化“圣”“经”的特性。

王村的地理环境十分独特，四面环山，地处歙县南部、新安江畔，距黄山市中心城区10公里，与“花山谜窟”隔江相望，自然环境较为封闭，自古是躲避战乱的好地方。王村历史久远，早在“黄巢起义”中，有大批的中原居民为躲避战乱而大举南迁至徽州，王村的先民正是在这一时期从中原南迁而来。王村的板凳花亦历史久远，虽无文献记载，但据其传承人介绍，板凳花滥觞于唐代，是王氏祖先从中原带入徽州的，前名为“少林拳”，“少林拳”的具体内容已经无法考证。由于自然环境封闭、山多地少等，村民为争夺生存资源而时常发生斗争，少林拳传入徽州王村后，得到很大发展。徽州多山，板凳是社会生活中常见的用品，少林拳与板凳的结合使用展现了板凳花文化的民间性特征，两者结合逐渐形成地域特色的武术-板凳花。后期，徽州一家一族、一族一村的社会将博取科举功名作为家族发展的根本动力，板凳花自然与武科举结合，成为训练的重要内容。自唐代至明清，随着徽州历史文化的发展，板凳花逐渐演化且日益丰实，成为王村社会生活中的符号。一种文化往往是所处时代的衍生物，然而，板凳花这一宝贵的文化财富在进入21世纪后在徽州已经基本消失。

（二）徽州板凳花的典守

1.德艺双修的风骨与赋格

学者邱丕相在《武术在国际传播的历史现状与未来》一文中说道，武术振兴的源头是文化。①故此，武术-板凳花的文化价值在于对传统文化的代表作用，通过对武术-板凳花的解构能够有助于人们了解传统社会的价值取向和人伦关系，从而为传统文化在当今社会的价值凸显奠定基础。而这一切清晰的表现在武术-板凳花练习者所需遵守的“门规戒律”：

一是“不可轻德”：为武之道，以德为本，要有好的思想品质。爱国爱民，益世报国，这是武术给予社会的绳趋尺步的准绳。

二是“不可忘义”：“义”不单单指朋友友谊，更指受仁施仁服田力穑之风，“人人为我，我为人人”，“社会爱我，我爱社会”，感恩社会。

三是“不可逞斗”：习武不是为了张扬武技，而是为了修身养性，效法尧舜，使“成己、成仁”的思想境界日臻完善。逞强好斗，必遭社会唾弃，没有一人可以善终，不会获得社会的尊重。

① 邱丕相，郭玉成．武术在国际传播的历史现状与未来［J］．体育学刊，2002（6）：59-62.

四是“不可欺人”：欺人如害己，“诚实”“守信”是社会的基本原则。习武者要给社会的收身为正的传扬作一机杼，发挥排头兵的作用。

五是“不可吸烟酗酒”：武术修炼追求的是强壮的身体，吸烟酗酒不单危害身体而且会影响环境、影响人的发展。要摒弃“坏时尚”，不要让外界的一些不良行为成为我们健康的羁绊。

六是“不可赌博”：赌博是精神鸦片，武学的修炼是身体和精神上的双重提升，一个追求精神境界提升的人，是不可以去赌博的。告诫习武者沾染赌博会失心丧志、家破人亡。

七是“不可不勤”：三天不唱口生，三天不练拳生。拳不离手，勤学苦练，才能学成好武术。告诫习武者“业精于勤、荒于嬉，行成于思、毁于随”。

八是“不可戏色”：武，本就是义和善的化身，要求习武之人不但要做到自己“不可戏色”，并且如果遇到“戏色”这种情况，要上前去制止，给社会主持正义。

九是“不可不仁”：仁义是习武的核心，一个修炼武术的人要明白“己所不欲，勿施于人”之理，遵循“上善若水，厚德载物”义理之道。

十是“不可不礼”：习武者应举止庄重。与他人之间应以礼相待，谦虚诚恳。不能衣装不整，体态不端，出口不逊，得意忘形，败坏德行。告诫习武者要打牢精神操守与修为。

以上十个方面既是“德艺双修，文武并进”的细化表述，更是板凳花武术文化价值本旨的义理体现。一屋不扫何以扫天下，这些细化的准则旨在塑造武者“德精艺厚”的“挺拔”形象，与传统文化以“德”为核心的育人宗旨殊途同归。而今这一标准也成了社会主义核心价值观的主体内容，因此对武术-板凳花文化内涵的解析也为理解社会主义核心价值观，为弘扬社会主义核心价值体系做出了贡献。犹如学者王新生曾说，所有的人类思想和价值观念都是历史性的，是将来必然的形式和落脚的原则。①

① 王新生.马克思哲学的历史主义根基：遗忘与重建[J].吉林大学社会科学学报，2009，49(2)：85-94.

2. 文武并进的会理与担当

在徽州历史上，所有习练者的圭臬——精研技艺、恪守武德、文武并进、保家卫国。这些共性的认知经岁月积淀，镌刻为板凳花习练者世代传守的准绳，是历代传承者守身的精神自觉与追求，历经沧桑，形成规矩，被广泛提倡，并予以升华，成为板凳花文化的典守特征和根基。板凳花享受着徽州文化的哺育和养护，道着为何与何为的己立立人、己达达人的处事准则，守着文武并进的育才标准，揭示出它的发展与地方社会文明的进程如影随形，相伴相生，是徽州文化内涵的体现。

文武并进的主张是一个连贯的价值谱系，明清是徽州科举选仕的兴盛时期，铺开了实现文武并进价值追求的通途，武术-板凳花的功能在这一价值追求下得到凸显，并在徽州大地上催生出诸多文武双全的栋梁之材。文武并进与今天的素质教育道理相通，德艺双修与今天的德智体美劳全面发展一脉相承。“质胜文则野，文胜质则史”的现实难题在徽州文化中得到了完美的解决，而徽州武术-板凳花则是纠正“文武失调”这一“症状”的良药，促使徽州大地成了“文质彬彬君子”的“产地”。恰如王新生所说，武术以文化人的方式，聚集起有价值的东西，有助于正德，有助于物质的丰富，有助于精神的提升。①

文武并进、德艺双修是徽州武术的精神底蕴及存在的“元典”。它与社会价值观的生成、社会建设发展之间有着必然的内在联系，值得我们挖掘、阐释、创新、升华而为当世而用，基于文化的延续性将其作为社会主义核心价值观的基础，改变当今一些德艺失衡的现状，促使社会和人的和谐发展。

（三）徽州板凳花的当代“失落”

板凳花在徽州传承了一千余年，21世纪中叶以后逐渐衰落，进入21世纪，它在徽州已经销声匿迹。时间失而不返，它带走了壮景，留给我们的

① 王新生. 马克思哲学的历史主义根基：遗忘与重建[J]. 吉林大学社会科学学报，2009，49(2)：85-94.

只有王村散在的板凳花文化遗迹和如峰的圣典，在惋惜和感慨之余，我们只能从故纸的围迫中对它的失落进行小结。

学者梁漱溟曾言：“文化并非别的，乃是人类生活的样法。”这一论断道出了不同的文化环境、生产方式与价值观念应是文化生成和流变的基础和原因。历史上的徽州板凳花借助武学实践演绎着传统的伦理标准和行为准则。应该说，王村板凳花显现了王村人的生活样法，表明了王村人崇武尚强、保家卫族的宗族意识，也表明了板凳花在这一文化形态下的功能。据此，可看出板凳花的发展与社会的需求之间的直接联系，社会文化既赋予了它强大的生命力，又确保它可获得广泛的群众基础。同时，梁漱溟也解释，在文化异化的今天，价值思想的转换是它面临消亡的主要因素。时代的变迁改变了原有的生存文化生态，文化得以存在的基础已经完全消失，这正是徽州武术大厦不复辉煌的根本原因。

七、边缘态民俗体育项目——石川跳旗的流变

（一）跳旗民俗项目概况

1.石川村基本情况

徽文化底蕴深厚，民间艺术源远流长，民间活动异彩纷呈，尤其是古徽州民间艺术瑰宝伏岭徽剧更是传承了几百年之久，流传久远，影响力之广，实属中国罕见。当地特色民俗文化丰富了人民群众的精神生活，对构建和谐社会有着不可替代的作用。绩溪县伏岭镇是徽文化发祥的中心区域，因此在伏岭地区形成了丰富的民俗文化形态，包括伏岭“舞狪”、湖村的“秋千抬阁”、石川的“跳旗”等。

近些年来，伏岭镇十分重视徽文化的发展和传承，投入大量的资金和精力，对传统民俗文化进行挖掘和抢救。加之，伏岭人民对地方优秀艺术的热爱，更是促使当地形成了浓厚的民间艺术氛围，伏岭镇于2009年获“中国民间文化艺术之乡”殊荣。

绩溪县伏岭镇石川村下设3个党支部，截至2007年底共有党员62人，辖4个村民组，609户，2086人。全村共有耕地1830亩，山场8562亩。该村有专业蔬菜种植合作社1个。该村目前正在依托清凉峰专业蔬菜种植合作社，结合本村实际，大力发展大棚蔬菜种植产业，走效益农业的发展新路。

2.跳旗活动开展纪实

跳旗是船会活动的一部分，是在船会的最后一天进行。石川村的船会就是以“张巡守淮阳”的故事为题材进行建构，期望达到感恩先烈和宣扬正气的目的，一直以来这一活动的开展得到了广大群众的认同和支持。跳旗，就是擎着大旗赛跑。大旗五面，旗杆长约三丈，旗子长约一丈五尺，宽约一丈，用几十张加料绵纸拼凑而成，在每张绵纸衔接缝的中间要衔上挂绳（挂底线），在旗子粘连到旗杆上时，挂绳头要紧拴在旗杆上，这样旗子就牢固在竿子上了，趁风时不致被撕下。大旗分东南西北中五隅，这五面旗在跳旗的时候是不打开的（因为打开了，趁着风，太重）。旗的三边另贴有旗边，这旗边也有五种颜色，即东隅青，南隅红，西隅白，北隅黑，中隅黄，以此作为五隅区分的标志。在很早以前，这五面旗子代表五位帝君，所以要分别画上五位帝君的神像。随着时代的演变，慢慢地，旗上图案开始演变，不再局限于画五帝神像，有的画一些历史人物，有的画花鸟走兽，有的干脆不画了，涂上一些颜色即可。

跳旗，以石川村村头为起点，跳到祭旗坛，中间分为七波，每隅有七位选手，还有两位护旗手，都是些年轻力壮的男子。一长者挥动令旗，一声锣响，东隅大旗起跑，当东隅大旗跑到第二波时，第二声锣响，南隅大旗起跑，当南隅大旗跑到第三波时，第三声锣响，西隅大旗起跑，北隅、中隅也以此类推，接力赛，一波交给另一波，许多看热闹的人在路两边喝彩鼓掌加油。

跳旗最精彩的一幕就是在东关帝庙往下十几米处，那里左边的路上有一棵青紫籽树（与青冈栗类似的一个树种），树干比水桶还要粗，四季常青，在树高处长出一横枝伸向田边，像是巨人伸出大手臂横在路中，擎着大旗很难通过。所以旗手跑到此树前，要将旗向右倾斜六七十度，随着飞快的步伐一跃而过，没有相当的臂力和速度是难当此任的，所以每当旗手擎旗一跃而过的时候，就会赢得无数观众的喝彩，掌声雷动。旗手跑到祭旗坛后，就会把旗杆捆扎在事先固定的木桩上，上午事毕。

图4-26　跳旗活动使用的旗

下午是祭旗仪式，和尚大师傅最为忙碌。他在祭坛上打鼓、念经，旗手们擎着旗子待命。当和尚宣布东隅大旗出场时，鞭炮声、锣鼓声大作，东隅大旗手先擎旗在坛内跑三圈，把大旗打开后，再跑三圈，这时旗手是很费劲的，因为旗子会随着大风飘动，没有一定臂力是擎不起扶不稳的，东隅大旗跳好后，南隅大旗照样跑，西隅北隅中隅也按次序照样跑。和尚大师傅宣布杀猪宰羊，把猪羊肉洒在五面大旗上，再跳几圈后跳到坛外，把旗在杆上扯下，旗子烧了，杆子留下，下次再用。至此，整个一天的跳旗和祭旗活动就全部结束了。

（二）石川村“跳旗”的流变历程

跳旗作为伏岭镇石川村历史最悠久、最典型的民俗体育项目，也在随着社会形态的变化而兴衰起伏。根据其流变可以从纵向的时间段上划分为两个阶段：自在自发期；边缘期。并从跳旗活动本身的形式和内容以及参与者心理状态的变化三个方面进行时态的前后比较，以此来了解跳旗的边缘化历程。

1. 自在自发期

跳旗从南宋开始，经明清，一直延续至今，形成了一套完整的民间游艺项目，保存着几百年来特有的民间艺术风格，成为绩溪民间艺术的一道亮丽的风景线。石川村是一个封闭、稳定、连续的典型徽州古村落，深受封建思想、宗法制度和族权观念的影响。古徽州地区一直流传着这样的传统，女性禁止去祠堂和参加拜祖、禁止参加祭祀等仪式。因而，在这一时期的跳旗活动作为祭拜神灵的宗族仪式是纯男性参加的活动，以纪念五帝为主题，显示技艺，增强节日气氛，烘托祥和氛围。

图4-27　五帝庙

徽州聚族而居的特征，不仅增强了徽州同姓血缘家族的凝聚力，而且由血缘而地缘，形成了浓郁的乡土观念。在过去的传统社会中，村民们的生存能力低下，各种不确定性因素（如战争、自然灾变、疾病等）对村民们的现实利益影响很大。生产、生活的家庭单元化，村落处在自给自足的以农耕经济为主体的日出而作日落而息的传统生活方式中，这种松散的自然状态难以应付外界各种突发情况，需要集体性的活动来统合和凝聚村落中的松散群体。在石川村过去的宗族社会中，这种类型的活动包括家族性的祭祀、船会、跳旗等。家族长辈和大户人家对船会、跳旗等传统活动最为积极，大户人家的经济投入对传统体育的发展起到了积极的推动作用，传统体育在凝聚族群、构建社会网络、稳固村落中起到了巨大的作用。在以前，跳旗活动是当地七天船会活动项目之一，船会活动一直保持着每两年开展一次的频率，在当地深受村民的拥护。七天船会是当地最为盛大的节日之一，而跳旗则是这七天船会的最高潮。

2.边缘期

新中国成立以后，我国进行了大规模的社会主义改造。人民公社时期，明令取缔乡绅阶层和宗法制度，村落的治理模式、权利体系发生了转换。经过政府倡导的大规模的农田改造，增加了一些田地，村民的生活有了一定的保障。但人口增加更快，经济模式的改变对村民生活质量的改善效果十分有效。此外，在这一时期，集体经济虽然效率不高，但村民的劳作任务却很繁重，村民一直处于紧张的劳作状态中，很少有自由活动的空间和时间，村民的社会文化生活枯燥、单调，客观上决定了难以培植出丰富多彩的文体活动。船会活动的开展情况为这一时期的变化提供了佐证。在这段时间内船会活动由原先的两年开展一次，变为4年、5年，甚至更长时间才开展一次，最终使得跳旗等一些传统的民俗项目沦落到青黄不接的境地，当今的传承困境和当时的情况有直接联系。

1978年后，中国社会进入了改革开放时期，中国的政治、经济、文化体制进行了一系列的改革。20世纪90年代以后，随着中国市场经济的进一步发展，工业化、城市化速度加快，以及身份证的实行和粮油票的取消，1992年石川村出现了第一批外出务工者，随后大批年轻村民进城务工，村子中基本上都是留守的老人和儿童。随着市场经济的快速发展，以理性主义为基础的现代性因素不断渗入，以及外出务工的年轻人越来越多，跳旗再次受到冲击，使得石村民间传统文化的传承情况雪上加霜。外来文化的侵入与传统文化抢夺生存空间，加速了传统文化的消亡。外出务工的村民回村后会聚集起来进行一些体育活动，除了打篮球、打乒乓球会经常开展的体育活动外，还有从城里学来的打台球、打羽毛球等现代体育活动。在新的文化和生活方式的冲击下，像船会、跳旗这些有着悠久历史的民俗传统文化逐渐被人们忽视。在过去的20多年里，跳旗活动一共就进行了一两次。在调研过程中，通过对当地村民的走访和询问得知，目前在石川村，跳旗活动的传承人只剩下一位，而现在较为年轻的一些村民几乎都没有实际参与过这些活动，他们只是通过一些长者的介绍了解了一些，所以目前在石川村，跳旗、船会活动已经接近消亡的状态。

（三）石川村跳旗发展存在的问题与建议

1.跳旗活动发展存在的问题

（1）传承人出现断代现象

现代经济的发展已经打破了以农耕经济为主的单一经济模式，村落经济结构呈现多元化发展，年轻力壮的一代纷纷外出创业打工，留守田园的大多是年迈的老人和尚无劳动力的孩子，村落社会结构发生了重大变化。外出打工的年轻人有更多机会接触到大城市的现代文明，传统文化意识逐渐淡薄，对于村落民俗信仰仪式中的原生态民俗体育的了解热情和兴趣降低。目前在石川村，跳旗活动的传承人只剩下一位。由于民俗体育大部分属于行为民俗，其传承方式主要是通过老一辈对年轻一代“言传身教”。而作为民俗体育传承中流砥柱的年轻一代，在社会变革中开始走出村落，走向城市，人员的流失导致失去了文化的传承主体。

（2）大众娱乐的兴起

从20世纪80年代中期开始，随着农民生活水平的提高，大众传媒和大众文化逐渐在农村兴起。据调查显示，电视机已经在石川村普及，并且一些家庭还陆续添置了录音机和录像机等家电。观看电视节目取代了传统的娱乐方式，加之，西方体育运动的进入满足了人们的运动、交流需求，削弱了跳旗、船会等活动的价值。

（3）市场经济的冲击

随着农村经济改革，农产品的商品化和市场化程度越来越高，石川村村民的生产生活已越来越被商品化并整合进市场经济体系之中。这也导致了农业生产的地位和比重在村民心中显著下降，非农产业在村民生活中占有越来越重要的地位，村民的消费和支出越来越多地依赖于非农产业收入。随着市场经济的发展，货币已成为满足村民生活必需品等支出的主要方式，村民的价值观念发生重大的改变，传统意识开始淡薄，家族观念和责任感也开始淡薄，与市场经济相适应的新的价值观念开始主导着村民的思想观念。

2.跳旗活动发展问题解决建议

（1）传承人发挥主体作用

对民俗体育的保护不光是政府的事情，还可以通过教育、引导、培养等方式培植和扩大受众面，从主观上增强人们对跳旗活动最原始和新生形态的包容和认知。另一方面政府要切实从政策、资金和人才等方面给予扶持，要鼓励他们学习和传承民间文化。对一些保护和传承民间文化做出贡献的个人和单位，要进行表彰和奖励，要营造一种保护和传承民俗体育的良好人文氛围。

（2）政府出台扶持政策，促进石川村跳旗发展

近几年国家把农村工作放在重要的位置来对待。在这个背景下，国家加大了对农村社会事业的投入，增长的资金主要增加在农村的社会事业发展上，特别是政府在加强文化基础设施建设、发展各类群众文化、扶持老少边穷地区和中西部地区的文化发展等方面制定了不少扶持政策。伏岭镇政府于2009年为跳旗、船会申报了省级非物质文化遗产。2012年3月24日，省级非物质文化遗产“游龙舟、抬五帝、跳旗”授牌仪式在伏岭镇石川村举行。这为跳旗活动的恢复起到了很好的促进作用。

（3）发展村落旅游，求得跳旗活动的可持续发展

石川村具有丰富的传统体育项目，可借用传统体育来推动村落体育文化的发展。当前国家在大力挖掘、保护、发展民族传统文化，石川村应在充分利用民族传统文化上做足文章。村落民俗体育对自然资源的依赖不大，普适性强，传承久远，是村落居民传统意识的依赖。石川村可以借助发展村落旅游的契机，将参与性和观赏性强的传统体育项目（包括跳旗）作为文化旅游资源开发的重点，运用文化旅游和文化节，以旅游带文化，以文化促旅游，共同来促进村落传统体育的传承，也将会促进村落体育的可持续发展。跳旗活动，它不仅有利于民族精神的凝聚、民间文化的传承，还对精神文明建设工作有推动作用。

第五章　徽州民俗体育社会价值和发展路径研究

一、徽州民俗体育社会价值

（一）徽州民俗体育有利于当地和谐社会环境的构建

徽州民俗体育无论在形式、技术、价值上都体现了鲜明的地域特征，深深影响着徽州人的思维方式、价值观念，是徽州文化认同的基础之一。徽州民俗体育中所强调的万物一体、天人合一的和谐境界与构建和谐社会环境的要求是一致的。徽州民俗体育作为传统体育项目，不仅具有娱人娱己、丰富文化生活、增强人民体质和心理健康的功能，而且通过活动的开展，能够扩大情感交流，增加人与人之间的相互了解，改善人际关系，建立健康、合理的生活方式，创造文明、和谐的社会环境。当前人们的生活节奏越来越快，人与人之间的相处也总是体现在利益权衡上，工作和生活中的未知因素给人的生理和心理都带来了较大的压力，因此，生活方式和生产方式的改变不断激化着社会矛盾，不断增加着社会发展的不稳定因素。在这种状态下，人们总是需要采取一些调节生理和心理的手段方式。在汪满田村元宵节期间，村民自编自导的舞鱼灯活动，不仅是对自己辛劳一年的精神慰问，也是一场“村落狂欢”的文化大餐。村民们十分享受活动中热情奔放、欢声笑语、相互问候、祝福新年的节日气氛，同时宣泄着过去一年的烦恼和压力，这一切不正是和谐社会所要求的诚信友爱、充满活力、安定有序、和谐相处基本特征的体现吗？因此，大力推动和发展徽州民俗体育活动有利于构建当地和谐的社会环境。

（二）徽州民俗体育有利于增强当地社会的文化认同

传统的文化认同对人们的影响是潜移默化的，影响的效果不太明显，平常难以观察，但是其深刻性、深远性和久远性却是其他类型的认同难以企及的。从个人角度来看，文化认同不仅是对自我的认同，也是对个人社会身份的认同，这种文化认同会增强个人的爱国主义情怀和民族主义思想；从社会角度来看，文化认同通过民族文化、精神和符号所形成的凝聚力来整合和辨识不同文化区域的人类群体。可以说，一种文化的认同就是一个地区凝聚力的体现。文化在国家的发展中起着至关重要的作用。徽州文化作为中国三大地域文化之一，它已经成为一种凝聚力、精神、标签、符号，成为徽州人的文化认同。徽州民俗体育作为徽州文化的重要组成部分，体现了徽州文化的博大精深，是徽州人千百年来的精神追求和精神财富，也是徽州地区社会精神家园的重要支撑。如“轩辕车”活动是黄山区仙源镇的一种特有的民俗体育。

图5-1　黄山区轩辕车

像轩辕车活动这样的民俗体育还有很多，它们都是在用一些生动的、可感悟的、无形的语言文字向今天的徽州人叙说着徽州过去的历史、传说和故事，它们是徽州文化精神的核心和动力，是徽州地区最具代表性的徽州文化精华。今天，徽州民俗体育作为传播和宣传徽州地区文化的载体和媒介，不仅有利于加强徽州地区文化的认同，而且促进了徽州文化的继承和发展。

（三）徽州民俗体育可以促进地区社会的安定和团结

徽州地区某些村落存在一种现象，在春节期间，如叶村叠罗汉、许村舞大刀、汪满田鱼灯、右龙村舞板龙等民俗体育活动开展是这段时期村子里的大事，谁也不敢耽搁。祭祀、选拔表演者、训练、赞助等事宜备受整个村子的关注，需要全村男女老少行动起来，融入整个村子里一年一度的“村落狂欢”之中，村子呈现出一派祥和、热闹、和谐的氛围。因此，春节期间村里参与酗酒、吵架等不良活动的人少了很多，各种影响村里安定和团结的负面事件也很少发生。可见，徽州民俗体育具有安定社会和维护团结的功能。不过目前来看，这项功能也仅仅局限于这些民俗体育活动的常规开展期间，具有时间的局限性。应该说，很多徽州民俗体育活动是可以“重新包装上市”的。诸如许村舞大刀就可以将“大刀”长度缩短，对原有的表演形式进行改良，使之成为村民和城镇居民在闲暇时间既易懂、易学、易练，又可以健身和悦心的休闲体育活动。这种设想，是源于徽州地区基本上地处山区，城乡居民的收入相对较低，休闲娱乐活动比较贫乏，对生于斯、长于斯的民俗体育进行一定改良，很容易被当地人接受，且这是一项推广成本较低的休闲体育活动。因此，徽州地区若能充分利用当地民俗体育促进地区社会安定和团结的功能，对其进行改良，势必成为一把抑制各种不健康生活方式的利器。

（四）徽州民俗体育拓宽了当地文化产业的发展

在2009年文化部《关于加快文化产业发展的指导意见》中提出，促进文化与旅游相结合，以文化提升旅游的内涵，以旅游扩大文化的传播和消费。近几年，徽州民俗体育作为徽州传统文化的重要组成部分，在各个景区、景点，通过自身文化内容不断提升徽州旅游的内涵和质量。相对于经济发达地区，徽州地区经济发展水平较低，因此凭借徽州地区旅游资源多、文化内涵底蕴深的优势，发展文化和旅游相结合的产业是当地政府推动经济发展的重要举措之一。而当地很多民俗体育资源因其所具有的娱乐性、刺激性、可观赏性、可参与性与健身性等特点深受游客喜爱，成了各景区一项高品质、有特色的旅游精品，这不仅提高了旅游产品的品位，还拓宽了文化产业的市场。

二、徽州民俗体育发展的路径选择

（一）徽州民俗体育要与时俱进，与现代体育文化共生共融

徽州民俗体育，如叠罗汉、花棍舞、抬阁、踩高跷、跳钟馗……都饱含浓浓的乡土气息，在内容和形式等各个方面与现代体育文化（更多源于现代西方体育文化）都有很大的区别，因此，徽州民俗体育的传承问题实质上就是一个如何解决中西方文化冲突的问题。那么徽州民俗体育该如何应对这种文化冲突呢？2011年中共中央《关于深化文化体制改革，推动社会主义文化大发展大繁荣若干重大问题的决定》提出，要推动中华文化走向世界，要积极吸收借鉴国外优秀文化成果。因此，民俗体育发展的最好选择是与时俱进，不断更新自己的文化形式，与现代体育文化实现共生共融。然而，实现共生共融并不是要徽州民俗体育文化抛弃自己的“民俗性”和“民族性”，而是要在新的文化全球化体系中与时俱进，一方面对其传统的内在和外在内容“取其精华，去其糟粕”，保持和强化民俗体育中的中国优良传统文化元素，另一方面积极吸收现代西方体育文化优秀成果，努力实现徽州民俗体育的现代化，诸如寻求娱乐化、休闲化、健身化、科学化等。文化是为人民服务的，当前徽州人文化“口味”的现代性越来越浓，徽州民俗体育作为一种徽州文化，一种传统文化，不进行与时俱进的改良实难继续传承下去，因此，一味强调传统而固执不变是不合时宜的，而根据当前徽州人的文化“口味”来进行改良乃是大势所趋。

（二）徽州民俗体育要依靠政府支持与引导

通过对众多徽州民俗体育的考察可以发现，凡是民俗体育开展得好的地方，基本上都得到了当地政府的大力支持。我国民俗体育项目多、分布广，除了政府外，任何一个组织和个人都无法单独领导和承担起保护和继承民俗体育这一重任。特别是在目前体制下，政府是唯一能够做到也是应该做到的机构。虽然政府应该承担起民俗体育保护和发展的重任，但政府却不能决定一个国家和民族的文化，相反政府要受到文化的制约，因此，政府应对其职能和服务进行相应的完善和转变。对于徽州地区各级政府来说职能的完善和转变包括以下几方面：

1. 尊重徽州文化特点对其进行引导

徽州文化是一种典型的儒学文化。21世纪的今天，各种现代文化思潮不断“侵袭”着徽州大地，很多传统文化包括民俗体育文化被边缘化甚至消亡，但也无法清除传统徽州文化的“徽骆驼精神”对当地人思想的影响。“徽骆驼精神”是一种百折不挠、积极进取、昂头前进的精神。这种“徽骆驼精神”在各种徽州民俗体育文化中处处体现。在对很多仍在流传的徽州民俗体育的考察中发现，当地人对“徽骆驼精神”的依恋是其保持“活态”的重要原因之一。因此，政府要尊重徽州文化的特点，不过徽州民俗体育文化中也残留着一些封建迷信破旧思想，这需要政府进行引导，取其精华，去其糟粕。

2. 建立民俗体育文化的长效保护机制

为民俗体育的发展提供良好的政策保障，充分发挥政府的行政职能，对徽州民俗体育文化发展和开发进行整体的布局，并制定相关政策。

3. 政府应通过制度方式为民俗体育的保护和发展提供人力、物力和财力等资源

为了保护和传承好民俗体育，各种资源的投入是必不可少的，政府在这方面有义不容辞的责任。就目前徽州民俗体育保护形势来看，政府应该

狠抓三方面作用：其一，通过财政拨款投入民俗体育的保护事业中，并且还应号召社会各界出钱出力参与这项伟大的事业；其二，要给予相关的民俗体育传承人物质上、精神上和制度上的照顾。目前歙县“板凳花”的唯一传承人已经年过九旬，如果没有人继承，此项技艺必将失传，因此应制定和提供各种优惠政策来鼓励青年人学习民俗体育，让更多的青年人成为民俗体育的传承人。其三，政府有义务、有责任对徽州民俗体育进行宣传，号召社会各界的力量加强对徽州民俗体育的保护意识，并保证各种民俗体育保护政策的执行力度和常态化。值得一提的是，有些民俗体育现在已被产业化和旅游化，它们的发展环境已相当不错。笔者认为，更多资源应该投入那些难能旅游化或濒临消亡的徽州民俗体育中去。

（三）做好民俗体育旅游资源的整合

徽州民俗体育产生于传统的农耕社会，目前徽州地区已经不是以传统农耕社会为主的社会，而是一种集农耕、工业和信息为一体的多元化社会。在这样的社会背景下，众多的徽州民俗体育都发生了不同程度的变化，有的消亡了，有的被边缘化了，有的在政府的保护下作为非物质文化遗产被保护起来了，也有的为了寻求生存在市场经济的大潮中不断改变自我走上了市场化、旅游化的道路。在徽州，将民俗体育按照现代体育模式转型，自由度较少。不过，徽州地区，山多、人美而且风景好，旅游景点多，因此，将徽州民俗体育作为文化旅游项目融入旅游景点开发是一项投入少、见效快的举措。可以将民俗体育与现代体育项目融合，打造多元化的文化旅游产品，让游客一起欣赏、一起体验、一起参与，让游客在游中玩，玩中乐，让游客切实走进自然，感受文化，达到愉悦身心的目的。徽州民俗体育项目中的龙舞、狮舞、得胜鼓、大刀舞、叠罗汉、轩辕车、踩高跷、龙舟等已获得徽州游客的普遍好评。

从旅游学角度来看，民俗体育项目作为旅游市场的一种新产品，是一种以民俗体育文化资源为基础的旅游产品。它不仅可以激发游客的消费欲望与需求，而且游客在欣赏和参与民俗体育活动过程中，会感受到民俗体育博大精深的文化内涵。作为旅游产品的民俗体育一般不会单独呈现在游客眼前，总是依托景区或景点与其他旅游产品“捆绑”在一起。因此，作为旅游产品的徽州民俗体育应对自身的性质、特征和功能等属性进行分析，发现和挖掘其与景区、景点以及其他旅游产品的结合点，为其旅游产品增加亮点以吸引游客，如每届的徽州民俗文化节都邀请大量的民俗体育活动参与，此举不仅推广和宣传了民俗体育活动和徽州文化，而且促进了当地旅游经济的发展，造福于民。

（四）让学校成为民俗体育传承的基地

2001年教育部颁发的《国务院关于基础教育改革与发展的决定》中强调，实行国家、地方、学校三级课程管理，增强课程对地方、学校及学生的适应性。《决定》的实施引起了各级政府和学校对体育课程的极大重视。特别是《全日制义务教育体育与健康课程标准》提出，学生应基本掌握一两种地域性运动项目的技术，从而促使很多学者和学校将目光聚焦于把地域文化、民俗体育文化融入体育课程的改革上。目前，在我国很多省市已经将民俗体育引入学校，如安徽省滁州市凤阳县的花鼓戏就走进了体育课堂。“民俗体育进校园”已经是一种很常态化的社会现象，然而在徽州地区的调查中发现，民俗体育进入校园微乎其微。徽州民俗体育孕育于徽州文化的土壤中，彰显着徽州文化的基因和精神特质，并且其数量十分丰富，多达百余种，其中有很多适合在学校开展，诸如舞龙、舞狮和花棍舞等。近几年，徽州地区各县市不断加大对徽州民俗体育文化的保护和传承力度，当地很多教育部门已经开始考虑将部分徽州民俗引入校园，这对于更好地保护和传承徽州民俗体育是一“利好”消息。然而让民俗体育进入校园不是一蹴而就的事情，因为它涉及很多问题，诸如师资、场地、器材、学生安全、教程编写和规则等。可见，让学校成为民俗体育传承基地是一件任重道远的事业，其功在当代、利在千秋。

徽州民俗体育是徽州文化的重要组成部分，它具有鲜明的地方特点，文化底蕴深厚。在不断追求现代化的今天，徽州民俗体育作为传统文化的重要标志之一，它落魄的命运并不意味着消亡。诚然，一部分徽州民俗体育因不合时宜消亡了，但还有很多以三种不同形式存在——祭祀与信仰为寄托的民间自发形式、景区表演的形式和以政府扶持的形式。一般来说，任何事物都有其存在的价值。徽州民俗体育以三种形式存在，也必然有着其存在的社会价值，有利于当地和谐社会环境的构建，有利于当地社会的文化认同，促进地区的社会安定和团结，有利于当地的文化产业发展。当然，在持续经受强大现代文化侵袭的过程中，徽州民俗体育通过体现不同社会价值顽强地生存着，并在不同的逆境中根据自身特性选择不同的发展路径。

第六章　徽州民俗体育流变过程中面临的问题和对策

一、徽州民俗体育流变过程中面临的问题

（一）自然环境的改变

在民俗的形成、发展、演变过程中，政治、社会、经济、宗教等因素发挥着重要的作用。区域地理环境、生产方式、价值观念和宗教信仰是各种区域文化形成的基础和保证，然而在当今全球化一体化发展的大趋势下，它们正受到不曾有过的冲击和侵蚀，全方位地影响着本土文化的发展。自然环境是人类生存的基本条件，环境条件所存在的与人类生活发生关联的要素必然会反映到人们的文化中来，人类生存繁衍的过程就是对自然地理环境不断适应和利用的过程，作为反映人类在长期的生产实践和社会生活中稳定传承的历史文化现象——民俗，生态地理环境对其形成、发展和演变发挥着重要的作用。像徽州民俗体育中的舞草龙、舞板凳龙、舞鱼灯都是与当地的物质生产与地理环境密切相关，舞草龙的呈坎主要以种植水稻为主，当地有很好的原材料基础。许村的板凳龙由于其当地村庄构造和当地植被树木繁多，便于制作和开展板凳龙项目；汪满田依山傍水，竹林遍布，当地的祖先以鱼灯来祈福村民平安。然而随着全球化进程的不断加快，交通、通信条件不断改善，地理环境这一天然屏障逐渐被打破，人们的传统时空观慢慢为现代时空观所代替，地方得以越过山与水的阻隔

与世界接轨，使得全球任何一个地方都不再偏远。[①]天然屏障的消失使民俗体育失去了保护，随时都有外来体育文化的碰撞与侵蚀。体育活动来源于肢体活动，有相当一部分民俗体育项目就是直接来源于劳动生产方式。如农耕生产方式下形成的跳竹竿、荡秋千等，全球化的快速发展正在改变这种传统的生产方式，这必然会影响到民俗体育的生存与发展。如叶村的叠罗汉活动在古代由于村中住户不多，其活动主要是在村中的开阔场地进行，后随着住家的密布，叠罗汉活动的场地转到村中的祠堂，其活动的内涵开始与祭祀活动相结合；自古代到近代，叠罗汉活动的形式较为单一，近代以来，叶村的滚灯、游五兽等活动也开始与叠罗汉融为一体，现今叶村道路的宽广为这些多样化的活动提供了便利。这一切说明了地理环境的变化推动了民俗体育向多样化和复合化发展流变，同时，农村的自然环境又制约着它的进一步传播，使其保持特有的地域性特征。

（二）生活方式的改变

古代的叶村是以林农经济为基础，农耕劳作是主要的生产方式，后来徽州商业的兴盛为鱼灯的发展提供了强大的推动力，因为汪满田汪氏祖产的丰厚为每年的鱼灯活动提供了经济支持。新中国成立后，汪满田生产生活方式发生了翻天覆地的变化，现代工业在汪满田村兴起，如汪满田茶厂的兴建，汪满田人的生产方式由农业向农业与工业相结合的方式转变，鱼灯也作为文化产业得到开发。鱼灯器具、彩绘的变化与更换都需要大笔的资金，经济的发展为鱼灯的发展提供了可能。20世纪90年代后，鱼灯开始走出大山，步入各种地方经济的活动中，形成了文体搭台、经贸唱戏的市场经济，既丰富了人们的文化生活，又为各地经济的发展做出了贡献。正是鱼灯借助市场这一强大的经济杠杆使得它得以不断传播和生存下来，但它在这一运行过程中，其组织方式、人员变化、活动形式均要与当前社会的生活保持同步，自身在社会方式的变化中进行着重塑。生产方式的变化

① 虞重干.当代乡土生活中的抢花炮——桂北侗族地区抢花炮变化特征的实地研究[J].体育科学,2005,25(12):17-21.

和经济活动的市场化，为鱼灯的发展开辟了新的道路、注入了新的活力。

（三）村落自足文化生活空间在减少

当前，外出务工和电视、电脑等现代传媒的普及在不断侵蚀着村民的自足文化生活空间。其一，外出务工会造成村落常住人口的减少，以及现代传媒的巨大吸引力会造成村民更愿待在家中，降低了村民的交往频率、亲密程度；其二，在城务工和通过现代传媒，村民接触到各种各样的现代文化信息，受此影响他们开始能够接受和喜欢这些现代文化，其中包括现代体育文化。因此，村落自足文化生活空间在不断减小，同时大量的现代文化在不断涌入，不断重组着村民的文化需求结构。在村落语境中，随着现代文化需求的增加，拥有传统文化功能的民俗体育活动面临着更多的考验。

（四）价值观的改变

随着经济和社会的不断发展，人们在进行民俗体育活动时，除了享受活动带来的愉悦，更多地怀有一份祈盼丰收幸福的美好愿望。社会的进步动摇了徽州人的信仰基础，那种万物有灵的思想在今天的大部分徽州年轻人中已经不复存在。特有的价值观念和宗教信仰是各种民俗体育的源泉和土壤，然而在如今各种思想观念交流频繁的背景下，人们的思想意识正受到前所未有的冲击和碰撞，给民俗体育项目的生存和发展造成了很大的影响。乡村旅游和工业的发展给乡村经济带来实实在在的收益，也在一定程度上转变着村民的意识形态和思想观念，一些民俗体育活动完全变成了旅游产品，甚至用经济利益来衡量其价值，导致一些优秀的民俗体育吸引力减弱或开发不足，面临衰退或消亡的局面。

（五）文化内涵的缺失

自改革开放四十多年来，中国社会发生了急剧的变化，徽州传统文化在现代化的步伐里日渐式微，民俗的传统文化也处于这场现代化激烈的变迁中。正如陈其南先生所说，外来的商业文明不知不觉间冲毁了许多传统文物和制度，传统的歌舞为流行歌曲所取代，古老的聚落和建筑被遗弃，有的山地村落的年轻人几乎全部离乡到平地工作去了，我们除了惋叹那仅剩的传统之外，也为那许多不协调的场景所震慑，有些族群真的不知道自己的生活方式和精神寄托将要何去何从。[①]传统文化逐渐被淡化、趋同，民众对于传统文化的认同感逐渐减弱，传统的本土文化面临着发展困境。徽州民俗活动本身不断改变，原始粗犷的意识形态被外来文化改变。民俗体育的祭祀祈福、宗教信仰、教育等功能被不断弱化，对于民俗体育乃至整个民俗文化的生态平衡和可持续发展非常不利。

（六）管理部门的问题

过去传统体育没有一个专门的部门进行管理，主要是靠村民自发组织维护。近年来，国家对于农村文化建设越来越重视，党中央和各级人民政府为了使广大农民群众的精神文化生活有更大的提高而采取了一系列措施。虽然地方政府对农村体育和农村文化的发展有所重视，但是农村体育和文化建设还比较落后，这与加强农村文化建设时间短，不少基层干部对传统文化保护的认识水平有限有着很大的关系。一些地方管理人员存在着重经济、轻文化的倾向。这种倾向对农村民俗体育文化的发展产生了消极的影响。因为我国现在还处于社会主义初级阶段，所以一些地方政府领导人会把发展经济作为头等大事，而对于农村的精神文化建设重视不够。当地体育局安排的一些传统体育项目的比赛，大多数安排在城镇，并没有真正地深入农村基层中去，农民的参与程度低，因而这些民俗体育比赛并没有充分发挥其带动农村民俗体育文化发展的作用。另外，有些文化和体育部门在开展农村体育工作时大多数都是采用城市的发展模式，常常忽视农民的真正体育需求。

---

① 陈其南.文化的轨迹[M].沈阳:春风文艺出版社,1987:45.

（七）村中缺少组织管理者

过去，徽州民俗体育活动都是由村民自发组织，并以村里的族长或村长为管理核心，带着村里热心于公益事业的人来组织民俗体育活动。随着市场经济的发展，那些过去在村里有文化、有权威的老人的核心地位逐渐动摇，村里人更加看重的是能够带动村民发展的有新文化、新思想的新兴精英，这些新兴精英更加看重经济的发展，对于那些不能带来实际经济利益回报的活动可能就会忽视。

（八）传承问题

当前，许多民俗体育在其传承中出现了诸多的问题。首先，很多民俗体育活动存在一些神话和迷信色彩，如祈福、祭祀、辟邪等，造成这些民俗体育活动趣味性相对较低，表演起来比较繁琐且较难学会，并且不能经常举行。其次，民俗体育活动都是村民们在农闲时为满足自身精神需求而出现的，这些民俗体育活动使用的器材和表演形式都比较单一。随着物质文明的发展，村民们对精神文明的需求也越来越高，使得他们对现代体育项目的喜爱程度越来越高，相反对民俗体育活动的兴趣越来越弱。再次，由于经济的快速发展，越来越多的年轻人走出农村走进城市，在那里他们更加容易接触到新兴的有趣味的现代体育文化。最后，民俗体育文化的传承主要是“活态传承”——通过拜师学艺或宗族内传承，这导致了民俗体育项目传承的片面性和局限性，很多徽州民俗体育项目因传承人去世和后继传承人缺少兴趣而无法继续传承，呈现出边缘态和消亡态的局面。

（九）缺少活动经费

过去乃至今天，徽州很多民俗体育项目开展的组织经费主要是村民自主筹措，或者是政府资助。虽然村民自主筹措的经费基本上是自愿捐助，但由于价值观的改变（最主要的原因是因为这些民俗体育项目不能够给村民带来经济利益），在部分村民内心或多或少有些抵触。政府对民俗体育活动资助有一定偏向性——那些可以带动地方经济或旅游业发展和增加徽州地区关注度的民俗体育活动。

二、徽州民俗体育传承和发展对策

徽州民俗文化丰富多彩，作为徽州民俗文化一部分的徽州民俗体育文化古朴多趣，具有很强的区域地方文化特色。但在当今经济全球化、信息网络化的背景下，外来文化与当地民俗文化激荡、交流、融合的同时，当地原有的民俗文化所独有的特色渐渐失去，徽州民俗体育传承与发展面临着更大的挑战，因此实现其更好的传承和发展还有许多问题需要解决。针对徽州民俗体育的具体情况，提出以下对策：

（一）当地政府的制度设计及宏观管理层面

自从2004年8月中国加入世界《非物质文化遗产保护公约》以来，我国政府对非物质文化遗产的保护工作高度重视。2005年国务院办公厅相继出台了《关于加强我国非物质文化遗产保护工作的意见》《关于加强文化遗产保护工作的通知》，2011年2月出台了《中华人民共和国非物质文化遗产法》等，明确指出我国非物质文化遗产保护工作将由文化部门主管上升为政府主导，由局部、零散、自发的状态步入全面、规范、有序的轨道上来。由此可见非物质文化遗产的保护工作已经纳入国家发展战略中去。

建议当地政府应成立专门管理机构和构建民俗体育的管理机制，把徽州民俗体育的传承和发展纳入政府管理，使之成为当地政府部门工作内容的一部分，提升到同改善当地民生同等重要的地位。提高当地政府相应部门对民俗体育文化传承与发展的认知水平。一个民俗体育文化村落建设的好坏，与当地基层管理人员的思想观念密切相关。改变一些基层政府部门人员对民俗体育文化建设的消极应付心理，积极认真地对待各个村落民俗体育文化的发展与建设，将村落民俗体育建设与农民的精神文明建设紧密地联系起来。

当地相关政府部门依照国家法律法规，制定出适合当地民俗体育文化发展的政策，带动引导当地民俗体育健康的传承与发展。要进一步加强当地相关政府单位对民俗工作从业人员的管理和培训，建立定期培训制度和奖惩机制，充分调动管理人员的积极性，培养一批具备民俗保护、管理、开发、应用能力的高水平管理人才。

（二）传承人的培养

过去徽州民俗体育文化传承的主要方式是通过传承人拜师学艺进行，就是我们常见的人与人间的“活态传承”。所以，把徽州民俗体育更好地传承下去，传承人的培养是关键。经济的快速发展，城镇化道路的不断进行，徽州民俗体育传承的环境、传承的道路、传承人的心理发生了变化，给徽州民俗体育传承人的培养带来了挑战。

积极推进徽州民俗体育文化走进校园、走进课堂。众所周知，教育是人类社会文化传承的主要途径和手段。作为兴国之本的学校教育，同样也是可以“嫁接”到徽州民俗体育传承发展中去的，这是徽州民俗体育传承发展最为有效的途径和方法。学校教育是由专职人员和专门机构承担的有目的、有系统、有组织，以影响受教育学校的受教育者的身心发展为直接目标的社会活动。教育的本质就是传承文化，而学校为这种文化的传递和延续提供了所必需的稳定的环境场所和文化传承方式。相对于其他教育场所而言，学校是国家有计划、有目的、有组织地培养人才的专门场所，集中了社会及民族文化主流的教育意识和教育方式，代表着主体文化的走向。[①]在中小学中，学校教育的培养目标、培养方法，对学生民族意识的形成和对本地区民俗文化的保护和发展行为的培养具有重要作用。依托当地民俗文化，当地政府组织中小学体育老师与当地各个村落的传承人进行学习交流，把区域内的徽州民俗体育搬进体育课堂，让优秀的传承人进学校讲解传统民俗体育项目，使学生了解本地区民俗体育的历史文化概况，培养当地学生传承传统文化的自豪感和自信心，培养兴趣，展现自己，为

① 春潮.我国体育非物质文化遗产保护与传承[J].吉林体育学院学报,2010,26(3):139.

当地储备一批优秀的民俗体育接班人。

传统村落中的民俗体育传承大多依靠拜师学艺的方式进行，因此，徽州民俗体育有关部门应该对村落中的重点传承人给予经济、社会等方面的待遇，使传承人无衣食之忧，能够一心一意带好徒弟，让徽州民俗体育更好地传承下去。尊重传承人的主体性和自主选择，鼓励传承人走出去，到村落外面去交流和学习其他地方的优秀文化（包括民俗体育文化），取其精华，融合到本地民俗体育文化的传承和发展中去，让徽州民俗体育既能跟得上时代步伐，又能彰显徽州民俗特色。

（三）发挥政府、社会组织、企业、村落的力量

民俗体育区别于现代体育项目，所以民俗体育的发展传承不能照搬现代体育发展模式和西方体育文化。如有些村落兴建了篮球场、乒乓球场地等体育场地设施，但是忽略了农民所喜闻乐道的民俗体育。民俗体育的传承离不开政府、社会组织、企业、村落的共同努力。政府有关部门对民俗体育提供多方式多渠道的资金支持、人力支持、物力支持，特别是政府牵头引导社会组织中的资金、社会闲置的资金流向民俗体育。村民委员会要积极加强与有关企业的合作，挖掘民俗体育中的旅游和经济价值。村民委员会应想方设法为了传承人提供训练、学习、放置器材的场所，主动与高校、相关学术研究机构进行合作，发掘徽州民俗体育的学术价值，使民俗体育拥有文化基础。

（四）传媒与宣传

借助媒体宣传民俗体育是为了在广大群众中营造一种正确的社会舆论，根据这种社会舆论来引导大众改变对民俗体育的态度及民俗体育在民众心中的重要性。我国的大众传媒作为党和政府的“一面镜子”，在社会中被赋予了很高的威望。因此，大众传媒在民俗体育宣传中对大众心理态度的形成与改变具有很强的导向性，大众传媒在民俗体育宣传中对群众形成正确的舆论导向起着至关重要的作用。

传媒与宣传的力量是巨大的，它可以影响事物在人们心中的形象、地位和品质。对徽州民俗体育宣传的目的就是让人们增进对徽州民俗体育文化的了解，对徽州民俗体育抱有良好的心态，关注徽州民俗体育的开展和发展，在点滴生活中养成良好的徽州民俗体育传承发展的态度。把握正确的徽州民俗体育舆论导向，是我们传媒与宣传的关键。因此，在选择报道题材、录制电视节目上更多的是关注徽州民俗体育的生存状态，关心其传承与发展，提高传承人在大众中的形象地位。

（五）走科学化、本土化、大众化道路

从徽州民俗体育形成、演进与发展的寻求中概述它的基本逻辑，应是从传统向现代迈进、从地域向世界拓展。这是徽州民俗体育形成与发展的两条主要轨迹，它深刻而鲜明地体现在徽州民俗体育形成与发展的历史进程中。在审视和思考徽州民俗体育的当代发展时，不仅要将视野放置在徽州地域上，还要具备世界眼光，从人文视野的高度认识徽州民俗体育的发展与人类社会发展互动的前瞻性意义。只有在此高度下，才能让人进一步看清徽州民俗体育文化在社会化过程中应保持什么心态、采取什么样的策略和路径。今天，徽州民俗体育赖以存在的“生存环境”正在发生质变。面对“生存环境”的变更，民俗体育也必须作出相应的变化，寻求与已经或正在变更的“生存环境”的新结合点，从而在变化中得到升华，获得新生。否则，它将被变化了的环境所抛弃。鉴于历史的教训，我们必须作出正确的选择。依据时代的要求，制定一项着眼于全局的总体发展规划。有些民俗体育之所以能获得新生并开始走向世界，关键在于它们基本上解决了科学化、本土化和大众化的问题。

邓小平曾经讲过“科学是第一生产力”，科学的进步促进人类社会的不断发展、不断变革。自改革开放以后，我国科技水平的进步极大地促进了社会生产，同时也极大地推动了我国各项事业的全面发展。我们民俗体育想要长足的发展，就应该使民俗体育的管理机制、传承机制、组织活动、内容素材的编排等科学化，适当吸收借鉴现代体育的先进方法，对那些依

然附着在民风民俗中的体育活动，对那些活动方式有着较大的随意性、缺乏有机联系与规则而稳定性差的民间游戏进行整理、提炼，完善其规则，促使其从民风民俗或生产生活中逐步分离出来，走系统、稳定、独立的发展道路。只有这样，当旧有的“生存基础”随着现代生产、生活方式的冲击而载入历史时，才不至于扮演陪葬者的角色，被现代社会所淘汰。对那些发展比较成熟的民俗体育，有待于进行综合研究，使其理论化、系统化、通俗化，缩短其由“潜”到“显”的过程。

经济的全球化促进了文化的全球化，外来文化和本土文化在交流竞争中产生了碰撞交融，渐渐地成为我们的本土文化。文化的相互吸收利用使文化的双方都能够获得发展。同样，我们民俗体育也可以。民俗体育与西方体育虽然在比赛机制、竞赛规则、竞争对抗性上有所不同，但是民俗体育在崇尚道德、讲究礼仪、追求健康和谐等方面与西方竞技体育是相通的。徽州民俗体育文化也一直在适应外界的变化，原始的民俗体育只存在于节庆、节俗中，是以村落开展为主；但随着社会的发展，城镇化不断地推进，徽州的叠罗汉、鱼灯等活动开始从村落活动转向大众娱乐，从封建迷信走向娱乐健身活动。近年，当地村落结合旅游的需要，民俗体育也得到更多的开发和利用，已经初步获得成效。另外，在和谐社会目标指引下的徽州体育应当以人为本，明确和谐社会的时代意义，明确当前民俗体育在建构社会主义和谐社会中的意义和新形势下和谐社会民俗体育工作的基本特征。民俗体育能在构建社会主义和谐社会这个大的社会背景下，有着明确的发展方向，即“以人为本”，满足农民群众的文化生活需求。我们不应该忽视民俗体育文化的积极价值，而应该在构建社会主义和谐社会过程中大力吸取中国优秀传统文化的思想和智慧，充分发挥它联系各民族的桥梁与纽带作用。充分挖掘与研究民俗体育项目，使之在原有的基础上得到最大限度的传承和发展，体现其中所蕴含的文化价值，对丰富社会精神文化生活，践行科学发展观，建设和谐社会主义具有非常积极的现实意义。只有这样，我们才能使社会主义和谐社会扎根于深厚的历史文化土壤，才能彰显和谐社会的中国气派和中华民族特色。

实现徽州民俗体育的大众化要着重解决两个问题：其一是打破地域限制，逐步把某一地区的体育活动推向全国，扩展其开展范围与扩大其开展规模。其二是打破少数人垄断的局面，也只有在拥有广大爱好者的基础上，才谈得上发展。任何事物的社会存在价值都取决于人民群众对它的认可度，所以徽州民俗体育想要更好地传承和发展就要向大众化发展。如歙县叶村的叠罗汉，村中的男女老少都能参与，参与的人数不断增加。参与叠罗汉的活动仪式，更多人是为了热闹，由于活动场面比旧时热烈，活动时间与以往相比有所增长，大大地增强了观赏性和娱乐性。借助于现代先进的科学信息系统、图文和电视广播将古老徽州民俗体育更加普及化和实物化。

民俗体育旅游也是大众化的一种趋势，它的实质内涵是要促进人与自然、人与社会、人与人之间的和谐发展，满足参与者本人的健身、娱乐、社会交往等多种需要。随着社会的发展进步，“健康”已成为越来越多人的第一需要，健康休闲将使人类生活变得更加多姿多彩。体育旅游在这场健康革命中承担的价值已为越来越多的人所接受，体育旅游在关照、监控和提高人的生命质量方面，在推动和谐社会的构建方面所起到的特殊作用，是许多其他活动不可替代的。但在发展旅游经济的同时容易造成文化内涵的流失，所以这就需要我们应更多地保护民俗体育本质文化，做好文化传承。

（六）建立民俗体育基层组织

民俗体育最先起源于广大的劳动人民，所以民俗体育的传承与保护也应在最基层最贴近农民生活的地方展开进行，建立一个民间基层组织来开展和传承民俗体育是最行之有效的方法 。这个基层组织的领导是由当地的传承村落的村长或当地一些德高望重的长辈担任，基层组织的职责就是负责协调活动、安排参加活动的人员、组织日常活动、募集活动经费、接受和管理利用社会和个人的捐赠、为活动准备各种器具等。村落作为小群体社会，在稳定结合和充分互动的生成发展过程中，形成了共同的生活方式与习惯，生成了自然的种种文化规范。[①]村落的存在为基层组织的组建提供了最基本的人力、物力、财力，同样村落中村民的稳定生活习俗为基层组织开展民俗体育提供了便利。

（七）民俗体育文化自身创新

民俗体育的起源之初是表达人们对神灵的崇拜、对自然的敬畏，随着时代的变迁，民俗体育中的传统信仰发生了变化，民俗体育的文化特色不断凸显，具有了很强的娱乐性和观赏性。但随着经济社会的发展，国家新农村建设、农村城镇化建设的实施，人民的生活水平不断提高，对文化的需求也不断增强，在这种形式下徽州民俗体育要想更好地传承和发展就得依靠其自身创新。徽州民俗体育文化绝不是一种静止状态，而是一种不断变化交融的活态。所以徽州民俗体育文化在这种大环境下要主动、合理、有选择地不断从古今中外体育文化中汲取养料，不断地壮大徽州民俗体育文化，增强其活力和区域影响力，让徽州民俗体育文化不断创新成为其传承和发展的内在动力。

总之，21世纪是我国民俗体育文化的大发展时期，不同地域的民俗体育文化之间会加大交流和互动，各种文化的冲突关系因交流而得到很好的解决。作为边缘性的民俗体育文化也应积极与先进文化、主流文化进行交流、融合。徽州民俗体育要抓住新形势下社会改革发展的有利时机，加强民俗体育文化的内部创新，使民俗体育快速朝时代化、信息化发展，使徽州民俗体育健康地传承和发展。

以上是本书对徽州民俗体育传承和发展所提的对策，但绝不是全部。严格来说，徽州民俗体育传承和发展是一个大众性的工作，它涉及社会多方面。因此，要想把徽州民俗体育更好地传承和发展下去，必须通过多学科、多部门的合作才可能完成。

---

① 余涛，杨文茹，涂传飞，等．村落语境中传统体育的文化功能：以芜湖县崔墩穿马灯活动为例[J]．中国体育科技，2011，47(5)：101-107.

主要参考文献

专　著

[1]叶显恩.明清徽州农村社会与佃仆制[M].合肥:安徽人民出版社,1983.

[2]章钜林,束纫秋.体育词典[M].上海:上海辞书出版社,1984.

[3]陈其南.文化的轨迹[M].沈阳:春风文艺出版社,1987.

[4]埃弗里待·M.罗吉斯,拉伯尔·J.伯德格.乡村社会变迁[M].王晓毅,王地宁,译.杭州:浙江人民出版社,1988.

[5]欧文·戈夫曼.日常生活中的自我呈现[M].黄爱华,冯钢,译.杭州:浙江人民出版社,1989.

[6]克莱德·M.伍兹.文化变迁[M].何瑞福,译.石家庄:河北人民出版社,1989.

[7]威廉·费尔丁·奥格本.社会变迁:关于文化和先天的本质[M].王晓毅,陈育国,译.杭州:浙江人民出版社,1989.

[8]杜赞奇.文化、权力与国家:1900—1942年的华北农村[M].王福明,译.南京:江苏人民出版社,1996.

[9]梁治平.乡土社会的法律与秩序[M]//.王铭铭,王斯福.乡土社会的秩序、公正与权威.北京:中国政法大学出版社,1997.

[10]王铭铭.社区的历程:溪村汉人家族的个案研究[M].天津:天津人民出版社,1997.

[11]钟敬文.民俗学概论[M].上海:上海文艺出版社,1998.

[12]胡小明.体育人类学[M].广州:广东人民出版社,1999.

[13]克利福德·格尔兹.文化的解释[M].纳日碧力戈,郭于华,李彬,等译.上海:上海人民出版社,1999.

[14]安东尼.古登斯.现代性的后果[M].田禾,译.南京:译林出版社,2000.

[15]康纳顿.社会如何记忆[M].纳日碧力戈,译.上海:上海人民出版社,2000.

[16]陈荫槐,陈萌生.体育大辞典[M].上海:上海辞书出版社,2000.

[17]毛丹.一个村落共同体的变迁:关于尖山下村的单位化的观察与阐释[M].上海:学林出版社,2000.

[18]王一川.中国现代性体验的发生:清末民初文化转型与文学[M].北京:北京师范大学出版社,2004.

[19]盖尔纳.民族与民族主义[M].韩红,译.北京:中央编译出版社,2002.

[20]王娟.民俗学概论[M].北京:北京大学出版社,2002.

[21]托马斯·库恩.科学革命的结构[M].金吾伦,胡新和,译.北京:北京大学出版社,2003.

[22]费孝通.论人类学与文化自觉[M.]北京:华夏出版社,2004.

[23]黄伟,卢鹰.中国古代体育习俗[M].西安:陕西人民出版社,2004.

[24]宋涛.传统裂变与现代超越:西部大开发与西南少数民族生活方式变革问题研究[M].北京:民族出版社,2006.

[25]柯灵权.歙县民间艺术[M].合肥:安徽人民出版社,2006.

[26]王俊奇.江西民俗体育文化[M].南昌:江西人民出版社,2008.

[27]李志清.乡土中国的仪式性少数民族体育:以桂北侗乡抢花炮为个案的研究[M].北京:中国社会科学出版社,2008.

[28]王俊奇.中西方民俗体育文化[M].北京:北京体育大学出版社,2008.

[29]贾磊.徽州体育文化概论[M].兰州:兰州大学出版社,2010.

[30]司马云杰.文化社会学[M].5版.北京:华夏出版社,2011.

[31]涂传飞.农村民俗体育文化的变迁:一个村落舞龙活动变迁的启示[M].北京:北京体育大学出版社,2011.

期　刊

[1]熊晓正.机遇与挑战:对我国民族传统体育发展之浅见[J].成都体育学院学报,1988(4):21-28.

[2]白晋湘.弘扬中华民族传统体育　丰富世界现代体育宝库[J].北京体育大学学报,2001(4):433-435.

[3]涂传飞,余万予,钞群英.对民俗体育特征的研究[J].武汉体育学院学报,2005(11):6-9.

[4]陈连山.春节民俗的意味[J].百科知识,2005(2):53-56.

[5]虞重干.当代乡土生活中的抢花炮——桂北侗族地区抢花炮变化特征的实地研究[J].体育科学,2005,25(12):17-21.

[6]陈莉.试论民间民俗体育文化特征与现实作用[J].吉林体育学院学报,2006(3):5-7.

[7]刘芳君.文化的系统审视[J].系统科学学报,2007,5(4):90-93.

[8]胡庆山,王建,王维,等.新农村建设中农民体育发展的文化审视——以湖北省大洲村为个案[J].体育科学,2007(10):40-48.

[9]胡娟.我国民俗体育的流变一以龙舟竞渡为例[J].体育科学,2008,28(4):84-96.

[10]王俊奇.也论民间体育、民俗体育、民族体育、传统体育概念及其关系——兼与涂传飞、陈洪新等商榷[J].体育学刊,2008(9):101-104.

[11]涂传飞.一个村落舞龙活动的变迁[J].体育科学,2010(7):81-96.

[12]张桥.和谐文化与和谐社会[J].西南大学学报(社会科学版),2010(6):107-110.

[13]余涛,杨文茹,涂传飞,等.村落语境中传统体育的文化功能——以

芜湖县崔墩穿马灯活动为例[J].中国体育科技,2011(5):101-107.

论　文

[1]邓建伟.喜庆活动与村庄社会结构的重组——喜庆村庄:红村个案研究[D].中国人民大学,2001.

[2]倪依克.论中华民族传统体育的发展[D].华南师范大学,2004.

[3]胡娟.龙舟竞渡流变历程中的现代发展[D].北京体育大学,2007.